LA LOUVE PERDUE

LES LOUPS SAUVAGES

MILA YOUNG

Traduction
SOPHIE SALAÜN

CONTENTS

Les Loups Sauvages — vii

Prologue — 1
Chapitre 1 — 29
Chapitre 2 — 42
Chapitre 3 — 55
Chapitre 4 — 64
Chapitre 5 — 80
Chapitre 6 — 89
Chapitre 7 — 105
Chapitre 8 — 122
Chapitre 9 — 134
Chapitre 10 — 150
Chapitre 11 — 165
Chapitre 12 — 181
Chapitre 13 — 200
Chapitre 14 — 216
Chapitre 15 — 226
Chapitre 16 — 241
Chapitre 17 — 253
Chapitre 18 — 277
Chapitre 18 — 292

La Louve Brisée — 315
À propos de Mila Young — 317
Les Romans de Mila Young — 319

DÉDICACE

À tous ceux d'entre nous qui ont dû faire face à d'innombrables obstacles sur leur chemin, mais n'ont jamais cessé de se battre pour ce en quoi ils croyaient !

La Louve Perdue

La Louve Brisée

La Louve Damnée

LA LOUVE PERDUE

Être rejetée par mon compagnon est le cadet de mes soucis...

Je suis une métisse, une Maudite. Mon côté louve me permet d'avoir un compagnon alpha… Et mon côté sorcière me vaut une condamnation à mort.

Du moins, c'est ce qu'ils croient.

À présent, seuls quatre Alphas vikings me séparent d'une mort certaine. Ils ont besoin de mes pouvoirs pour prendre le contrôle du Secteur Sauvage et ils se serviront de mes sœurs comme moyen de pression pour obtenir ce qu'ils attendent de moi.

Ma magie sauvage, mon cœur.

Ma louve les attire, mais je ne leur fais pas confiance. Rien ne me garantit qu'ils me garderont en vie une fois que tout sera terminé.

À leurs yeux je ne suis qu'une Omega, mais cette erreur pourrait nous coûter la vie à tous.

Ce que les Alphas vikings veulent, les Alphas vikings l'obtiennent...

... et pour l'instant, ce qu'ils désirent, c'est ma magie sauvage et moi.

* * *

NARAH

J'aimerais pouvoir dire que ma vie connaîtra une fin heureuse, cependant cela fait bien longtemps que j'ai accepté le fait que ce n'est pas mon destin. À cause de mon statut d'Omega, les Alphas ont toujours eu envie de me revendiquer. Je l'ai su toute ma vie, on me l'a inculqué dès le jour où j'ai su parler. J'ai eu des années pour me préparer à mon rituel d'accouplement. Mais à présent que cette nuit est arrivée, je n'ai qu'une envie : m'enfuir.

Est-ce que cela fait de moi quelqu'un de faible ?

Peut-être... mais je préfère penser que je suis une survivante. Après tout, nous vivons dans un monde brisé, ravagé par un virus et dirigé par des meutes de loups, où des Omegas comme mes sœurs et moi ne sont bonnes que pour les besoins du rut et de l'imprégnation. Mais quelle alternative avons-nous ? Vivre en dehors de meute des Loups de la Tempête, à la merci des loups métamorphes sauvages qui nous tueront ? Non merci. Alors nous nous débrouillons, même si cela signifie qu'il faut mentir et arborer de faux sourires pour garder la tête sur les épaules.

Nous avons grandi ici et c'est ici que nous sommes le plus en sécurité.

Mon père avait l'habitude de nous répéter : « *Fais ce qu'il faut. Ne les laisse jamais voir ce que tu es vraiment.* »

— Tu es nerveuse ? me demande Kaira, me détournant de mes pensées.

Elle peigne mes longs cheveux alors que je suis assise au milieu de notre petite hutte de pierre. Dire que je suis nerveuse serait un euphémisme et lorsque je regarde ma sœur : la panique sur son visage reflète parfaitement le nœud que j'ai au ventre. Tout comme moi, elle possède un visage étroit, un nez fin et des lèvres pleines. Cependant ses yeux sont couleur de ciel bleu, alors que les miens me font penser à un coucher de soleil brûlant. Mon père disait que je devais être née du feu pour avoir des yeux d'ambre si brillants.

Pour le bien de mes deux petites sœurs, je les rassure en faisant bonne figure. Même si une vague de peur me saisit les entrailles à l'idée que je vais sûrement gâcher le rituel ce soir.

Je devrais être folle de joie et reconnaissante d'avoir trouvé mon compagnon dans cette meute. Sinon, on m'aurait donnée à un autre loup métamorphe pour le rut, puisque plus de la moitié de la meute est constituée d'Alphas qui n'ont pas trouvé leur compagne. Le reste est un mélange de Betas et d'Omegas, à la merci des premiers.

C'est pourquoi il me faut un homme fort à mes côtés, pour me permettre de protéger mes sœurs des autres membres de cette meute. Cela me laissera du temps pour les aider à trouver leurs véritables compagnons.

Je prends une grande respiration et me cale dans ma chaise pendant que Kaira me coiffe.

Plus je pense à ce qui se prépare, plus j'ai mal au cœur. *Déesse de la lune, pardonne-moi si je finis par vomir sur mon compagnon à cause du stress.* Ce serait le parfait contraire d'une nuit parfaite.

— Tu penses qu'il nous traitera bien quand nous emménagerons tous ensemble ? continue ma sœur.

J'entends sa propre inquiétude qui ne fait que s'ajouter à mon stress. Nous avons été témoins des atrocités commises dans la meute des Loups de la Tempête, un clan autrefois dirigé par notre père. Nous l'avons vu se faire battre et tuer par l'Alpha actuel après la disparition de notre mère dans les bois. Ils l'ont qualifiée de traîtresse pour avoir quitté la meute et notre père en a payé le prix fort.

— Comment pourrait-il en être autrement ? lui dis-je. Martell est un nouveau venu dans notre meute.

Lors de notre première et unique rencontre, j'ai senti mon corps être parcouru d'une onde électrique : il l'a instantanément désiré. Intérieurement, ma réaction m'a effrayée, parce qu'il y a quelque chose de mystérieux à me sentir déjà liée à quelqu'un que je connais à peine. Je suppose qu'avec le temps, je me montrerai plus affectueuse avec mon compagnon, que je ressentirai des émotions au-delà du désir intense qui m'enflamme quand je suis près de lui.

— Je serais nerveuse, intervient Jae de l'autre côté de

la pièce, assise en tailleur sur ses couvertures, en train de tresser une composition florale.

Elle se renfrogne en nous regardant.

— Tu as vu la taille de Martell et son nez ? Comment es-tu censée l'embrasser dans ces conditions ? reprend-elle.

Kaira et moi éclatons de rire. Jae est la plus jeune d'entre nous. Elle n'a que quatorze ans et n'a pas encore atteint la phase où les garçons deviennent intéressants. Et c'est mieux que cela reste comme ça le plus longtemps possible.

Kaira se penche pour chuchoter par-dessus mon épaule.

— D'après maman, le baiser est la *moindre* des préoccupations au sujet de la première nuit, ma sœur. Est-ce que tu es prête pour ça ?

Mon ventre se contracte à cette idée, mais c'est là tout le but de trouver son âme sœur, non ? Consommer le lien.

— Ça ne doit pas être si difficile que ça, si ?

Ma réponse est plus assurée que je ne le suis vraiment. Mère nous a expliqué les bases après notre première transformation en louve. *Laisse l'homme prendre le contrôle pendant qu'il te monte. Ce sera douloureux*, a-t-elle dit, *mais ça passera.*

Kaira se retourne pour me faire face, faisant passer de longues mèches de mes cheveux noirs sur l'une de mes épaules où ils retombent en cascade sur mon ventre. Tout comme Jae, ses cheveux sont courts de la couleur des glands et légèrement ondulés. Elle replace toujours derrière ses oreilles, mettant en valeur son visage couvert de taches de rousseur. Ma sœur est belle et même du haut de ses seize ans, trois de moins que moi, elle a déjà attisé la convoitise de nombreux Alphas de la meute. L'Alpha principal, qui dirige la meute des Loups de la Tempête, est la seule raison pour laquelle les loups ne nous ont pas revendiquées jusqu'à présent.

J'humecte mes lèvres sèches et tente de repousser l'idée de ce qui va se passer ce soir. Je gérerai sur le moment.

— Fini !

Jae se précipite pour aider Kaira à épingler les fleurs dans ma coiffure.

Quelqu'un frappe à la porte à grands coups.

— Il est prêt pour toi, crie une voix masculine à l'extérieur de notre hutte et soudain je me mets à transpirer et je n'arrive plus à retrouver mon calme.

Je suis debout et ma longue robe bleu foncé retombe sur mes chevilles. C'est un vêtement simple, cintré à la taille avec un élastique, dont le grand col en V est orné de fleurs séchées que mes sœurs m'ont aidée à confectionner. Cette robe a appartenu à ma mère et la porter me donne l'impression qu'elle est encore auprès de moi.

Je fais passer mon poids d'un pied sur l'autre, faisant de mon mieux pour ne pas trop y penser. *Vas-y et souris. Il va me monter, ensuite il exhibera devant les autres Alphas la preuve que j'ai saigné pour confirmer que j'étais vierge.*

Rien qu'à cette idée, je me recroqueville sur moi-même. Est-ce que je reste allongée là et que je laisse les autres regarder ? Je sens la sueur couler le long de ma colonne en même temps que je suis prise d'un tremblement.

Hors de question que je fasse une chose pareille.

— Prends une grande respiration. Tu es magnifique, m'encourage rapidement Kaira, en me détaillant de la tête aux pieds. Maintenant, vas-y, ne le fais pas attendre.

Jae se contente de me serrer dans ses bras et je l'étreins à mon tour, la serrant fort ; j'ai plutôt envie de rester avec elles.

— Allez, ça suffit, sinon Narah va changer d'avis, nous interrompt Kaira. On est entre nous ce soir, si on faisait des jeux ?

De nouveaux coups frappés à la porte me font sursauter et je n'entends pas ce que répond Jae.

— J'arrive ! crié-je.

Je me rends à l'entrée de la pièce à pas rapides, jouant avec les pointes de mes cheveux que j'enroule autour de mon doigt : je ne suis pas certaine d'être prête à faire ça. À ce moment, une légère étincelle d'énergie jaillit de mes articulations. Ça m'arrive toujours quand je suis nerveuse ou que j'ai peur, mais je ne peux rien en faire. Maman ne nous a jamais appris à faire autrement.

Kaira me tape sur la main.

— Ne lui montre pas ta magie, murmure-t-elle avec colère. Tu veux être découverte ? Crée d'abord un lien avec lui et une fois qu'il sera épris, alors peut-être t'acceptera-t-il en tant que Maudite.

Maudite.

Je déteste le mot qu'ils emploient pour désigner les métis comme nous. Mi-louves, mi-sorcières. Notre mère nous a mises en garde lorsque nous étions enfants, nous expliquant qu'elle avait dissimulé son côté maudit toute sa vie et qu'il nous faudrait faire de même pour nous intégrer parmi les loups. *Aucun camp ne t'acceptera,* disait-elle. *Tu n'es ni une pure sorcière ni une pure louve. Tu dois faire semblant d'en être une, faute de quoi tu deviendrais un paria. Laisse les loups penser que tu es l'un d'entre eux.*

J'adresse un signe de tête à ma sœur que j'étreins.

— Je sais et ça ira. Les loups ne sont pas censés posséder de magie, mais c'est notre cas, à Kaira et à moi.

Par chance, Jae a été épargnée.

C'est déjà un désavantage d'être une Omega dans ce monde dévasté, mais être une Maudite revient à une condamnation à mort.

— Vas-y maintenant.

Kaira me donne un petit coup dans le dos pour me faire avancer.

J'ouvre la porte et prends une bouffée d'air frais, mais il n'atténue en rien ce feu qui me dévore.

Un garde aux cheveux courts et aux yeux minuscules me salue avec un sourire en coin. J'ai la peau qui me démange en le voyant me détailler de haut en bas.

— Tu as pris ton temps, Omega, grogne-t-il en s'éloignant de moi.

J'échange un regard avec Kaira, qui me fait signe d'y aller.

Sans perdre de temps, je le suis à vive allure sur le chemin de pavés abîmés qui mène de chez nous jusqu'au centre de notre village. Le terrain herbeux est entouré de petites huttes dont les cheminées dégagent de la fumée. Le territoire de notre meute est délimité par des barbelés, juste au cas où les zombies parviendraient à venir aussi loin dans le nord. La rumeur dit qu'ils sont en train d'envahir le sud de la Roumanie et plus récemment, on les a vus se diriger vers nous en quête de nourriture.

La lune est éclatante et seul le hululement d'un hibou résonne dans l'air. Souvent au cours de nuits comme celle-ci, Kaira et moi nous faufilons dehors, dans nos corps de louves, pour chasser notre repas au creux des bois qui sont situés au-delà de la clôture barbelée. C'est le moment où les créatures sont de sortie et nous avançons rapidement et en silence. Je suppose que ce sera sûrement bientôt de l'histoire ancienne vu que j'ai à présent un compagnon qui subviendra à nos besoins.

Rapidement, nous tournons dans la cour avant d'une maison en pierres au moins trois fois plus grande que la mienne. Il y a des rideaux aux fenêtres et ni fissures ni trous dans les murs, contrairement à beaucoup d'autres habitations. Deux gardes se tiennent près de la porte et discutent avec Lovis, l'Alpha en chef des Loups de la Tempête. C'est l'homme qui a tué mon père et qui nous a pourtant gardées, mes sœurs et moi, sous sa protection. Je le hais, mais jamais je ne le lui montrerai.

Il me scrute de ses yeux sombres. Son visage ridé est dur et un sourire crispé accentue les cicatrices de sa joue et de son cou.

Alors que j'approche, je baisse la tête en signe de respect. C'est comme ça que j'ai été élevée. Il faut faire preuve de loyauté envers tous les Alphas.

Il me saisit le menton et m'oblige à lever la tête pour croiser ses yeux.

— Narah. Tu es jolie ce soir dans cette robe.

J'ai la gorge si serrée que je n'arrive même pas à sourire.

Ses gardes ricanent et chuchotent près de nous, les yeux rivés sur moi. Ce n'est pas la première fois qu'ils me matent et c'est aussi l'une des raisons qui font que cet accouplement est nécessaire. La plupart du temps leurs regards affamés me mettent hors de moi. C'est comme s'il leur fallait lutter de toutes leurs forces pour ne pas m'attaquer. Je ne suis pas idiote et je sais que le temps de Lovis en tant qu'Alpha en chef est compté. Tant d'autres attendent dans l'ombre l'occasion de le remplacer. Je dois faire en sorte que mes sœurs et moi soyons protégées avant que cela n'arrive.

— Tu ressembles de plus en plus à ta mère chaque jour, marmonne Lovis, une certaine gravité dans le regard, puis il se racle la gorge.

Il parle toujours d'elle avec tendresse, même si je n'ai pas souvenir de les avoir vus souvent discuter quand elle était en vie.

— Martell est un homme chanceux.

Sa voix est teintée d'une pointe de jalousie. Il relâche ensuite mon menton et s'écarte avant d'ouvrir la porte de la maison.

La tête haute, j'entre, les yeux des gardes braqués sur moi. Je déteste qu'ils ne considèrent les Omegas comme bonnes qu'à une seule chose. Je déteste le fait de devoir me donner à un autre Alpha pour me protéger. Je déteste ça à tel point que j'ai du mal à respirer.

Je ferme la porte derrière moi et balaie du regard la pièce de vie ouverte. Une petite table et des chaises sont installées sur ma droite, avec un saladier débordant de pommes et d'oranges. J'en ai l'eau à la bouche : il est difficile de trouver des fruits et ils sont répartis avec parcimonie entre les membres de la meute. Dans un coin trône une bibliothèque dont les étagères sont décorées par une collection de crânes d'animaux. Il n'y a pas un livre en vue.

Martell se tient dans l'embrasure de la porte de la chambre, il m'observe, plisse les yeux, mais il n'exprime absolument aucune joie de me voir. Il est grand et au moins deux fois plus large que moi arbore des cheveux courts avec une raie sur le côté. Il a les bras le long du corps, une main agrippée au goulot d'une bouteille et il me fixe avec le même regard avide que les hommes dehors. Une épaisse barbe recouvre sa mâchoire, sa bouche est fine et son rictus révèle une rangée de dents blanches. Cet homme exsude la puissance. Ce n'est pas le plus séduisant de tous, mais je recherche quelqu'un qui nous protégera. Et ma louve l'a choisi, je ne dois pas l'oublier.

Son regard sombre s'intensifie et je déglutis, la gorge sèche. Soudain, je reste figée sur place, incapable de parler.

Je ressens de l'incertitude, mêlée à tant d'autres sentiments… Surtout du désir qui glisse sur moi comme des mains invisibles qui remonteraient le long de mes jambes et sous ma robe. Ma louve aussi s'attarde juste sous la surface, elle l'appelle. J'ai toujours du mal avec le fait que mon corps semble avoir sa propre pensée quand je suis près de lui… mon compagnon prédestiné.

Soudain, il trébuche, puis se rattrape. Combien de verres a-t-il bus ? Ce n'est pas l'homme que j'ai rencontré au rassemblement de la semaine passée. Certes, il avait gardé le silence presque tout le temps, mais je pensais que c'était parce qu'il était nerveux. Aujourd'hui, il porte une chemise ample sur sa carrure massive, son pantalon noir est taché aux genoux et il est pieds nus. Je ne sais même pas s'il serait capable de marcher en ligne droite.

— Viens. Rejoins-moi, exige-t-il, son expression reflétant un mélange de dureté et d'excitation.

Un malaise me noue le ventre à sa façon de me convoquer, mais ma louve Omega se réveille à son commandement et je m'avance contre mon gré. Je suis frappée de plein fouet par la réalité de ce qui va se passer. Je ne peux pas faire ça. Mon courage de tout à l'heure n'est plus qu'une illusion, alors même que je me rapproche de lui.

À l'extérieur de la maison, j'entends les hommes discuter et j'ai l'impression que les murs se referment autour de moi. Ils attendent la preuve qui confirmera que Martell est mon premier. La preuve qu'il m'a revendiquée et qu'aucun homme ne pourra oser me toucher.

— Dépêche-toi ! s'écrie-t-il.

Je me raidis, la gorge nouée.

— Parle-moi un peu de toi, lui demandé-je d'une voix forte, m'obligeant à m'arrêter à quelques mètres de lui.

Il ricane.

— Pour quoi faire ?

Il boit une longue gorgée de sa bouteille, éclaboussant sa chemise d'alcool, avant de la poser sur le sol.

Derrière lui se trouve un grand lit recouvert de jetés de fourrure.

La bile me monte à la gorge. Tout cela va trop vite.

— Nous devrions apprendre à nous connaître si nous sommes des âmes sœurs.

Je recule un peu, ma voix se brise.

— Quel est ton plat préféré ? Où étais-tu avant de rejoindre cette meute ? Ce genre de choses…

Il éclate d'un rire qui ressemble à un aboiement, comme si j'avais fait une blague. Et il s'approche de moi à longues enjambées. Il dirige la main vers moi.

D'instinct, je lève le bras pour le bloquer. Il plisse les yeux en retour.

— Tu es une guerrière.

Il grogne et en sa présence, ma louve s'éveille plus encore. Un seul maudit contact et elle est là, à se languir de lui. Ma peau s'échauffe d'être si proche.

— Bien. J'aime les gens capables de me tenir tête, annonce-t-il et ce petit compliment fait gonfler automatiquement mon buste pour attirer son attention.

Martell m'étudie et les coins de ses yeux se rident quand il sourit. Puis sa main retombe sur mon épaule. En quelques secondes, il déchire le tissu le long de mon bras, arrache tout, ruine ma robe… la robe de ma mère.

Je hoquette et le repousse.

— Arrête !

Le besoin de fuir me transperce le crâne. Il a déclenché un bouton dans ma tête et je me vois soudain abusée par cet homme, utilisée comme j'ai vu tant d'autres se servir des femmes.

J'ai eu tort et je suis vraiment idiote d'avoir cru qu'il

pourrait être autre chose qu'une brute. Je suis transie de peur, tandis qu'un feu éclate entre mes cuisses. Ma louve me trahit totalement. Je recule, je ne veux pas pleurer ni paraître plus faible qu'il ne me voit déjà.

Mais avec ses mains charnues, il m'attrape par la taille et me soulève du sol, puis nous conduit dans sa chambre. Un petit gémissement s'échappe de mes lèvres à cause du mouvement soudain, tandis que mon cœur martèle ma poitrine comme pour s'en échapper.

— Tu veux jouer la forte tête ? Ça me va, grogne-t-il avant de me jeter sur le lit. Je préfère une bagarreuse à quelqu'un qui se contente de rester allongé.

Je rebondis sur le matelas et recule précipitamment de l'autre côté de son lit.

Malheureusement, il est trop rapide et m'attrape le bras pour me tirer vers lui. Il arrache ma jupe de ses mains, déchirant davantage de tissu.

Je pousse un cri qui se coince dans ma gorge et je me bats contre lui, lui balançant mon poing.

— Ne me touche pas !

De sa main il bloque mon coup et fait claquer sa langue.

— À ta place, je prierais pour que quand je te nouerai, ton corps me donne plein d'enfants, sinon…

Sa manière de laisser sa phrase en suspens me flanque une trouille de tous les diables à l'idée de ce qui m'attend. Il m'attrape par la nuque et me tire vers lui ; son haleine empeste la Ţuică, un alcool local à base de prunes et je manque de vomir à cause de la puanteur.

— Tu sens nos loups ? Ils s'appellent l'un l'autre. Tu

ne vas nulle part, âme sœur. Je sens ton excitation. Tu me désires et je vais te sauter durant toute une semaine.

Mes doigts s'agrippent à son bras, je plante mes ongles dans sa chair, mais ça ne fait aucune différence face à quelqu'un d'aussi fort.

Ma louve se dresse comme si on l'avait appelée et je ne peux nier que l'univers nous a appariés. Pourtant ce n'est pas lui que je veux. J'ai toujours cru que ma louve choisirait quelqu'un qui m'attirerait, qu'il n'y aurait pas que mon instinct en jeu. Cependant, tout chez cet homme me répugne. Il est censé être notre sauveur, mon phare dans ce monde sinistre, mais à présent j'ai peur d'avoir mis le pied dans l'antre du démon.

— Je sens le goût de ta moiteur au fond de ma gorge. Tu n'as pas idée à quel point tu me rends dingue.

Il me relâche et je retombe sur le lit, le souffle coupé. Je serre les jambes et tire sur le tissu pour couvrir ma poitrine exposée. Ce n'est pas comme ça que j'imaginais ce moment. Vraiment pas comme ça.

Martell retire sa chemise et la jette derrière lui, dévoilant son corps poilu couvert de coupures et d'ecchymoses. Le renflement dans son pantalon me donne le vertige.

Je frémis.

— S'il te plaît, est-ce qu'on peut y aller plus doucement ?

Son rire me fait l'effet de griffes me lacérant le dos.

— Déshabille-toi, exige-t-il, sa voix n'exprimant pas la moindre tendresse.

Je remonte mes genoux contre ma poitrine et les serre plus fort, tout en scrutant la pièce à la recherche de la plus proche fenêtre, au fond de la pièce. Elle semble assez grande pour que je puisse y grimper, si je fais assez vite. Sauf qu'ensuite, je fais quoi ?

Tout ça, c'est pour mon avenir et la sécurité de mes sœurs et je ne sais pas si je suis capable d'aller jusqu'au bout. Les sanglots me montent à la gorge quand je dévisage furieusement ce monstre. J'ai les bras qui tremblent autour de mes genoux pliés, la peur se répand rapidement dans mon être.

Tout le côté du matelas s'enfonce sous son poids quand il s'agenouille dessus et il m'attrape la cheville. Il me tire vers lui, faisant remonter ma robe jusqu'à ma taille. Je gémis, me tortille pour lui échapper. Sa respiration est lourde comme celle d'un sanglier quand son regard tombe sur mes sous-vêtements. Il s'empresse de glisser une main entre mes jambes.

Ce simple contact embrase ma peau. C'est la panique totale dans mon ventre, entre la peur qui m'incite à m'enfuir pour sauver ma vie et ma louve qui gémit pour lui. C'est mon instinct primaire qui prend le dessus et je ne pense plus qu'à une chose : il va me prendre, me mordre, me frapper, me faire du mal. Je déteste mon corps et ma louve pour avoir voulu ça.

— Je t'en prie, non.

Je le repousse, mais en retour, cette ordure m'assène une claque au visage.

Le coup me fait retomber sur le lit, je cramponne le côté de ma tête ; j'ai le goût du sang dans la bouche. Mon visage me brûle comme s'il l'avait marqué au fer rouge et les larmes me montent aux yeux.

Ça ne devrait pas se passer comme ça avec son âme sœur. Mère et Père ne se sont jamais disputés. Jamais.

Martell remonte la main une fois de plus le long de mes jambes, plus brutalement cette fois, avant que je ne puisse les serrer. Il agrippe ma culotte qu'il m'arrache. Je crie en réponse à son agression et recule précipitamment pour lui échapper.

La rage explose en moi. Et elle déclenche des étincelles de pouvoir le long de mes bras, hérissant les cheveux sur ma nuque. La puissance monte si vite dans mon corps que je n'ai pas le temps de réagir.

Des fils jaunes de magie jaillissent soudain de mes doigts et s'élancent, mordant ses mains comme des vipères.

Il hurle sous le choc et recule brusquement, retirant sa main si vite que j'en sursaute. Il contemple les marques de brûlures sombres qui grimpent le long de son bras, son visage perd toute sa couleur.

— Déesse, non ! crié-je, tétanisée sur le lit, fixant ses doigts et son visage paniqué.

Il va me dénoncer. Il va me tuer.

Les loups n'ont pas de magie.

Les Maudits sont craints, haïs et massacrés.

— Putain, qu'est-ce que tu es ?

Il se relève en catastrophe, désireux de me fuir.

Je baisse les yeux sur les marques sombres de ses mains quand il essaie de les frotter pour les nettoyer et je lis la douleur visible sur son visage. Je viens de le brûler et ces traces ne s'en iront jamais. Merde !

— Ce n'est rien. Je t'en prie, essayons de nouveau. Je vais coopérer.

Il pose sur moi un regard vide, comme s'il ne me voyait plus comme son âme sœur, mais comme une étrangère.

— Je t'ai posé une question, aboie-t-il en redressant les épaules, fermant le poing de sa main valide.

Je ne sais absolument pas pourquoi ma magie est défaillante. Je me précipite au bas du lit de l'autre côté, pour mettre quelque chose entre Martell et moi. J'ai les mains qui tremblent en remontant le tissu déchiré de ma manche sur mon bras.

— Je suis une louve. Ton âme sœur, lui dis-je, sans savoir quoi dire d'autre.

Mes parents m'ont toujours dit de cacher cette partie de moi, de n'en parler à personne, mais avec le temps, j'ai l'impression que mon pouvoir a pris de l'ampleur. Ces derniers temps, il fait des étincelles de son propre chef.

— Mais bien sûr ! crache-t-il d'un ton sec, ramassant sa chemise sur le sol avant de frotter son doigt sur le tissu. Je ne veux pas de monstre pour compagne. Tu n'es qu'une sale sorcière ! Une Maudite, n'est-ce pas ?

Je me précipite près de lui, parfaitement consciente que si Lovis le découvre, il nous tuera, mes sœurs et moi. La magie est totalement bannie.

— Ce n'est que moi, une louve, insisté-je, étranglée de peur. Je n'ai rien d'extraordinaire. S'il te plaît, je veux que ça fonctionne entre nous. Je me tiendrai bien, je le promets.

On sent le désespoir dans ma voix.

Je lui prends la main, mais il tressaille à mon contact, sa bouche se tord de dégoût.

— Ne me touche pas, putain. Tu n'es pas ma compagne. Je te rejette.

Il se retourne et se dirige vers la porte.

Il me rejette ? Est-ce possible ?

Le froid m'envahit, me déchire en lambeaux et ma louve gémit à ses paroles. Une douleur m'arrache la poitrine, comme si mon cœur se fendait en deux, tandis que mes épaules s'affaissent et que je tombe à genoux.

— Non, non, ce n'est pas possible.

Je me balance d'avant en arrière.

Mon âme sœur m'a rejetée. Ma louve ne se liera jamais. Je serai un paria pour toujours. Et je ne peux plus rester dans cette meute.

Au-delà de la clôture de notre meute, il n'y a rien que la nature sauvage, des Alphas errants qui me sauteront à mort et des zombies si jamais je parviens à échapper aux loups.

Ses bruits de pas résonnent comme un battement de tambour vers ma mort. Je ne pense plus qu'à ce sort qui m'attend.

La mort.

Mes sœurs ! Putain !

Je me relève, le cœur martelant ma poitrine, puis fonce vers la fenêtre arrière que j'ouvre à la volée. Je jette un coup d'œil en arrière vers Martell qui ouvre la porte d'entrée. La hantise de ce que j'ai fait me transperce au plus profond de moi, vu l'horreur de cette soirée.

Je me hisse et me jette précipitamment par la fenêtre.

J'atterris sur le dos dans un buisson qui me pique

méchamment, mais je n'ai pas de temps à perdre pour essuyer mes larmes.

Pourquoi devrais-je me soucier qu'il me rejette? C'est une ordure qui va me battre et me violer. Mais ce n'est pas pour ça ce que je pleure. C'est ma louve qui se languit de la connexion avec son âme sœur. Sa souffrance me transperce et mes jambes sont sur le point de céder sous le coup de la douleur. Les âmes sœurs ne se rencontrent qu'une fois et la mienne vient de me rejeter. Elle m'a bannie.

La peur m'envahit. Je trébuche contre un buisson, mais je ne peux pas m'apitoyer sur mon sort. Pas maintenant…

Restant dans l'ombre, je cours à l'arrière des maisons, entre et sors des jardins, jusqu'à ma petite hutte sombre. Je fais irruption par la porte arrière, faisant sursauter Jae et Kaira, assises sur la couverture à jouer aux cartes.

— Narah?

La voix paniquée de Kaira s'ajoute à ma peur. Elle se lève, tout comme Jae et les deux fixent ma robe déchirée.

— Que s'est-il passé?

— Il faut qu'on quitte la meute immédiatement, leur annoncé-je à la hâte. Il a vu ma magie et m'a rejetée en tant que compagne.

Mes mots me laissent un goût aigre sur la langue et une vague de tristesse irrésistible s'abat sur moi. La douleur qui me frappe en boucle m'épuise.

— Il *quoi*?

Les yeux écarquillés de Kaira attirent mon attention et je me précipite auprès d'elles.

— Est-ce qu'on va avoir des problèmes ? couine Jae.

Sa main, qui tient toujours une carte, tremble.

— Bébé, nous devons immédiatement quitter la meute, insisté-je en la prenant par la main. Vite, prends ton manteau et tes bottes. Je vous raconterai tout plus tard, mais nous ne sommes plus en sécurité ici.

— Mais c'est la meute de Père !

Les larmes roulent sur le visage de Jae et je la prends dans mes bras. J'aimerais ne pas avoir à lui imposer ça, continuer de la protéger de la laideur de notre monde et du danger qu'il représente pour des Omegas comme nous. Ma respiration est saccadée, mais je dois être forte pour nous, pour que nous puissions nous enfuir.

Je m'écarte et pose les mains sur ses joues humides.

— Écoute-moi, Jae. Tu es bien plus forte que tu ne l'imagines. Et aujourd'hui, il faut que tu coures plus vite que moi. Ne t'arrête pas, quoi qu'il arrive, d'accord ? Est-ce que tu peux faire ça pour moi ?

L'urgence de la situation me démange la peau et je ne cesse de regarder la porte d'entrée.

— Il faut qu'on y aille, dit Kaira, la voix paniquée, qui s'agite dans la maison pour ramasser des vêtements et de la nourriture qu'elle fourre dans son sac.

Jae blêmit.

— Où… Où est-ce qu'on s'enfuit ?

Je m'humecte les lèvres, l'esprit en ébullition.

— Tu te souviens quand nous sommes allées pêcher près de la rivière, plus haut vers le nord, avec les autres femmes de la meute ?

Elle hoche rapidement la tête.

— J'ai entendu dire qu'il y avait des endroits sûrs de l'autre côté de la rivière.

Je déteste mentir à Jae, mais elle est si jeune et semble déjà terrifiée. Je dois lui donner de l'espoir, quelque chose pour qu'elle continue d'avancer. Une fois que nous aurons échappé à la meute, je pourrai élaborer un nouveau plan d'action. Mais pour l'instant, ma seule obsession, c'est la survie.

— La rivière près des pins géants ? demande-t-elle, le menton tremblant.

— Oui, exactement. Et si jamais on est séparées, on se retrouvera toujours là-bas. Je vous y attendrai toutes les deux pendant des semaines, des mois, des années. Le temps qu'il faudra. Maintenant, il faut qu'on agisse vite.

Nous faisons le tour de la maison à toute allure, enfilant des manteaux et des bottes lourdes, emportant un sac avec un minimum de provisions et une couverture. J'ai l'esprit trop embrumé par la peur pour penser vraiment à ce que nous devrions prendre. Je récupère rapidement l'allume-feu sur la table et me précipite vers le garde-manger où je prends mes couteaux de chasse que je glisse dans mes bottes. C'est là que je repère la broche dorée de Mère, en forme d'oiseau avec une grosse émeraude. Elle pourrait nous être utile pour le troc, alors je l'emporte aussi.

Au moment où nous nous glissons à l'arrière de la maison dans l'obscurité, on frappe à la porte d'entrée en bois.

Je tremble, l'esprit engourdi par la vitesse à laquelle notre vie a échappé à tout contrôle, mais il est hors de question que je les laisse nous attraper et nous faire du mal.

Le froid s'infiltre dans mes os et je frémis. Je reste derrière Jae tandis que Kaira prend la tête du groupe. Un vent glacial souffle sur la nuit qui nous dissimule. Ce n'est pas de cette manière que devait s'achever le rituel et je ne cesse de me repasser l'incident dans ma tête. Tout est ma faute. Je me suis trop battue contre Martell, ce qui a libéré ma magie. Et si j'avais été une véritable sorcière, alors j'aurais su m'en servir pour le faire taire. Malheureusement, je n'ai même pas cette capacité. Je suis peut-être vraiment maudite. Je mérite peut-être cette punition.

Mais pas mes sœurs.

Kaira atteint la clôture grillagée derrière notre maison avec Jae, sous le couvert de la nuit. Elle tire sur le fil coupé, révélant une petite ouverture par laquelle se glisse Jae. Je prends la main de Kaira avant qu'elle ne la suive.

— Emmène Jae et cours. Ne t'avise pas de t'arrêter. Je vais essayer de faire diversion en partant vers une autre direction.

— Narah, non ! hoquette-t-elle, les yeux écarquillés et brillants sous le clair de lune.

Son corps tremble sous mes mains et je l'étreins rapidement avant de perdre ma résolution.

— Prends soin d'elle. On se retrouve près de la rivière, d'accord ?

Je tends la main vers ma botte et en sors une lame que je lui pose dans la main.

— Pars vite.

Comme elle ne bouge pas, je la pousse.

Elle trébuche, mais ne me quitte pas des yeux alors qu'une larme perdue s'échappe du coin de son œil. Mon cœur s'est déjà brisé en mille morceaux sous le coup de la peur de ce qui nous attend dans la nature. Mais d'abord, nous devons survivre aux Loups de la Tempête.

— Je t'aime, Narah, murmure-t-elle, puis elle se tourne et se glisse dans le trou, disparaissant dans la nuit.

Des voix arrivant de plus loin sur le territoire de la meute me parviennent. Ils me cherchent, ils viennent par ici.

Désespérément, je me jette dans l'ouverture du grillage.

Derrière moi, quelqu'un m'attrape le bras et m'attire vers l'obscurité à l'arrière de ma hutte.

La peur me prend les tripes, alors que je trébuche. Je relève la tête vers une silhouette sombre qui me domine, un grognement aux lèvres.

Martell.

Merde !

— Espèce de pétasse.

Je n'ai pas le temps de voir arriver son coup de poing, sorti de nulle part, avant qu'il ne s'abatte sur le côté de mon visage. Mes jambes se dérobent sous moi et je hurle en tombant. La douleur se propage sur le côté de mon crâne et je vois flou par intermittence. J'atterris sur le flanc et regarde à travers le grillage mes sœurs qui s'enfuient en courant. Ce ne sont plus que deux ombres qui disparaissent, se fondant dans le noir, déjà si loin que je doute que quiconque les ait vues partir.

Ne vous avisez pas de vous arrêter.

Il m'attrape par le bras et me traîne au sol ; j'ai toujours la tête qui tourne et je vois des étoiles.

Une terreur aiguë me transperce en pensant que je suis responsable de tout ce qui a mal tourné ce soir. Je me pousse pour me relever, mais Martell se déplace si vite que je ne cesse de trébucher.

— S'il te plaît, ce n'est pas ce que tu crois, le supplié-je entre deux cris étouffés.

Ma gorge me fait souffrir à force de retenir ces sanglots qui m'étranglent.

— Tu es pathétique, grogne-t-il par-dessus son épaule, sans jamais cesser de me traîner sur le sol où les pierres et les brindilles me déchirent la peau. Je n'arrive pas à croire que j'avais envie de te sauter.

Je le repousse brutalement, mes jambes pendantes derrière moi et la terreur m'envahit. Pourtant ma louve gémit toujours pour lui, mon corps vibre d'un désir qui n'a aucun sens à mes yeux.

Quand il s'arrête enfin, je pleure et j'ai du mal à respirer.

Nous sommes devant les portes principales qui mènent au territoire de la meute. Il y a des gardes à proximité et des torches enflammées projettent des ombres sur leurs visages renfrognés. Je les connais, je les ai déjà vus dans les parages, mais à présent ils m'observent comme si je n'étais rien. Martell croise mon regard et un sourire impitoyable s'étire sur son visage.

Il relâche sa prise sur moi et je retombe au sol. Je lève les yeux sur Lovis qui sort de l'ombre et je vois six autres Alphas de la meute m'entourer. La seule chose qui me vient à l'esprit, c'est l'image de ma propre mort et la douleur qu'ils vont m'infliger.

— Je t'en prie, supplié-je en me tournant vers Lovis, toujours à quatre pattes. Tu connaissais mes parents. C'était la meute de mon père.

— C'est une satanée Maudite, gronde Martell et les autres hommes répètent « maudite ». Comment as-tu pu ignorer qu'elle était dans ta meute ?

Ses mots sont comme du venin.

Lovis secoue la tête et la baisse, comme si ma seule présence était une humiliation pour lui et mettait en doute sa position d'Alpha.

J'ai la gorge nouée, je peux à peine respirer. L'expression de Lovis ne reflète ni affection ni sympathie. Il ne reste que de la colère pure et ses yeux qui débordent d'une fureur sauvage.

— Tu n'es rien pour moi, me crache-t-il. Ton père savait que tu étais une Maudite et il nous a menti à tous. Et tout comme lui, tu en paieras le prix fort. Tout comme tes vermines de sœurs.

Il adresse un signe de la main à l'un de ses hommes.

— Amenez-les !

— Stop ! hurlé-je, le cœur débordant de rage.

Une étincelle d'électricité parcourt mes bras, crépitant comme du feu au bout de mes doigts. Des éclairs jaunes jaillissent pour s'éteindre aussi vite. C'est ma faute, j'ai toujours réfréné mon pouvoir et à présent que j'ai besoin de lui, il est mort.

— Maudite ! crient les hommes en gardant leurs distances.

Ils m'observent avec mépris, tandis que le visage de

Martell s'assombrit. Il courbe les épaules vers l'avant, comme s'il allait se transformer en loup et me déchiqueter d'un instant à l'autre.

Mes poumons aspirent frénétiquement l'air. Le monde autour de moi tourne à toute vitesse et je suis saisie de peur. J'en appelle de nouveau à mon pouvoir et serre les poings, mais rien n'y fait.

Pas d'étincelle.

Pas de magie.

Rien.

— Tuez-la, ordonne un Alpha.

Je frémis devant leur haine. Ces hommes sont antipathiques, des sauvages, des monstres.

Lovis reporte son attention sur Martell.

— C'est ton âme sœur, la décision te revient donc.

— Nous sommes des âmes sœurs pour la vie. Tu ne peux pas faire une chose pareille, l'imploré-je.

D'autres hommes crient pour réclamer ma mort. Je me relève, mais quelqu'un me balance un coup de pied à l'arrière des genoux et je retombe au sol. Au fond de moi, je sais où ça va mener et il faut que je m'enfuie.

En quelques secondes, Martell me remet debout et me balance sur son épaule, mon esprit paralysé de peur.

Je lui frappe le dos de mes poings et tente de libérer mes jambes, mais il les maintient d'une poigne de fer.

— Tu n'es pas obligé de faire ça.

Il avance rapidement à travers les portes ouvertes à présent, il court presque. L'obscurité nous engloutit et je tends les mains, implorant mon pouvoir de ressortir. N'importe quoi, pourvu que je puisse frapper Martell assez fort pour le briser.

Je t'en prie, il faut que tu fonctionnes.

Je claque des dents en rebondissant sur son épaule et je hurle. De chaudes larmes roulent sur mon visage et mon cou.

— M-m… Martell, je ne suis pas dangereuse. Tu es mon âme sœur.

Ma voix se brise et c'est comme si j'étais piégée dans des sables mouvants.

— Tu ne seras jamais ce que je désire. Tu es une ordure, croasse-t-il avant de m'arracher brusquement à son épaule.

Ensuite, je vole.

Je m'attends à atteindre le sol, mais je tombe encore. Et mon esprit s'emballe devant la réalité. Il m'a jetée du haut de la falaise qui court tout le long du territoire de notre meute.

Il disparaît de ma vue pendant que je tombe à toute vitesse et la nuit m'engouffre.

Je crie, tendant les bras et les jambes. Mon cœur éclate dans ma poitrine quand une étincelle surgit de mes mains et mon pouvoir s'enflamme.

Soudain, mon dos heurte quelque chose de plein fouet. L'obscurité s'épaissit et me vole ma magie, mon espoir, ma vie.

CHAPITRE 1

NARAH

J'ouvre les paupières si vite que c'en est douloureux. Des lignes orange strient le ciel comme s'il était en feu, comme si le monde entier brûlait. Seulement quand j'essaie de lever la tête, chaque centimètre de mon corps hurle comme si on m'enfonçait des lames. Je déglutis en dépit de ma gorge sèche et geins tant ce simple geste est douloureux. J'ai un goût métallique dans ma bouche, qui est pâteuse. Je tire la langue pour la passer sur mes lèvres fendillées.

Mon estomac se tord et je gémis. J'ai tellement mal que je ne peux plus bouger sans avoir envie de vomir. Je reste allongée là en pleurant, me rappelant qu'on m'a jetée de la falaise. Je ne sais pas comment j'ai survécu. Bien qu'avec mon corps perclus de douleurs comme si j'étais à l'article de la mort, je ne suis pas certaine de devoir appeler ça « survivre ».

Martell m'a rejetée et je me repasse la soirée dans ma tête, la manière terrible dont elle s'est terminée et la douleur de mon corps n'est rien en comparaison de la souffrance du manque de lui. Mon cœur s'emballe tandis que ma louve se jette sur mes entrailles, me rendant responsable d'avoir perdu notre âme sœur.

J'ai envie de hurler à l'idée de désirer un tel monstre, alors je ferme les yeux plus fort pour enrayer mes larmes.

— Je n'ai pas besoin de lui, croassé-je.

Lorsque j'ouvre enfin les paupières et que je tourne la tête pour mieux voir ce qui m'entoure, une souffrance aveuglante me transperce le crâne. Le monde tangue autour de moi et je me raidis jusqu'à ce qu'il se stabilise.

Je suis étendue au pied de la falaise, entourée de pierres dentelées. Au-delà se trouve une forêt dense d'arbres et d'herbes sauvages, dont les feuilles s'agitent dans la brise. Je ne sais pas par quel miracle je ne me suis pas empalée sur les rochers acérés à l'atterrissage.

Je gémis et me mords la lèvre pour chasser la terrible souffrance en me relevant. J'y vais doucement, inspirant rapidement à chaque mouvement.

Je lève les yeux sur la paroi rocheuse et n'arrive pas à croire que je sois toujours en vie après être tombée de si haut.

En palpant mon corps à la recherche d'os brisés, je halète à la vue de mes doigts, que je lève devant mon visage.

La moitié supérieure est noire, tachée comme si je les avais plongés dans l'encre. Sauf que c'est de la magie, la même dont je me suis servie contre Martell. Et je me souviens de la chute, de l'étincelle de puissance, avant de m'évanouir. La seule explication de ma survie à une telle chute et du fait qu'à présent je porte la marque des Maudits, c'est la magie.

Mon pouvoir m'a sauvée, en quelque sorte.

Comme Martell avant moi, je me frotte les doigts, mais ça ne s'en va pas. Ma mère aussi avait deux doigts noirs, brûlés par un retour de magie, qu'elle dissimulait en portant des gants en permanence. Elle ne contrôlait pas non plus sa magie, c'est pourquoi elle nous disait de ne pas nous servir de la nôtre.

La magie dans ton sang est instable, sauvage et peut te blesser ou te tuer aussi facilement que les autres. Elle ne nous avait donc enseigné qu'une seule chose à Kaira et moi : à détecter la magie des autres, de sorte d'éviter les sorcières.

Je remue les orteils et fais lentement revenir les sensations dans mes jambes. D'une manière ou d'une autre, ma magie m'a sauvée et maintenant il faut que je quitte les lieux avant que Martell ne revienne.

Quand je me retourne pour me relever, le feu me mord les flancs et je m'arrête. Il faut que j'y aille doucement. Je remplis mes poumons, bande mes muscles et me mets à quatre pattes, avant de me pousser sur les talons.

Je me relève et mes genoux flanchent. Une douleur lancinante me vrille l'arrière de la tête et je grimace, levant la main. Mes doigts effleurent le sang séché collé dans mes cheveux et je tâte ma peau à la recherche d'une blessure, en vain. Tout ce qui reste, c'est ce gâchis qui aurait dû me tuer. Et la douleur. J'écarquille les yeux, je ne sais pas comment je devrais me sentir après avoir tant perdu pour ma survie.

Je me redresse et fais mon premier pas instable, avant de chanceler vers les bois.

Là, je me colle à un arbre pour reprendre mon souffle, attendant que la douleur s'atténue dans mon corps. Je jette un nouveau regard à la falaise, toujours incrédule quant à ce qui s'est passé. Mon esprit et mon cœur sont un véritable champ de bataille entre la colère et le désir, mais peu importe : jamais je ne retournerais aux côtés de Martell.

Ce qu'il me faut, c'est me concentrer... et retrouver mes sœurs.

Deux mois plus tard

J'étale le jeu de cartes face cachée sur la table d'une main gantée, puis lève les yeux sur le regard avide de Finn. C'est un client régulier, un jeune Beta qui n'a jamais trouvé sa compagne et est bien déterminé à la rencontrer. Chaque semaine, c'est la même question. Mais qui suis-je pour me plaindre alors que son argent m'offre un toit pour dormir à la taverne et me remplit le ventre ?

Des rires rauques éclatent dans la petite pièce que je loue à la taverne, pourtant Finn ne semble pas s'en rendre compte. Il se concentre sur les cartes. Je fais bien comprendre à la clientèle que je ne suis pas une sorcière. Libre à eux de me croire ou non.

Nous sommes dans une ville qui n'a pas de nom puisqu'elle n'est pas censée exister. Seuls les loups métamorphes les plus redoutables y passent, ceux qui portent des secrets et d'autres qui ne souhaitent pas être retrouvés. Personne ne pose de questions. C'est une zone sécurisée, dirigée par un shérif autoproclamé, un Alpha marginal qui n'a pas peur de faire usage de son fusil pour éliminer ceux qui le défient.

J'en ai été témoin à plusieurs reprises. Quand cet homme vous dit de suivre les règles de sa ville, vous avez plutôt intérêt à obtempérer.

Cela fait deux mois que je suis ici, à attendre que mes sœurs se présentent à la rivière voisine, alors pour vivre, je vends aux gens les prédictions qu'ils veulent entendre. Et tant que je reste vague dans mes prévisions, ceux qui croient à la voyance feront en sorte que mes paroles collent à leur situation. Je dissimule mon visage quand je suis en public et si un membre des Loups de la Tempête vient en ville, je ne m'approche jamais de personne.

La bougie sur la table vacille soudain malgré l'absence de fenêtre et l'odeur du bois de santal est plus forte aujourd'hui pour une raison que j'ignore.

— Choisis une carte, demandé-je à Finn.

Il tend le bras et sa main plane dans l'air au-dessus de l'alignement de cartes, attendant que son instinct lui en fasse choisir une. Son doigt retombe sur l'une d'elles et il la fait glisser vers moi sur la table.

Je la retourne et dévoile un homme allongé sur un lit, neuf épées plantées dans le dos.

Finn siffle et se cale dans sa chaise, se passant nerveusement la main dans ses courts cheveux dorés.

— C'est mauvais, n'est-ce pas ?

— Aucune carte n'est jamais bonne ou mauvaise.

Celle-ci représente la peur, c'est ce qui t'empêche de trouver ce que tu désires vraiment.

Il me scrute avant de hocher lentement la tête.

— Quoi d'autre ? Est-ce que tu peux voir plus loin ?

— Bien sûr, dis-je, sachant que quand il me pose cette question, il a envie que je lui parle de sa recherche de la femme de ses rêves.

Je veux dire, n'avons-nous pas tous envie de connaître les réponses à l'univers ? Je voudrais retrouver mes sœurs et pas rester debout la plupart des nuits à tellement m'inquiéter pour elles que je ne parviens pas à dormir. Mais aucune carte au monde ne me donnera cette réponse.

Mes doigts dansent au-dessus de la carte et je ferme les yeux, prenant une profonde inspiration qui lui donne l'impression que je médite. Je devrais me sentir coupable d'escroquer de l'argent à ces hommes, mais ce n'est pas le cas. Pas alors que je sais qu'aucun ne reculerait devant quoi que ce soit pour me faire du mal si l'occasion se présentait. Dans cette ville, il y a une règle : pas de bagarre. Enfreignez-la et vous la quitterez dans un sac mortuaire. Depuis mon arrivée ici, j'ai commencé à découvrir un tas de choses au sujet du monde que personne ne m'a jamais racontées. Par exemple que tous les Alphas en dehors de la meute des Loups de la Tempête ne sont pas des sauvages. Que la partie nord de la Roumanie est une Mecque pour toutes sortes de meutes venues de toute l'Europe, sans qu'aucun Alpha ne dirige l'ensemble du territoire. Cela tient en partie au fait que des sorcières vivent également sur ces terres. Tous les craignent.

Une nouvelle profonde inspiration et je remue sur mon siège pour trouver une position un peu confortable.

L'air est épais comme de la boue et un peu étouffant. Ou c'est peut-être parce que j'ai passé une nuit agitée, ou que j'ai pleuré près de la rivière ce matin, en craignant que le pire ne soit arrivé à Kaira et à Jae.

C'est pour cette raison que le mois dernier j'ai engagé quelqu'un pour les retrouver. Je me suis dit que, quitte à me mêler à des monstres, autant engager l'un deux pour travailler pour moi. Ragnar, un Alpha du Danemark, a insisté sur le fait qu'il avait des moyens de retrouver les personnes perdues. Certes, il n'a pas donné de détails, tout comme je ne me suis pas étendue sur la manière dont je pouvais l'aider à traverser les Bois empoisonnés comme il me l'a demandé. S'il trouve et me ramène mes sœurs, je le guiderai à travers la forêt enchantée, parsemée de pièges magiques que je suis capable de détecter. C'est bon de savoir que l'unique compétence que ma mère m'a enseignée va m'être utile.

Un murmure me parvient sur la gauche.

Je me raidis et ouvre un œil : il n'y a rien d'autre que la pièce vide, avec Finn et moi assis à la petite table.

— Tu as vu quelque chose ? s'enquiert-il.

— Oui, mens-je, ce qui est peut-être mon nouveau super pouvoir, étant donné que j'excelle dans l'art de raconter des bobards.

Il en a le souffle coupé, mais je ferme les yeux un peu plus longtemps, pour donner un air plus authentique à l'expérience.

Un grognement se glisse dans mon oreille droite et

avec lui une brume envahit mon esprit. Soudain, je suis perdue dans les ténèbres, dans les images qui s'entrechoquent dans mes pensées.

Quelque chose ne va pas du tout et les poils de mes bras se dressent.

En une fraction de seconde, je suis arrachée de la pièce et je me tiens à présent au milieu des bois, entourée d'immenses sapins touffus. Je sens quelque chose couler le long de mon bras et quand je baisse les yeux, j'ai la main agrippée à une lame, plantée dans la chair tendre de ma poitrine. Je n'en crois pas mes yeux et comme si la réalité me rattrapait, la terrible souffrance arrive en même temps que ma panique. Je crie, mais j'ai la voix tendue et mon corps se raidit, car le moindre mouvement est une souffrance insoutenable. Je trébuche contre un arbre, à peine capable de respirer. Le sang coule le long de mon bras, imprégnant mes vêtements.

Que se passe-t-il ?

Un grognement me parvient de quelque part dans les bois denses et le son s'amplifie.

Je lève les yeux au moment où Kaira émerge de l'ombre, enveloppée de fourrures. Elle me scrute, les yeux presque blancs et je vois sur son front quatre points qui partent de la naissance de ses cheveux jusqu'à l'arête de son nez. Elle a d'autres points sur les sourcils. Je ne reconnais pas ces peintures, je ne sais pas d'où elles viennent.

Jae émerge aussi de l'obscurité, mais ses yeux sont normaux.

— À l'aide ! imploré-je.

Kaira ne fait pas le moindre mouvement, mais Jae se précipite vers moi, les yeux écarquillés.

— Narah ! hurle-t-elle.

Je sens un mouvement sur ma droite et je tourne la tête dans cette direction, mais il est si rapide qu'au départ, je ne comprends pas ce que je vois.

Juste après, le plus grand loup gris que j'aie jamais vu se précipite sur Jae et la plaque au sol. L'animal pousse un grognement tonitruant, qui semble faire trembler le sol sous mes pieds.

Jae hurle, repoussant la bête de ses mains, lui assénant des coups de pied dans le ventre.

Kaira se contente de rire et je ne comprends pas ce qui se passe.

— Jae, crié-je en essayant de bouger, mais je ne peux que tomber à genoux.

Le loup lui mord le cou, il est féroce et rapide. Le bruit de la chair déchirée me rend malade. Ses cris se transforment en gargouillis. Il recule, sa gorge dans la bouche et le sang éclabousse Kaira qui continue de rire.

— Jae, murmuré-je.

Mon cœur se serre.

Elle ne peut pas être morte… c'est impossible.

Je tombe à terre sur le flanc, ma poitrine se contracte et la dernière chose que je vois, c'est Kaira, qui s'accroupit devant moi, inclinant la tête sur le côté.

— Tu as choisi le mauvais côté, ma sœur, me dit-elle.

Mes paupières s'ouvrent et je suis de retour dans la salle de la taverne. Un cri involontaire m'échappe. Surprise, je m'écarte de la table et de Finn. Ma chaise bascule vers l'arrière, m'emportant avec elle et je tombe ;

mes jambes se coincent sous la table et l'entraînent dans ma chute. Les cartes de tarot s'envolent, la bougie vole à travers la pièce. Tout se passe au ralenti et pourtant mon cœur bat à tout rompre et ma gorge se serre.

La mort de Jae.

Ma mort.

Kaira...

Non, non, non ! Elle ne ferait pas ça.

Je m'efforce de me dégager de l'enchevêtrement de la table et de la chaise tandis que Finn éteint le petit incendie qui a pris sur le textile qui recouvre les murs pour amplifier l'ambiance « voyance » de la pièce.

Les larmes me brouillent la vue, je ne sais pas vraiment ce que j'ai vu. Je n'ai jamais eu de visions auparavant... jamais. Ça ne peut pas être ça.

Finn est là, soulève la chaise, puis m'agrippe le bras et me hisse sur mes pieds.

— Qu'est-ce que c'était que ça ? Tu n'arrêtais pas de crier le nom de Jae. C'est elle que tu vois comme ma future compagne ?

Je cille devant lui, incapable d'avoir les idées claires. J'ai les dents qui grincent alors qu'une partie de la vision persiste à s'accrocher à moi, glissant sur mon esprit. Je retire ma main de sa prise et me détourne.

— Il faut que j'y aille, murmuré-je.

Je n'arrête pas de penser à la mort de Jae, je suis totalement concentrée dessus. Je trébuche vers la porte, en proie à la terreur.

— Je t'ai payée, alors je veux ma prédiction, exige Finn, claquant sa main sur mon épaule, où il plante ses doigts.

Ils sont comme de l'acier, m'obligeant à m'arrêter.

Je me tourne vers lui, me dégage de sa poigne, retroussant les lèvres devant son ordre. La rage m'envahit quand son regard dégoûté se pose sur moi et quand ses narines se dilatent.

J'enfonce la main dans ma poche, en ressors son paiement et lui jette ses pièces. Les mots m'échappent.

— Reprends-le, car tu ne trouveras jamais ta compagne.

— Espèce de sorcière, grogne-t-il et sa main calleuse me saisit à la gorge, me tirant vers lui ; sa réponse est froide et sans pitié.

C'est peut-être la faute de ce que je viens de voir, mais je me sens envahie d'une nouvelle bravoure et je lui balance mon poing dans la poitrine.

— Dégage tes sales pattes de moi !

Mais mon attaque est faible, instable et je ne fais que le mettre plus en colère.

Cet enfoiré rugit et me relâche, après quoi il m'attrape par les cheveux. Il me traîne à travers la pièce, jusqu'à la table renversée.

— Laisse-moi te montrer de quelle manière tu vas me rembourser.

Je ne cesse de donner des coups dans son bras pour qu'il me lâche, tandis que je trébuche derrière lui. Soudain, quelque chose se précipite devant moi, avec une explosion d'air contre mon flanc.

La prise de Finn se relâche et je recule hors de sa portée. C'est à ce moment que je réalise que quelqu'un d'autre est entré dans la pièce. Quelqu'un de grand et qui se déplace à la vitesse d'une tempête. Il heurte Finn avec une telle rapidité qu'il est projeté à travers le mur de bois. Mais l'assaillant, un homme assez grand pour être un ours, le rejoint et le tire en arrière avant de lui arracher le cou et de le briser.

Les os se brisent net, le geste est précis. Tout se passe très vite.

Je ne peux retenir un halètement quand le corps de Finn s'écroule au sol, mort.

Je tremble et recule quand l'assaillant se tourne vers moi, s'époussette les mains et sourit fièrement. L'homme fait plus d'un mètre quatre-vingt et il est bardé de muscles et il sourit comme un dément. Ses cheveux blonds foncés balaient son front et son regard noisette perçant croise le mien. Je ne devrais pas le fixer, mais il est terriblement beau, avec des traits vraiment marqués. Sauf qu'il vient de tuer Finn.

Si je n'étais pas déjà terrifiée, je me serais sûrement évanouie devant ce loup métamorphe contre qui je n'ai aucune chance. Je sens l'énergie qui se dégage de son corps, les ondes électriques qui courent toujours le long de ma colonne quand je suis en présence d'un Alpha.

— C'est elle ? demande-t-il en souriant.

Sa question m'embrouille encore plus.

— Vous l'avez tué ! Q… Qui êtes-vous ?

La chair de poule envahit mes bras.

— Mauvaise question, répond une voix masculine grave dans mon dos.

Je me retourne et me retrouve face à trois hommes. Tous aussi grands les uns que les autres, c'est un mur de muscles avec des traits prononcés et une allure qui m'indique qu'ils ne viennent pas de ce pays. Cependant,

il y a parmi eux un Alpha que je reconnais immédiatement.

Tout s'évanouit, ne laissant que l'espoir que peut-
être l'enfoiré qui se trouve devant moi a retrouvé mes
sœurs.

— Ragnar !

CHAPITRE 2

RAGNAR

Je suis debout dans la pièce en désordre, en train d'étudier Narah depuis le moment où le loup zombie a décidé que c'était une bonne chose de la traîner à travers la pièce. Je connais la chanson. Le loup n'obtient pas ce qu'il veut d'une Omega, alors il lui prend autre chose. Oui, c'est le putain de cycle de la vie. Mais aujourd'hui, ces conneries m'ont frustré.

Alors j'ai demandé à Crius de régler le problème. Je ne donne jamais l'ordre de tuer n'importe qui, mais quand il s'agit d'un enfoiré qui se met en travers de mon chemin, je crois qu'il faut aller droit au but pour obtenir ce que je veux. Dans le cas présent, je veux Narah.

— Ragnar.

Elle répète mon nom, comme si je ne l'avais pas entendue la première fois. La petite renarde est debout, le choc visible sur son magnifique visage, ses yeux d'ambre presque lumineux, ses lèvres pleines entrouvertes et je ne peux m'empêcher de me demander quel goût elles auraient si je les embrassais. Son parfum se mêle à l'odeur du feu dans la pièce. Je pourrais facilement succomber à la fille au visage en forme de cœur et aux yeux de feu. Ils scrutent mon corps de bas en haut ; visiblement, je la fascine.

Depuis que j'ai rencontré Narah, elle accapare mes pensées bien au-delà de la simple lubricité. Il y a quelque chose chez elle que je n'arrive pas à cerner et ce n'est pas sa cascade de cheveux noir corbeau qui lui descend jusqu'à sa taille ni le fait que je ne peux détourner les yeux du mouvement de sa poitrine.

Mes entrailles se contractent chaque fois que je lis de la vulnérabilité dans son expression et dans ses grands yeux de biche. C'est comme si le monde entier avait tellement mal agi avec elle qu'elle avait déjà accepté que tout irait mal jusqu'à la fin.

Depuis combien de temps ne me suis-je pas préoccupé de savoir pourquoi une Omega était perturbée ? Des années ?

Ça ne m'empêche pas d'admirer la courbe de sa gorge couleur de porcelaine, qui descend jusqu'à ses seins qui poussent contre son corsage lacé à chaque respiration haletante, ou son pantalon noir qui moule ses fesses et ses cuisses. Merde, je la préférerai nue et enroulée autour de moi. Dans tous les cas, je suis plus épris d'elle qu'il ne serait logique de l'être après le second regard que j'accorde aux Omegas avec qui j'envisage d'assouvir mon rut.

— Bonjour, Narah. Je suis ici pour récupérer ta part du marché.

Elle s'avance comme si mes mots étaient reliés à elle par un cordon invisible.

— Alors tu as retrouvé mes sœurs ?

L'empressement de sa voix me pousse à prendre une grande inspiration. Mon esprit s'agite autour de cette vérité qu'elle ne l'acceptera pas bien, j'en ai conscience.

— Viens marcher avec moi et nous pourrons parler.

Elle fronce le nez et redresse les épaules.

— Non, dis-le-moi maintenant. As-tu retrouvé mes sœurs, oui ou non ? Ce n'est pas une question difficile.

Elle a le ton vif, mais je sens la fragilité sous ses mots.

— Nous en parlerons en privé, lui répété-je.

Elle me jette un regard incrédule, puis tourne les yeux vers mes trois hommes et la masse informe d'un loup métamorphe au pied du mur défoncé. Elle fronce les sourcils.

— Qu'est-ce qui se passe, Ragnar ? Qui sont ces hommes avec toi ? Et pourquoi avez-vous tué Finn ? Merde, c'était mon meilleur client !

— À quelle question souhaites-tu que je réponde en premier ?

Elle est devenue plus courageuse depuis la dernière fois que je l'ai vue il y a plusieurs semaines et c'est plutôt rafraîchissant dans ce monde où la majorité des femmes sont craintives et tombent à genoux pour obéir aux Alphas. Vivre dans une ville de non-droit lui convient peut-être. Moi, j'aime les défis et je me demande si elle est prête à le relever.

Elle jette un coup d'œil à l'homme mort.

— Qu'est-ce que ça peut faire, un Beta de moins dans le monde ? lui dis-je. Et ce sont mes hommes : Crius, précisé-je en pointant le doigt derrière elle, avant de reporter mon attention sur ma gauche et ma droite, Nikos et Stone.

Crius la contourne, la scrutant comme un vautour étudie sa proie. Ce type aime provoquer dès qu'il en a l'occasion et c'est une grande source de distraction pour moi. Il passe sa main, ornée de bagues gravées de runes, sur sa mâchoire, avant de descendre sur son menton, jusqu'à sa barbe.

— On t'a rendu service. Tu devrais nous remercier.

Il se glisse derrière elle pour soulever une boucle de ses cheveux noirs, inspirant rapidement.

— Oui, c'est ça.

Elle s'éloigne de lui, libérant ses cheveux de sa prise et le regard noir qu'elle lui jette est une promesse de vengeance.

— J'ai plusieurs idées en tête, continue-t-il malgré tout.

Il est du genre persévérant.

Elle ne tremble pas en sa présence et c'est admirable, bien que ce soit une décision stupide de tourner le dos à Crius. Cependant, elle doit aussi savoir que tant que nous avons une affaire en cours, je ne laisserai rien lui arriver. Dès l'instant où nous avons engagé la conversation dans cette même taverne il y a de cela plusieurs semaines, après qu'elle m'ait entendu discuter des Bois empoisonnés mortels avec le barman, j'ai soupçonné qu'elle n'était pas une Omega ordinaire. À moins d'avoir envie de mourir, personne ne pénètre dans cette forêt, mais elle m'a proposé de la traverser et j'ai pris son offre au sérieux.

Elle se repose sur une jambe et son regard narquois passe de Crius à moi.

— C'est une mauvaise idée de tuer Finn. Le shérif de la ville est cinglé, il a la gâchette facile et déteste les bagarres, mais ne comptez pas sur moi pour vous éviter de vous faire tirer dessus. Je vous en prie.

— Ragnar, tu as entendu ? Elle s'inquiète pour nous.

Il pose une main sur sa poitrine, l'air faussement choqué et Stone ricane à côté de moi.

— On peut la garder ? Elle est si mignonne, roucoule Crius, tandis que mon autre sentinelle, Nikos, gémit.

D'un autre côté, il n'est pas tellement du genre patient.

— Narah, viens avec moi, lui ordonné-je. Mes hommes vont nettoyer ce désordre, et il n'y paraîtra plus.

— Pas avant que tu m'aies parlé de mes sœurs.

Elle ne fait pas mine de bouger pour me rejoindre, alors je l'agrippe par le bras et la traîne dans la pièce principale de la taverne, refermant la porte derrière nous.

— Laisse-moi partir, siffle-t-elle en tirant sur ma main.

Mais je ne suis pas encore prêt à le faire.

Il y a des Alphas et des Betas partout dans cette taverne, ivres pour la plupart, d'autres ont des femmes sur leurs genoux, de sorte que personne ne fait atten-tion à nous.

Après quelques pas rapides, nous sommes dehors

sous le soleil de l'après-midi et le vent remue la poussière sur la route. Nous sommes cernés de vieux bâtiments en bois. Ce n'est pas une grande ville, mais pour les gens de passage, c'est suffisant pour se reposer, manger et s'envoyer en l'air. Il existe aussi quelques endroits comme celui-ci au Danemark.

— Laisse-moi partir, ordonne Narah qui retire son bras, avec une expression ironique qui semble vouloir dire qu'elle est prête à m'écorcher vif. Est-ce que tu as retrouvé mes sœurs, oui ou non ? Si ce n'est pas le cas, tu me rends ma broche et tu cesseras de me faire perdre mon temps.

Elle parle très librement, comme si elle n'avait jamais ressenti le commandement d'un Alpha, mais sa voix tremble et elle ne cesse de balayer les alentours du regard.

Je me penche en avant et saisis à nouveau son bras, l'attirant à moi, de sorte que nous ne sommes plus qu'à un souffle l'un de l'autre. De si près, elle est bien plus petite que moi, le haut de sa tête m'arrive au nez et si c'était quelqu'un d'autre qui s'adressait à moi de cette manière, j'aurais déjà balancé son corps à la rivière. Sauf qu'elle possède une chose dont j'ai vraiment besoin. La magie. Les loups qui possèdent la magie m'intriguent, parce qu'ils constituent une bizarrerie. En plus, j'aime beaucoup son odeur, je l'inspire, elle réveille mon loup, lui donne quelque chose à désirer.

Je me racle la gorge et lui rappelle :

— Toi et moi, nous avons conclu un marché et ça signifie deux choses. Premièrement, je respecte toujours ma part du marché. Deuxièmement, tu as signé pour être sous ma protection jusqu'à la fin de notre transaction. Alors d'ici là, je peux faire de ta vie un enfer, ou on peut faire semblant de s'entendre. À toi de voir, mais je suis sûr que tu ne me poseras pas de problèmes, n'est-ce pas ?

Elle se raidit contre moi et tire sur son bras, tout en me fixant d'un regard impassible.

— Où sont mes sœurs ? siffle-t-elle avant de se libérer de ma prise.

Je lance la main pour lui saisir le poignet et lève sa main gantée entre nous.

— C'est ici que tu gardes ta magie, petite louve ?

Elle écarquille les yeux et se libère. J'éclate de rire. Il y a quelque chose d'énigmatique chez elle et plus nous nous affrontons, plus j'ai envie de la pousser, encore et encore. Je ne devrais pas m'en soucier, mais ce serait mentir que de dire qu'elle ne m'intrigue pas.

— Ta manière d'éluder le sujet me prouve deux choses, réplique-t-elle avec un rictus. Premièrement, tu as échoué à retrouver mes sœurs. Deuxièmement, tu espères faire diversion, puisque je suis censée être une idiote qui devrait t'être reconnaissante pour le peu d'aide que tu lui apportes.

— Bien vu, petit renard, mais mettons certaines choses au clair, d'accord ? lui dis-je d'un ton calme et posé.

Je reporte mon attention sur l'auberge à deux étages qui se trouve en face de la taverne et elle suit mon regard vers la fenêtre du dernier. Le rideau est ouvert et derrière la fenêtre close se trouve Jae, qui agite frénétiquement les mains pour lui faire signe, tapant du poing sur le carreau pour attirer notre attention. Près d'elle se trouve l'un de mes hommes, l'air de s'ennuyer à mourir.

— Jae, halète-t-elle.

Son corps tremble et quand elle se tourne vers moi, des larmes coulent sur ses joues. Je suis rarement surpris, mais cette réaction me prend carrément au dépourvu. C'est rare d'être témoin de tels liens émotionnels dans ce monde. Chez moi, jamais je n'avais vu mes parents verser la moindre larme, pas même quand ma sœur avait été emmenée de force et offerte à l'ennemi dans le cadre d'un traité entre nos deux clans.

Quand je relâche ma prise, les lèvres de Narah se courbent en un sourire et la seconde suivante, elle se libère et fonce en direction de la porte d'entrée de l'auberge. Elle disparaît à l'intérieur.

Je m'élance à sa poursuite et la suis dans le bâtiment où je m'engage dans l'escalier. Je sens un pincement de plus en plus profond dans ma poitrine à l'écoute de ses pas rapides au-dessus de moi. Je doute que ma famille fasse jamais preuve du même enthousiasme à l'idée de me voir. Mais qu'ils aillent se faire voir. C'est à cause d'eux que je suis en Roumanie pour revendiquer mon propre territoire et trouver un moyen de sauver ma sœur, parce que mes parents font tout pour ne pas énerver le clan de loups ennemis.

Le petit nombre d'adeptes que j'ai gagné est suffisant pour établir mon propre territoire, puisqu'aucune meute ne gère la partie nord de la Roumanie, le Secteur Sauvage. Je vise haut et je n'ai pas l'intention de reculer.

Et de mon point de vue, la seule chose qui se dresse entre moi et mon but, ce sont les Bois empoisonnés.

C'est là que mon petit renard entre en jeu.

Quand j'atteins la chambre que nous avons louée pour sa sœur, Jae, je tombe sur Narah qui bondit en avant et l'attire dans ses bras. Elles se serrent l'une contre l'autre et les reniflements emplissent la pièce.

Rai croise mon regard et je lui fais signe d'attendre à l'extérieur de la chambre.

Narah libère Jae de son étreinte. Elle essuie ses larmes et repousse les cheveux de son visage.

— Tu m'as terriblement manqué. J'étais si inquiète.

Jae cligne rapidement des yeux.

— Narah, les choses que j'ai traversées te donneront le tournis. Il y a tant de zombies dans le sud, c'est terrifiant. Mais j'ai rencontré une fille, Meira, dans le Territoire des Ombres et elle est immunisée contre eux. Tu le crois ?

Elle parle très vite, sourit, pleure.

— C'est si bon d'être à la maison.

Elle se jette de nouveau dans les bras de Narah.

Aux dernières nouvelles, le Territoire des Ombres était bien dans la merde, entre les zombies et une trahison en interne dans leurs rangs. J'avais fait une promesse à leur Alpha, Dušan, parce que je ne suis pas sans cœur. Il doit nettoyer son territoire, faute de quoi, à ma prochaine visite, je revendiquerai son territoire aussi et régnerai sur toute la Roumanie. En plus, je lui ai affirmé aussi que j'étais l'Alpha du Secteur Sauvage, la partie nord du pays. Et je refuse de me faire mentir.

— Je t'en prie, dis-moi que tu n'as pas été mordue ?

Narah tient les bras de sa sœur, les scrute à la recherche de blessures.

Jae secoue la tête.

Je m'éclaircis la voix pour attirer leur attention.

— Nous partons à l'aube. Jae restera ici sous la protection de mes hommes jusqu'à notre retour. Il ne lui sera fait aucun mal. Tu vas passer la nuit ici avec Jae.

Je me tourne pour partir quand j'entends des pas sur le parquet derrière moi.

— Ragnar, m'interpelle Narah.

Je me tourne vers elle.

— Merci.

Elle jette ses bras autour de mon cou, son corps est doux contre le mien, ses seins pressés contre mon torse. Mon pouls s'accélère comme un vieux moteur et mon sexe palpite. Son odeur séduisante et sucrée de miel s'envole de nouveau, s'infiltrant dans chaque parcelle de mon être. Dans ma tête, mes narines… dans mes veines et ma queue.

— Ce n'est rien, dis-je alors qu'elle s'éloigne.

Je m'écarte d'elle et quitte la pièce, envahi de chaleur.

Le fait est que les Alphas et les Omegas sont faits pour s'unir, nos corps sont attirés chimiquement par le rut. C'est aussi primaire et cru que ça, mais depuis le jour de notre rencontre, je me suis fait la promesse de me concentrer sur la mission, jusqu'à ce que j'obtienne ce que je veux. Je ne me fais aucune illusion sur le fait que nous pourrions être des âmes sœurs. C'est de l'histoire ancienne vu que j'ai rencontré la mienne au Danemark et que cette pétasse m'a trahi. Ce que je ressens pour Narah, c'est animal, de la pure luxure.

On me pousse doucement dans le dos et je me retourne dans le couloir à l'extérieur de la chambre que j'ai louée. C'est Narah. Elle referme la porte pour que sa sœur n'écoute pas.

— Et pour Kaira ?

Elle se tient bien droite. Évidemment, elle insiste pour le savoir maintenant.

— Comme je l'ai dit, je tiens toujours ma parole.

Je plonge la main dans ma poche pour récupérer la broche et lui remets le bijou qui m'avait servi à prouver à Jae qu'elle pouvait me faire confiance quand je l'avais retrouvée dans le Territoire des Ombres. J'ai fait tout ce qui était en mon pouvoir pour trouver Kaira, mais j'ai échoué.

Elle prend le bijou d'une main tremblante, comme si elle savait que j'avais des nouvelles difficiles à lui annoncer.

— Voilà le truc, commencé-je. Jae était tout au sud des bois transylvaniens et elle est était devenue amie avec l'Omega de la meute du Secteur des Ombres. Je ne peux que deviner que ton autre sœur était aussi dans les parages.

Je marque une pause, cherchant les mots qui lui seront plus faciles à encaisser.

Elle me fixe avec un regard sincère qui me transperce. Combien de temps a-t-elle passé dans ce monde merdique à prendre plus soin de ses sœurs que d'elle-même ?

J'ignore le martèlement de mon cœur et lui révèle :

— Nous avons trouvé quelqu'un, qui pourrait être Kaira, ou peut-être pas.

Elle plisse les yeux.

— Qu'est-ce que ça veut dire ?

Sa voix tremble. J'ai beau être capable de tuer sans sourciller, je déteste lui annoncer une telle nouvelle. Mais je n'ai aucune raison de lui cacher cette information et si elle insiste, alors elle a droit à la vérité.

— Le sud de la Roumanie grouille de zombies et la fille que nous avons vue avait été à moitié dévorée par les Infectés. Alors comme je l'ai dit, c'était compliqué de vérifier son identité. Elle paraissait jeune et elle avait des cheveux châtain.

Je hausse les épaules.

— Ce pourrait être n'importe qui.

— Alors…

Elle blêmit et je vois tourner les rouages de son cerveau. Même le simple fait de baisser les yeux, de courber les épaules en avant, montre qu'elle tente de se persuader que ce n'est pas réel.

— Alors ? répété-je.

Qu'elle ait de l'espoir, même dans ce monde merdique, me bouleverse.

Elle relève la tête.

— Ça ne veut pas dire que c'était Kaira.

— Non, effectivement, mais je voulais t'en parler, étant donné que nous n'avons pas pu la retrouver.

Je vois passer quelque chose dans ses yeux quand elle soutient mon regard, mais elle garde le silence. À la place, elle aspire sa lèvre inférieure entre ses dents, mordant doucement la chair, comme si elle était soudain transportée à des kilomètres de là. Narah s'éloigne en silence et ouvre la porte avant de rentrer et de me laisser à l'écart.

Je reste là quelques instants à fixer la porte et je ne devrais pas m'en préoccuper. Je ne suis pas un imbécile. Je sais qu'elle va partir elle-même à la recherche de son autre sœur et c'est tout à son honneur, mais pas avant qu'elle ne remplisse sa part de notre marché. De mon côté, je déteste remplir une mission à moitié, pourtant l'un de mes hommes a une compétence particulière pour traquer les gens et jamais Kaira n'est apparue dans nos recherches. Il est fort probable qu'elle soit morte, cependant je n'insisterai pas sur ce point avec Narah au risque de lui ôter le peu d'espoir qui lui reste.

Des chuchotements et des cris étouffés me parviennent de l'intérieur de la chambre. Il y a assez de problèmes dans ma propre vie pour submerger le monde et pourtant j'ai du mal à chasser son odeur de mes narines ou m'éloigner. *Il faut que je l'élimine de mon organisme. Maintenant.*

Je descends les escaliers, j'ai besoin d'air frais et d'une longue nuit de beuverie et de nourriture pour nous préparer à notre mission. Rai monte la garde en bas, devant l'entrée principale.

— Aucune d'entre elles ne doit s'en aller avant que je vienne chercher Narah demain matin.

Il acquiesce.

Je traverse la route poussiéreuse et retourne à la taverne. Il faut que je sorte Narah de mon putain d'esprit avant de décider qu'elle m'appartient, que je veux la cacher au reste du monde et la sauter jusqu'à me perdre totalement.

CHAPITRE 3

STONE

— **P**eut-on faire confiance à Narah? demande Nikos qui se prélasse dans le fauteuil de la taverne.

Son regard fait le tour de la table, passant de moi à Ragnar, pour finalement se poser sur Crius. Il y a une noirceur derrière ses yeux verts, comme toujours et je déteste être incapable de savoir à quoi il pense au vu de son expression. J'ai toujours eu l'impression qu'il se cachait derrière son attitude sombre, donnant l'impression d'être satisfait, ses mots et son sourire n'étant qu'un masque. Mais qui suis-je pour remettre en question le second de Ragnar?

— De mon point de vue, poursuit-il, elle a récupéré sa sœur, alors qu'est-ce qui l'empêche de nous mener droit dans un piège?

— Est-ce que tu as peur d'une fillette? marmonne Crius avant de boire une autre gorgée de bière dans sa flasque. Aux dernières nouvelles, ce n'était pas une sorcière à part entière, elle était seule contre nous et euh… elle cherche toujours son autre sœur. Nous pouvons lui dire que nous continuerons les recherches après notre mission.

— Ou mieux encore, ajoute Ragnar, si elle revient chercher Jae sans nous pendant notre mission, Rai leur tranchera la gorge à toutes les deux. Elle ne nous lâchera pas tant que notre tâche ne sera pas accomplie.

— C'est juste, approuvé-je en levant ma flasque, parce que j'ai beau avoir envie de plier l'Omega en deux et la sauter, nous devons utiliser à notre avantage. Skål, répété-je à trois reprises.

Ils scandent tous des acclamations et nous frappons nos gobelets les uns contre les autres, de la bière coulant sur les rebords et sur nos mains. Je bois tout le verre en quelques gorgées, puis le claque sur la table.

— Encore.

Je capte la mimique de Nikos, comme s'il n'avait pas fini de parler et il me donne raison quand il ajoute :

— On a tous entendu des histoires de sorcières, des vies qu'elles ont volées avec leur magie. Tout ce que je dis, c'est qu'il faut qu'on se montre prudents parce qu'on ne connaît pas l'étendue de ses pouvoirs.

— Tu marques un point, admet Ragnar. Mais le petit renard n'est pas le seul à avoir des capacités parmi nous, rappelle-t-il en jetant un coup d'œil dans ma direction et je me raidis.

Ce petit pouvoir que je possède n'est en rien comparable à celui d'une sorcière, ni même d'un Maudit.

— Et elle sera le cadet de nos soucis une fois que nous serons face au véritable danger dans la forêt. En fait, elle pourrait même se révéler être un bon allier.

Il sourit et finit sa bière.

Crius se penche vers l'avant, appuyant le ventre contre le bord de la table.

— Dis-moi que tu parles de la conquérir, parce que je suis partant pour une partie de jambes en l'air à cinq avec elle.

Nikos gémit.

— Je t'arracherai le cœur plutôt que me taper quelqu'un en même temps que toi.

Les coins de la bouche de Crius se relèvent de manière sinistre et sa main descend jusqu'à tâter son sexe par-dessus son pantalon.

— Tu fais ce truc étrange avec ton œil, Nikos, quand tu es mal à l'aise. Tu vas nous faire une crise en t'imaginant glisser dans sa moiteur ?

— Va te faire mettre, aboie Nikos en redressant les épaules, l'air prêt à se jeter par-dessus la table.

Ce ne serait pas la première fois que ces deux-là se battent, entraînant le reste d'une taverne. La guerre et la colère se répandent comme des traînées de poudre.

Ragnar les observe avec un sourire amusé et alors qu'en temps normal j'aurais savouré le spectacle, aujourd'hui, je ressens comme un malaise. Mes muscles se raidissent à l'idée de ce qui nous attend et ça n'a pas de rapport avec la fille Maudite, mais avec l'endroit où nous nous rendons.

Les Bois empoisonnés sont synonymes de mort. Personne ne peut y entrer et en ressortir indemne... et ça, c'est en cas de survie. On raconte l'histoire d'une douzaine d'Alphas qui se seraient promenés dans ces bois et seul l'un d'entre eux s'en serait sorti, s'accrochant à peine à la vie. Il avait évoqué les autres, restés derrière, les décrivant comme un grand tas de cendres laissé sur le passage d'un assaillant invisible.

Je repousse la peur qui me saisit plus vite encore que le vent glacial de chez moi. La peur mène au côté obscur et je ne la laisserai pas me gagner. Après tout, la peur amplifie le danger. Je l'ai vu bien trop souvent au cours de mon enfance quand la meute Ulv, où les leaders étaient considérés comme les guerriers plus effrayants pour terroriser l'ennemi. La moitié du temps, ça marchait. Quant au reste du temps, nous nous battions tels les démons qu'ils pensaient que nous étions.

— Tu es prêt pour demain ? me demande Ragnar.

— Bien sûr, cousin. Tu sais que je me rendrais dans le Niflheimr à tes côtés si nécessaire.

Il éclate d'un rire bruyant et me donne une tape sur l'épaule.

— C'est pour ça que tu es dans mon équipe, Stone. Nous avons traversé tellement de choses ensemble. Nous avons affronté des batailles sans fin.

— Et couché avec d'innombrables Omegas.

Je ricane. Il y a des jours où je serais heureux s'il n'y avait que lui et moi dans la meute, comme c'était le cas pendant notre enfance au Danemark.

Le père de Ragnar et le mien sont frères et à mes yeux, Ragnar est le frère que je n'ai jamais eu.

Une ombre nous surplombe et je tourne la tête lorsque le propriétaire de la taverne apporte un grand plateau de nourriture à notre table. Les arômes des rôtis et des légumes me font saliver. Notre table se remplit rapidement d'assiettes de nourriture.

— Il en reste encore plein, nous annonce-t-il.

Ses joues rouges et rondes et son gros ventre montrent que c'est un homme qui trouve son plaisir dans la gourmandise.

— Tu es trop généreux, répond Ragnar.

Crius attaque le plat et nous mangeons tous directement dans les plateaux. Le barman revient bientôt avec plus de bière.

Ragnar saisit une assiette dans laquelle il dépose un poulet rôti entier, ainsi que du pain et des pommes de terre. Quand il se lève, je sais exactement où il va. Notre Alpha est peut-être un impitoyable salaud, mais quand il s'agit de ceux qui sont placés sous sa protection, sa loyauté ne connaît pas de limites. Si vous le contrariez, il deviendra le démon qui vient chercher votre âme.

Je me lève et tends la main vers le plateau.

— Je vais l'apporter aux filles. Toi, tu manges. Ne laisse pas ces deux-là dévorer tout le cochon de lait.

Nous observons tous les deux Nikos et Crius qui se goinfrent de viande tendre, sans même remarquer que nous avons quitté la table.

— Il est peut-être déjà trop tard, plaisante Ragnar qui me tend le plateau. Je récupère deux fourchettes et je sors.

Les deux gardes à l'extérieur de l'auberge sont assis sur le perron, savourant leur propre assiette de nourriture. Ragnar fait toujours en sorte que tous ceux qui sont sous ses ordres soient bien nourris. C'est un trait de caractère qu'il a hérité de son père, au Danemark. Un endroit que Ragnar veut laisser derrière lui. En réalité, le pays est divisé en deux et est dirigé par deux Alphas très différents. Le nord est sous les ordres de Ludvig, l'Alpha du Secteur Scandinave venu du X-Clan, tandis que le sud se trouve sous la juridiction de Frode, l'Alpha viking des loups Ulv et père de Ragnar.

À l'étage, je frappe à la porte que Narah ouvre immédiatement. Elle est vêtue d'une chemise bleue ample et d'un pantalon moulant, ses cheveux sont mouillés et plaqués sur son visage. Elle porte toujours des gants noirs. Elle pose les yeux sur l'assiette de nourriture et Jae se précipite depuis l'autre côté de la chambre.

— Il était temps, on est affamées. Donne-moi ça.

J'offre le plateau à Jae, qu'elle accepte avec empressement et quand Narah recule dans la pièce, sans faire mine de me fermer la porte au nez, je le prends comme une invitation à entrer. Je redresse le col de mon manteau et pénètre dans la chambre.

Jae est sur le lit, en tailleur, le plateau devant elle et elle découpe déjà la viande à mains nues. Ses cheveux bruns sont noués en tresse sur son épaule et sous la lumière vacillante des bougies, les taches de rousseur qu'elle a sur le nez et les joues sont accentuées.

— Stone, tu te joins à nous ?

Je réponds par un sourire. Après avoir voyagé avec elle au cours des dernières semaines, j'ai appris à l'apprécier, comme une petite sœur agaçante.

— C'est tout pour vous.

Elle hausse les épaules.

— Tant pis pour toi, mais ne te plains pas que je ne te propose jamais à manger.

Depuis un petit incident dans les bois lors de notre voyage du sud au nord, ses paroles sont souvent empreintes de sarcasme. Un soir, alors que nous avions chassé pour notre repas commun, Jae a attrapé un lapin, l'a fait cuire et l'a mangé, le tout avant même que nous ne soyons rentrés à la grotte avec nos prises. Ensuite, elle a voulu une part de notre repas. Par principe, elle ne l'a pas obtenue. Cette jeune fille est rusée et elle a appris à la dure comment survivre dans cette région dangereuse, mais je ne peux pas la détester. Elle me rappelle trop Hel, la jeune sœur de Ragnar. Trop obstinée, effrontée et battante, même face à un adversaire trois fois plus grand qu'elle.

Le souvenir de la vente de Hel me taraude. Même après toutes ces années, je ne suis toujours pas en paix avec les décisions prises par l'Alpha en chef de notre pays.

Narah me scrute prudemment et plus elle insiste, plus je me dis que je devrais sortir de sa chambre. Même avec ses vêtements amples, je n'oublie pas le galbe de ses fesses, ses seins bien fermes et ses magnifiques cheveux longs et noirs.

Quand une Oméga chaude comme la braise habillée comme ça arrive à me faire bander, alors je me mens à moi-même en me répétant qu'il ne se passe rien.

Sauf qu'il faut que j'intègre qu'elle est notre laissez-passer pour les bois. Ragnar me couperait la tête à la hache si je gâchais ses chances de revendiquer la moitié nord de la Roumanie.

Une fois le marché terminé, je pourrai la conquérir, étant donné qu'elle ne sera plus sous la protection de mon ami.

— Ma sœur m'a beaucoup parlé de vous quatre,

annonce Narah, dont les yeux ambrés me transpercent comme si elle en savait plus que moi sur notre voyage depuis le Sud. Elle prétend que vous avez pris soin d'elle.

— Je craignais qu'elle ne survive pas longtemps toute seule.

— Hé ! s'exclame Jae depuis le lit. J'avais mon amie Meira.

Je pointe le menton dans sa direction.

— Et la dernière fois que nous les avons vus, Meira et les trois Alphas qui l'accompagnaient avaient été bannis de l'enceinte de leur propre meute, ce qui ne présage rien de bon pour leur survie.

Elle essuie ses lèvres grasses.

— Tu as tort. Je n'ai aucun doute sur le fait qu'ils auront récupéré leur maison.

Parfois, je me demande si la vie me serait plus facile si je croyais autant que Jae aux vertus des autres.

— Je ferais mieux de vous laisser toutes les deux profiter de votre repas et d'une bonne nuit de sommeil, annoncé-je à Narah.

Elle est assise au bout du lit et observe le couteau à ma ceinture.

— Qu'est-ce que tu sais des Bois empoisonnés ?

Il y a quelque chose dans sa manière de me poser la question qui dépasse son attitude distante, on dirait qu'elle s'inquiète.

— Que nous y rendre pourrait se transformer en mission suicide. Mais c'est là que tu interviens.

Elle cligne des yeux, avec une expression impassible, ce qui m'inquiète un peu. Je m'attendais à une réponse arrogante de sa part, qu'elle me dise que c'était facile, sauf que son silence trahit clairement que la mission l'effraie elle aussi.

— Tu es préparée pour la forêt, n'est-ce pas? lui demandé-je.

Elle baisse les yeux sur ses mains gantées posées sur ses genoux, puis plante son regard dans le mien.

— Être préparé et être prêt sont deux choses bien différentes. Certes, j'ai les capacités pour faire ce que Ragnar m'a demandé, mais jamais je ne me suis aventurée dans ces bois. Je ne suis donc pas certaine que mes compétences suffisent à nous écarter du danger.

Je soupire, les épaules contractées. Ce n'est pas ce que j'ai envie d'entendre, mais Ragnar ne reculera pas. Dès qu'il a une idée en tête, il insiste pour qu'on fonce, quitte à traverser l'enfer.

— Prends une bonne nuit de repos, Narah. Tu en auras sûrement besoin demain.

CHAPITRE 4

CRIUS

Je traverse la taverne à grands pas, Stone à mes côtés, laissant Nikos et Ragnar à table.

J'ai l'habitude qu'ils élaborent les plans ensemble, c'est ce qu'un Alpha et son second sont censés faire. Ce qui ne signifie pas que Nikos ne m'énervera pas malgré tout. Et ça n'a rien à avoir avec qui il est, mais avec sa manière de se comporter. Depuis qu'il est venu vivre avec nous dans la meute Ulv au Danemark, il ne s'est jamais vraiment ouvert et il est toujours resté à l'écart. Je ne suis pas du genre à imaginer qu'il est contre nous, c'est juste que cet enfoiré est en colère contre le monde entier. Je voudrais simplement qu'il soit capable de gérer cette merde et qu'il passe à autre chose.

Stone trébuche et je lui agrippe le bras, le stabilisant avant qu'il ne s'écrase face la première dans la porte d'entrée.

— Tu essaies d'embrasser le mur ?

Je glousse pendant qu'il retrouve son équilibre.

— Bon sang, mais c'était quoi ça ? demande-t-il en cherchant derrière lui sur quoi il a trébuché.

— On appelle ça « tes pieds ».

J'ouvre la porte de la taverne et une bouffée d'air frais s'engouffre à l'intérieur et nous enveloppe.

— On va te ramener à ta chambre.

Stone se redresse et sort. Nous avons tous deux abusé de la bière et de la nourriture, mais après notre récent voyage dans le sud, ça me manquait de m'alimenter décemment. Sans compter que je n'ai pas hâte de rencontrer d'autres zombies.

— Tu crois qu'on trouvera quoi dans les Bois empoisonnés ? me questionne Stone.

Je lui jette un bref regard, la brise souffle dans ses cheveux blonds et les lui renvoie au visage.

— Putain, mec, tu flippes pour ça ?

Certes j'ai entendu des trucs effrayants au sujet de la forêt, mais je ne me laisse pas déstabiliser par la peur. Quel que soit l'enfer que nous devrons affronter, nous le détruirons.

Il rit à moitié.

— Tu me connais, j'ai envie d'y aller en étant préparé.

Je déteste me lancer dans une bataille à l'aveugle. Je fais des efforts, mais merde, j'ai entendu trop d'histoires sur cet endroit pour ne pas m'inquiéter.

J'aimerais pouvoir le renseigner sur quelque chose, n'importe quoi, pour le rassurer, mais on y va tous à l'aveuglette et c'est la Maudite qui sera nos yeux. Ça signifie qu'il faut qu'on se reprenne et qu'on ne craigne pas d'avoir peur.

Soudain, Stone tourne la tête vers les bois accolés à l'auberge, comme s'il avait vu quelque chose.

— Putain de merde, grommelle-t-il en fixant l'obscurité d'un air incrédule.

J'observe la zone et repère deux silhouettes qui s'éloignent du bâtiment en courant ; elles semblent très fines et petites, comme deux femmes.

— Tu te moques de moi ? soupiré-je en levant la tête vers la fenêtre du second étage, où je vois une lumière vacillante, sûrement un leurre à notre attention. Ce sont elles, n'est-ce pas ?

— Narah est douée et rusée. Elle pourrait devenir un problème pour nous au cours de la mission, me confirme Stone. Mais pour le moment, ça te tente une partie de chasse ?

— Je suis toujours partant. Narah est à moi. Tu prends Jae.

Il me jette un regard en coin, empli de mépris.

— Pourquoi tu l'aurais ?

— Je l'ai dit en premier. Maintenant, on se lance à leur poursuite ou tu continues à faire le con pendant qu'elles s'échappent ? Ragnar va nous pendre par les couilles si elles parviennent à s'enfuir.

Stone fait craquer son cou avant de se lancer derrière sa proie.

Une vague d'adrénaline s'abat sur moi à l'idée d'une poursuite ; tout mon être exige que je lui coure après et que je la revendique.

Je m'élance après elle, mes pieds martelant le sol alors que je m'enfonce dans la forêt. L'air froid est vivifiant, chargé de senteurs forestières, mais dans la brise, je capte son parfum sucré, nuancé d'un soupçon de prairie fraîche et de louve… une odeur qui lui est propre.

Ça ne devrait pas m'exciter de la poursuivre, mais merde, c'est le cas ! Stone est devant moi et même à distance, je repère les filles qui nous remarquent. L'angoisse crispe leurs traits et je souris.

Dans leur panique, elles se lancent brusquement dans des directions différentes. Oh oui, la peur perturbe les gens dans des moments de forte tension. Je bifurque à gauche aux trousses de Narah, tandis que Stone part vers la droite.

Ma proie court à toute vitesse, esquive les arbres, passe sous les branches basses. Elle est petite et agile, mais elle ne pourra pas m'échapper. Mon loup martèle ma poitrine pour que je le libère, mais qu'arriverait-il ensuite ? Je sais déjà que je suis plus rapide, plus puissant qu'elle et une poursuite n'est amusante que si elle comporte une part de défi.

Elle échappe à ma vue, se fondant dans l'obscurité, mais je perçois son odeur et elle me conduit droit devant moi, dans la végétation. Mes pieds frappent le sol à toute vitesse, le vent souffle dans mes cheveux, l'adrénaline grimpe en flèche.

Ce n'est que quand j'entends un cri que soudain mon cœur me monte à la gorge. Le son provient de la direction vers laquelle je file. Je bondis plus vite encore, filant telle une balle jusqu'au moment où je tombe sur Narah, le visage plaqué contre un tronc d'arbre. Un enfoiré la maintient en place pendant qu'il tire sur son pantalon.

Bon sang, mais pourquoi ne s'est-elle pas servie de sa magie contre cette ordure ?

Cependant ma fureur repousse ces pensées et m'amène au point de non-retour. D'abord, d'où vient ce type, putain ?

Entendre Narah hurler et lutter pour s'échapper ne fait qu'alimenter ma colère. Je me jette vers eux et le craquement des feuillages sous mes pieds trahit mon approche.

Cet enfoiré d'Alpha tourne la tête pour me regarder par-dessus son épaule. Il écarquille les yeux sous le choc, relève les épaules et retrousse les lèvres en grognant d'un air menaçant.

— Dégage, le menacé-je.

Mais ça n'arrivera pas, n'est-ce pas ?

Je le percute violemment sur le côté et nous décollons tous les deux pour atterrir à terre, sans que Narah ne soit touchée.

— Tu n'as aucun droit de la toucher, grogné-je dans son oreille.

Rapidement, je roule pour m'éloigner de lui et le saisis à la gorge. Ensuite, je le remets debout d'un seul geste.

Cette ordure n'a aucune idée de ce qui l'attend. Je ne vois que de la lubricité dans ses yeux et son maudit pantalon tendu sur sa queue que je veux loin de moi.

— Elle n'est pas à toi non plus, halète-t-il en me balançant un coup de poing dans le ventre, que j'encaisse. Tout le monde a le droit de s'envoyer les Omegas.

Son regard passe à Narah derrière moi.

— Mauvaise réponse.

Je resserre les doigts autour de son cou. Il est peut-être taillé comme une armoire à glace, mais je suis certain qu'il est loin d'avoir mon expérience des batailles et qu'il n'a pas non plus affronté les monstres qui vivent dans le nord. Le genre à vous arracher la tête d'un seul coup pour un simple regard de travers. Et pourtant, le père de Ragnar leur a envoyé sa fille unique en échange de la paix entre leurs deux meutes. Cependant, j'écarte de nouveau ces pensées. Elles n'ont pas leur place ici en ce moment.

L'enfoiré en face de moi me frappe le bras, son visage tourne au bleu.

Narah m'apparaît sur le côté et je la détaille : je vois la marque sur sa joue, là où cet enfoiré l'a giflée.

— À quel point il t'a fait mal ? grogné-je.

Elle respire fort, elle est furieuse et elle a vraiment peur. Elle ne me répond pas, néanmoins ce n'est pas utile. Je ne sais pas si elle s'en rend compte, mais elle me donne ma réponse.

— Tu ne toucheras plus jamais une autre Omega, promets-je à cet homme.

Quand je me tourne vers Narah, je n'aperçois que son ombre qui fend l'obscurité tandis qu'elle s'éloigne de moi.

— Putain !

Je pose une autre main sur le cou de l'homme que je fais violemment basculer sur le côté. Le craquement de ses os transperce le silence. Je trouve ce son définitif plutôt satisfaisant. Et même si j'aurais préféré prendre mon temps avec lui et le faire souffrir, le temps joue contre moi.

Il retombe à terre et je récupère ma hache à ma ceinture. Saisissant la poignée à deux mains, je lève l'arme avant de l'abattre rapidement, la lame aiguisée mordant la chair du cou de l'homme, la tranchant net. Le sang chaud gicle sur mes bras et quelques éclaboussures parviennent jusqu'à mes joues. J'aime sentir le sang d'un ennemi sur ma peau. Pourtant, j'ai sûrement fait preuve de plus de mansuétude à son égard qu'il ne le méritait en le décapitant après l'avoir tué. Il peut s'estimer heureux.

Laissant tomber la hache maculée de sang, je tourne les talons et me lance à la poursuite de la chipie qui va regretter de s'être enfuie loin de moi alors que je viens de lui rendre service.

Je sens une nouvelle montée d'adrénaline à cause de la poursuite et cette fois, je ne lui donnerai pas la satisfaction de m'échapper. Je fais le tour de l'auberge où je l'ai vue disparaître, en suivant cette odeur addictive et sucrée. Des branches me fouettent le crâne, me faisant grogner d'agacement, mais je me rapproche. Je ne vois que son petit corps galbé qui zigzague entre les arbres, ses cheveux noirs fouettant son dos comme un drapeau.

Mon membre palpite sous le coup de la poursuite, de la voir devant moi. Je suis bien conscient qu'elle ne m'appartient pas... du moins, pas encore, mais personne n'a dit qu'il était interdit de jouer avec la nourriture, si ?

J'accélère et prends appui sur un tronc au sol pour me propulser au-dessus d'un groupe d'arbustes. Mes pieds heurtent la terre meuble au moment où elle fait demi-tour au niveau d'un arbre proche et revient vers moi si vite que je n'ai pas le temps de réagir. Le temps que je remarque qu'elle a une branche à la main, elle est déjà en train de la balancer de toutes ses forces contre mon flanc. Je sens la douleur monter en spirale dans mon dos, sauf que ce n'est rien comparé à la véritable souffrance de la guerre, alors j'encaisse la piqûre. Je me tourne vers elle, lui arrache l'arme et la balance sur le côté.

— Bon sang, mais qu'est-ce que tu fais ? grogné-je.

Elle cligne des yeux en me regardant sans répondre. Ses joues sont toujours rouges, l'une plus que l'autre et ses cheveux noirs sont entremêlés de feuilles. Puis elle s'avance vers moi et me plante son épaule dans le ventre. Je ne m'y attendais pas : je gémis et me plie en deux. Elle m'a bien eu.

Elle halète et se dégage alors que je tends la main vers elle. Et elle repart.

Merde, c'est vraiment une anguille et elle est vraiment douée pour s'enfuir. À l'évidence, elle n'a rien de commun avec toutes les Omegas que j'ai rencontrées, qui s'effondrent et acceptent leur sort. C'est bien plus facile avec elles, mais d'un autre côté, je ne me souviens pas de la dernière fois où j'ai autant apprécié une chasse.

Je me lance à ses trousses, poussant sur mes jambes, le cœur battant la chamade. Mon loup est dans ma gorge, son souffle chaud franchit mes lèvres.

Cette fois, je la rattrape plus vite qu'elle ne s'y attend et quand elle regarde par-dessus son épaule, je suis sur ses talons et un petit gémissement lui échappe.

Je suis accro à ce son.

Je la saisis par la taille et la soulève du sol avant de la plaquer contre ma taille.

— Repose-moi, bon sang ! rugit-elle.

C'est ce que je fais pour lui prouver que je n'ai rien d'un monstre, contrairement à l'autre Alpha. Mais au moment où elle s'apprête à fuir, je la saisis par l'avant-bras et l'oblige à se tenir devant moi.

— Ça suffit ! grondé-je. C'est ça le respect que tu témoignes envers Ragnar après qu'il ait sauvé ta sœur ?

Elle me balance son poing au visage, m'atteignant juste en dessous de l'œil. Elle n'a pas beaucoup de force, pourtant sa jointure pointue heurte un point sensible et une douleur aiguë m'explose au visage.

Je secoue la tête et la traîne derrière moi jusqu'à l'auberge. S'il s'était agi de quelqu'un d'autre, il serait déjà en sang à terre. Néanmoins, je fais de mon mieux pour ne pas blesser cette fille sauvage.

Elle me frappe le bras.

— Je ne peux pas aller avec vous dans les bois, il faut que tu me laisses m'en aller.

Je suis presque touché par le désespoir dans sa voix… presque.

Arrivés à l'arrière du bâtiment de pierre, je la fais pivoter et la plaque dos au mur, avant de planter les bras autour de ses épaules et de me pencher sur elle.

— Et pour quelle raison ?

Mais de si près, tout ce que je vois, ce sont ses immenses yeux farouches et sa mâchoire contractée par la détermination. Sa poitrine monte et descend rapide-ment à chaque respiration. Sous moi, elle est toute petite, terriblement sexy et il me faut faire un véritable effort pour ne pas la goûter sur-le-champ. Mon sexe durcit dans mon pantalon tandis que je hume son parfum et l'excitation me submerge.

— Je n'irai nulle part tant que je n'ai pas trouvé Kaira.

— Ça ne va pas être possible avec nos plans, lui dis-je, le cerveau en ébullition à l'idée de faire courir ma langue tout le long de son corps.

— Lâche-moi.

Elle fronce les sourcils et sa poitrine gonfle en dépit de ses mots ; visiblement, elle a envie de me toucher, son côté Omega me désire autant que moi je la désire. Sur son visage, je vois la lutte qu'elle mène contre son impulsion et merde, elle est vraiment mignonne à essayer de contrer ses instincts primaires. Je plaque mon corps contre le sien, frottant mon érection contre son ventre. Elle halète et son excitation imprègne l'air, me rendant totalement fou de désir. Mes bourses se contractent et pendant quelques secondes, je ne vois plus rien d'autre que la faim qui me tenaille.

Elle met le feu à mon corps. J'avais l'intention de la punir et maintenant, la seule idée que j'ai en tête, c'est de me la taper jusqu'à me la sortir de l'esprit. Retrouvant un semblant de contrôle, je lui apprends :

— Nous sommes revenus plusieurs fois sur nos pas pour trouver Kaira, crois-moi. Nous ne l'avons trouvée nulle part, alors où irais-tu pour retrouver sa trace ?

Elle me dévisage tandis que la vérité fait son chemin et ses yeux se mettent à briller.

— Merde.

Je ne sais pas gérer les pleurs et je m'écarte d'elle, avant de la prendre par la main.

— On va te ramener à Jae. Ragnar n'est pas obligé de le savoir.

Elle écarquille les yeux.

— Que ferait-il s'il le découvrait ?

— Il te le ferait payer. Il aime assez pendre les gens par les orteils.

Je hausse les épaules et nous commençons à faire le tour du bâtiment.

Elle me regarde comme si j'inventais des conneries. Si seulement.

Je sens qu'elle me résiste encore, mais rester dehors avec elle plus longtemps n'aboutira qu'à une chose : je lui arracherai ses vêtements. Et, je préférerais ne pas avoir à subir la colère de Ragnar en finissant avec des côtes cassées. Autant éviter une torture lente en compromettant notre laissez-passer pour les Bois empoisonnés. Peu importe à quel point elle est délicieuse et baisable.

Je la traîne à travers la forêt le long de l'auberge, au moment où je perçois du mouvement devant. Je lève les yeux sur Stone qui traîne Jae vers la route principale de la ville. Ces sœurs ont un véritable esprit combatif.

Narah est intouchable pour le moment, mais ça ne veut pas dire que je ne lui ferai pas la démonstration du pouvoir d'un Alpha. Nous nous retenons peut-être de la revendiquer pour le moment, mais ce n'est qu'un accord temporaire.

J'entends un couinement plus loin et pendant une seconde, je pourrais jurer que c'est Stone qui l'a émis.

Une fois, je l'ai vu flipper à cause d'un rat dans son lit, alors je ne serais pas surpris. Sauf qu'à les voir battre en retraite rapidement dans notre direction, Jae et lui, alors qu'il pousse la jeune fille devant lui, je comprends qu'il s'est passé autre chose.

Je resserre ma prise autour de Narah, les muscles tendus et je nous immobilise. Pour une fois, elle n'essaie pas de s'éloigner de moi. Elle est tout aussi curieuse que moi de savoir ce qui se passe.

J'incline la tête sur le côté, pour voir plus loin que le duo. Deux silhouettes derrière eux arrivent dans notre direction, titubant et trébuchant à travers les bois. Mon estomac se fige et n'arrive pas souvent, mais je sais exactement ce que je contemple. Je les ai vus chez moi et dans le Territoire des Ombres. Ces abominations sont partout, sauf que pour une raison inconnue, elles n'ont pas encore envahir le Secteur Sauvage.

Une partie de moi ne peut s'empêcher de se demander si ça a quelque chose à voir avec les sorcières qui y vivent aussi.

Maudits zombies !

— Merde, merde, merde.

Jae est en train de paniquer, son visage se décompose, elle courbe les épaules vers l'avant. Elle se blottit aussitôt contre sa sœur quand elle nous rejoint, pendant que Stone grogne.

— Occupe-toi des filles, je vais gérer ça, me dit-il.

Sa manière de le dire m'agace. C'est peut-être mon côté compétiteur, ou parce qu'il le demande avec une telle arrogance devant Narah que ça me hérisse le poil.

— Je ne crois pas, non.

Je pousse Narah dans ses bras.

— Si elle s'enfuit, tu en seras responsable.

Avant même qu'il puisse répondre, je retire ma chemise que je jette derrière moi, j'enlève mes chaussures et je défais mon pantalon. J'aime beaucoup ces vêtements et je ne veux pas qu'ils soient détruits. Je sens une brise chaude sur mon corps nu et aussitôt, la transformation opère en moi comme une tornade, me faisant souffrir tandis que mon loup jaillit hors de moi telle de la lave. La douleur est intense, mon corps tremble. Quelques secondes plus tard, mes grosses pattes blanches foulent le sol et les odeurs alentour s'intensifient. La rosée, la puanteur de la terre et la promesse de pluie au loin inondent mes narines. Et avec ça arrive la puanteur putride de la mort.

Deux morts s'approchent de nous, le grand n'a qu'un bras et tous deux semblent avoir perdu leurs lèvres. Dans leur besoin désespéré de se nourrir, leurs dents jaunes et ébréchées claquent. Leurs vêtements déchirés et sales pendent de leurs frêles silhouettes. Leurs yeux paraissent plus grands au milieu de leurs visages pâles et décharnés. Ils sont immondes.

J'ai combattu tant de ces créatures répugnantes lors de notre mission pour récupérer Jae que c'est devenu une seconde nature pour moi. Cependant, je ne peux pas nier que les zombies sont l'une des rares choses qui me donnent des frissons : car là où on en trouve un, il y en a d'autres. Et si ce secteur doit devenir mon nouveau foyer, je ne veux pas d'eux ici.

Je me jette sur celui de droite, parce qu'il a encore ses deux bras... Il faut toujours s'attaquer au plus fort, parce que quand on a le dos tourné, il ne reste que le plus faible à affronter.

Mes dents s'enfoncent dans son cou, se plantent dans la chair et je lui arrache sans peine sa tête bulbeuse. Quand ils ne sont pas nourris, les zombies tiennent à peine debout, leurs corps sont faibles et aisément détruits. Aucun sang ne s'écoule de son enveloppe pourrie non plus, ce qui veut dire que cela fait un bout de temps qu'il n'a pas mangé. Le véritable danger avec eux, c'est leur nombre et j'espère de toutes mes forces qu'il n'y en a pas d'autres.

Quelque chose s'abat sur mon dos et des dents pointues s'enfoncent dans ma patte arrière. Je pousse ce salaud de tout mon poids, le précipitant contre un tronc voisin. En quelques secondes je suis sur lui et lui tranche la gorge à l'aide de mes dents. Après tout, le meilleur moyen de s'assurer qu'ils ne se relèvent pas, c'est de les décapiter.

Sa tête retombe sur le sol et roule vers un buisson voisin.

Je recrache le goût rance qui me reste, ma gorge se contracte et j'ai des haut-le-cœur à cause de l'odeur. Je n'ai pas peur de tomber malade à cause de leur virus. D'après ce que j'ai appris dans le Territoire des Ombres, la majorité des loups ne résistent pas à la maladie, alors que d'autres meutes de loups comme le X-Clan sont immunisées. Mais nous, les loups normaux, sommes porteurs de cette saleté. Au moment de notre mort, nous deviendrons des foutus zombies, alors le truc, c'est de ne pas mourir tout de suite et faire en sorte d'être décapités.

Je reprends mon souffle, balaie la zone des yeux, au-delà des deux morts-vivants qui ne bougent plus. Je n'ai plus qu'à espérer que ce soient les seuls à être arrivés jusqu'ici, parce que ces enfoirés se rassemblent comme le grand fleuve de la mort sorti tout droit des enfers. J'ai déjà donné. J'aimerais autant ne plus jamais vivre ça.

Je reviens vers Stone et les filles, reprenant ma forme humaine en chemin. Je m'essuie la bouche avec le dos de ma main. Je reporte mon attention sur Narah. Je remarque sa manière de m'observer et ses yeux qui s'attardent sur mon aine. Oui, c'est difficile de passer à côté et je ne suis même pas en érection pour lui faire le show complet, mais bon sang, même au repos, je suis massif.

— Ce n'était pas si mal, n'est-ce pas ? Ça va, mes trois papillons ?

Stone me fusille du regard, puis pousse Narah vers moi et je l'attrape volontiers par le bras. Au même instant, un gémissement mêlé de gargouillis transperce le petit matin depuis les profondeurs des bois. Nous nous tournons tous dans cette direction et découvrons un autre maudit bouffeur de cerveau penché au-dessus de l'Alpha mort qui a attaqué Narah, en train de lui arracher les intestins.

— Beurk.

Jae détourne les yeux et Narah la prend dans ses bras, protégeant sa sœur, ce que je respecte.

Stone ne dit pas un mot et prend la direction du bois pour achever le zombie.

— Eh bien, les filles, vous avez choisi le bon moment pour aller dans les bois, ironisé-je sans obtenir la moindre réponse.

Mais elles me jettent des regards noirs.

— Tu sais que tu n'as pas le choix, rappelé-je à Narah. Personne ne rompt un accord passé avec Ragnar.

— Lui n'a pas rempli sa part du marché. J'ai deux sœurs, me rappelle-t-elle, mais alors même qu'elle se rebelle, je vois la terreur derrière son regard, me remémorant sa conversation avec Ragnar au sujet de Kaira.

Stone revient rapidement. Sans un mot, il me rend ma hache pleine de sang, saisit Jae par le bras et entreprend de la traîner vers l'avant du bâtiment.

— Je suis prêt à sortir de ces maudits bois.

Je me retourne vers ma sorcière.

— Tu as aimé le spectacle ?

Elle plisse les yeux en me scrutant.

— Tu veux parler de quand tu as tué deux choses mortes qui pouvaient à peine se tenir debout ? me questionne-t-elle en luttant contre ma prise, mais sa bravoure n'est qu'une façade, à en croire ses tremblements et la manière dont son regard balaie les environs comme un petit mouton effrayé. Et je suis capable de marcher seule.

— Tu as perdu ce privilège au moment où tu as fait toutes ces conneries tout à l'heure. En plus, je te parlais de mon spectacle de striptease pour toi, mon joli moineau.

Cette fois elle éclate de rire, un rire faux, bien entendu, mais je parie que j'occuperai ses pensées ce soir.

CHAPITRE 5

NARAH

La lumière du soleil matinal se répand sur l'horizon, zébrant le ciel de stries rouges et orange. Par la fenêtre de la salle de bains, j'observe la ville et au-delà, mon regard frôlant le paysage, à la recherche de quelque chose. Mais en vain. Il n'y a pas âme qui vive.

Une brise obsédante balaie mes cheveux, rafraîchissant la sueur sur ma nuque. J'ai passé presque toute la nuit à remuer et je n'ai pas pu dormir plus d'une heure après que Crius et Stone nous ont rattrapés en pleine tentative de fuite. Je brûle toujours de penser qu'on aurait pu réussir si on était parties plus tôt. Mais après ?

On se serait retrouvées face à des zombies ?

Ces cadavres ambulants sortis des Enfers sont à présent dans le nord. J'ai entendu des rumeurs à leur sujet, comme la plupart des gens, je tremble encore d'en avoir vu un. Il est possible aussi que j'aie uriné dans mon pantalon à cause de la peur, parce qu'il n'y a rien qui va chez eux. Pourtant Crius n'a pas cillé en leur arrachant la tête avec sa bouche. Et là, j'ai rêvé de l'effet que cela ferait de l'embrasser quand il m'a plaquée au mur.

Comment pourrais-je être à l'aise dans les Bois empoisonnés avec ces trucs dans les parages ? Mais peut-être qu'il n'y en a pas d'autres ? Je vous en prie, faites qu'il n'y en ait pas d'autres.

On raconte des histoires au sujet d'une puissante assemblée de sorcières vivant au milieu de la forêt et les trouver signifie pénétrer une forêt jonchée de sorts de protection et de malédictions. Ajouter des zombies à ça ne ferait qu'empirer la situation.

Et je ne suis pas assez dingue pour croire que Ragnar ne veut y aller que pour leur demander leur aide, ou pour un autre motif pacifique. En dépit de ma tentative de fuite d'hier soir, j'ai passé un accord pour retrouver mes sœurs et je ne me sentirai pas coupable d'amener ces loups à la porte des sorcières. Personne n'aime les Maudits, donc je ne fais allégeance à aucun des deux camps. Ce qui veut dire que ce qui se passera entre eux ne me regarde pas. Tout ce que je veux, c'est retrouver mes sœurs et je me servirai de la seule aptitude que m'a enseignée ma mère pour guider les loups à travers les bois et puis je m'en irai avant que quelqu'un ne se retourne contre moi.

Ça m'inquiète que Jae reste en arrière. Elle ne peut pas venir avec nous. Je le sais pertinemment, mais ma poitrine se serre en sachant qu'elle est sous la protection des Alphas. C'est une Omega comme moi, mais même si elle est encore jeune, certains d'entre eux ne se soucieront pas de son âge.

Je songe aussi à Kaira et à ce que Ragnar m'a dit. Je refuse de croire que c'est son corps qu'il a aperçu dans les bois. Hier soir, Jae m'a dit que peu après qu'elles aient échappé aux Loups de la Tempête, elles ont croisé la route d'un petit groupe de loups sauvages près des terres de notre meute. Elles ont été séparées dans leur fuite et la dernière fois qu'elle a vu Kaira, c'était ici, dans le Secteur Sauvage de Roumanie. Jae s'est retrouvée à fuir un danger après un autre, ce qui a fini par la conduire au Territoire des Ombres vers le sud. C'est pour ça que je dois retrouver Kaira avant de croire à quoi que ce soit.

Je passe les bras dans le corset en cuir et le fais descendre sur ma tête avant de tirer les cordons pour resserrer le tissu autour de ma poitrine. La chemise blanche à manches longues se tasse en dessous, mais peu importe du moment que le corset maintient mes seins fermement en place. Je rentre la chemise dans mon pantalon noir légèrement trop serré. Je me sens à l'aise dans ces vêtements neufs qui ont été déposés devant notre chambre. Je ne sais pas si je dois être plus impressionnée par le fait que ces hommes aient trouvé des vêtements en parfait état dans cette ville ou parce qu'ils connaissaient précisément ma taille.

Je chasse ces pensées, en même temps que les cheveux de mon visage et sors de la salle de bains. Je suis bien consciente que, même si je déteste partir pour cette mission, je n'ai pas vraiment le choix.

Dans la chambre, je suis accueillie par le visage

sévère de Ragnar, qui se tient près de la porte donnant sur le couloir.

Je suis choquée de le voir m'attendre et reste figée dans l'encadrement de la porte : je ne m'attendais *vraiment pas* à ce qu'il arrive aussi tôt.

Il est large d'épaules et semble plus grand, vêtu de son long manteau noir. Une fermeture éclair court de la base de sa gorge jusqu'au-dessus de son aine, où le reste du tissu tombe lâchement autour de son pantalon noir, rentré dans ses bottes de combat sombres.

Le regard qu'il pose sur mon corps m'embrase instantanément. Il passe la main dans ses cheveux noirs, plus courts sur les bords et longs sur le dessus. Il a toujours des petits anneaux d'argent noués dans les cheveux et ça lui va bien. Mon esprit me hurle de me ressaisir avant qu'il ne soit trop tard et qu'il ne me voie plus que comme une Omega qui désire le moindre Alpha qui croise son chemin.

— Bonjour, me salue-t-il.

Ce bel homme qui se trouve dans ma chambre est parfaitement conscient de l'effet qu'il me fait. Je le vois à son sourire.

— Mmmh, tu étais sérieux quand tu disais « tôt ».

Pour lui cacher à quel point il m'affecte, je reporte mon attention sur le reste de la chambre, où je ne vois pas trace de ma sœur.

— Où est Jae ? lui demandé-je en redressant les épaules.

Je repère mes bottes près de la table, les attrape, m'assieds sur une chaise pour les enfiler, puis serre les lacets.

— Est-ce qu'elle est en train de prendre son petit déjeuner à la taverne ? reprends-je.

— Non, répond-il brusquement. Elle est en sécurité.

Je relève la tête.

— Qu'est-ce que ça veut dire ?

Je suis prise d'un frisson et me lève.

— Mes gardes l'ont emmenée dans un endroit sûr. Trois de mes hommes les plus forts s'assureront qu'il ne lui arrivera rien jusqu'à ce que nous revenions tous sains et saufs.

Ses intentions sont claires. Il ne me fait pas confiance et doit penser que je vais les abandonner, ou pire encore, il craint que je les guide vers leur perte.

Mon cœur ne bat plus comme un tambour. À la place, il se contracte comme si quelqu'un essayait d'en extraire la dernière goutte de sang.

— Ça ne faisait pas partie de notre accord, souligné-je d'une voix forte, levant plus haut la tête pour fixer Ragnar droit dans ses yeux bleu pâle qui apparaissent fantomatiques contre ses cheveux noirs.

— Comment pensais-tu nous payer pour que l'on risque nos vies et que l'on aille dans le sud pour trouver tes sœurs ?

Je me raidis et mes épaules se courbent vers l'avant.

— Tu n'as trouvé qu'une seule sœur, tu n'as donc pas rempli ta part du marché. En plus, au départ tu m'as demandé de m'assurer que vous puissiez *entrer* dans les Bois empoisonnés en toute sécurité, pas en revenir. Maintenant, tu gardes ma sœur en otage pour être sûr que je fasse plus que ce qui était convenu.

Il hausse un sourcil, comme si j'avais dépassé les bornes.

— Tu as la langue bien pendue, Narah et maintenant tu veux renégocier notre accord? Très bien, mais tu risques de ne pas apprécier le résultat.

Un frisson me parcourt l'échine et je me tiens immobile, refusant de reculer.

Il s'avance vers moi et me saisit rapidement la main d'une poigne solide. La partie rationnelle de mon cerveau me hurle de reculer, ne pas le laisser envahir mon espace, mais au lieu de ça je me perds dans son regard, dans le picotement qui naît au creux de mon ventre et éveille ma louve au contact de Ragnar.

On m'a appris à sourire, à obéir aux Alphas et ne pas leur montrer mes véritables intentions jusqu'à ce que je sois hors de danger, mais j'ai comme l'impression que si je montre la moindre faiblesse à ce loup, il m'arrachera la gorge.

Ma voix est claire et nette, même si j'ai les nerfs en pelote.

— Tu ne me fais pas peur.

J'arrache ma main de la sienne et m'éloigne de lui, sachant que je ne devrais pas tourner le dos à un prédateur. Cependant je veux lui montrer ma bravoure, en dépit de cette vulnérabilité qui me noue le ventre.

Soudain, je sens glisser la chaleur de son souffle sur mon épaule et mon oreille.

— Tu es sûre de ça?

Il glisse le bras autour de moi au niveau des épaules et me tire en arrière pour me plaquer contre son torse solide, me coupant le souffle. Je m'agrippe frénétiquement à son bras, mes ongles s'enfoncent dans sa chair, pourtant il ne tressaille même pas.

— On peut faire ça à ta manière. La liberté de ta sœur contre la tienne. Qu'en penses-tu ? On relâche ta sœur maintenant, elle est libérée de mes hommes, mais tu m'appartiens pour toujours. Et pour te montrer que je peux être gentil, j'enverrai mes hommes chercher Kaira, après quoi nous la libérerons aussi si elle est toujours en vie.

Mon sang se fige dans mes veines et mon esprit s'étrangle de peur à l'idée que Jae se retrouve seule. Et s'il avait eu raison la première fois au sujet de Kaira et qu'elle est morte ? Mon cœur se ferme parce que je ne suis pas prête à accepter un tel destin. Elle n'est pas morte. Non, je refuserai de le croire jusqu'à ce que je le voie de mes propres yeux. Et il veut me posséder ? Qu'il aille se faire voir.

— Je te promets de prendre grand soin de toi, murmure-t-il.

— Non.

J'ai la voix qui tremble.

Aussitôt, il me relâche et je titube avant de retrouver mon équilibre, tendant la main vers le lit pour m'éviter de tomber. Il me tourne le dos et sort dans le couloir, parlant par-dessus son épaule.

— C'est ce que je pensais. Prends tes affaires. Nous partons.

Je tremble.

Ordure.

Mon cœur est sur le point d'exploser et une impression de malheur s'abat sur moi.

— Espèce d'ordure, marmonné-je à mi-voix, furieuse qu'il ait emmené Jae sans me laisser l'occasion de lui dire au revoir.

Maintenant plus que jamais, je suis déterminée à trouver un moyen de retrouver ma sœur. Ensuite, nous trouverons Kaira. Je prie de toutes mes forces pour ne pas avoir à regretter l'insistance de Ragnar au sujet de cette mission insensée.

Apparemment, tous les Alphas que je rencontre finissent toujours par détruire des choses pour moi et la seule pensée de Martell entraîne une douleur profonde et déchirante dans ma poitrine. Mon pouls bat fort dans mes oreilles et la douleur de sa perte me transperce. J'ai toujours ce sentiment de solitude, d'abandon et de trahison et en dépit de ça, ma louve se languit toujours de Martell. Ce n'est peut-être pas ce monde qui est brisé, mais moi…

Ma louve et mon âme se languissent d'un monstre qui a tenté de me tuer.

Mon corps désire un Alpha viking qui ne me voit que comme un pion.

Et moi… Je ne recherche que la liberté, sauf qu'il semblerait que le destin n'a pas l'intention de se montrer clément avec moi.

Sachant que le temps joue contre moi, je me précipite dans la pièce pour récupérer mon couteau que je glisse dans ma botte, avant de prendre un long manteau qui pourra me servir de couverture la nuit. Il va nous falloir des jours pour traverser les Bois empoisonnés, qui sont gigantesques et il est évident que l'assemblée de sorcières ne rendra pas la tâche facile aux loups pour les trouver.

Ces Alphas nordiques ne semblent pas se formaliser que je sois une Maudite, du moment qu'ils obtiennent ce qu'ils veulent.

Si Ragnar s'est mis en tête que d'une manière ou d'une autre je serai une force à leurs côtés contre les sorcières, le retour à la réalité risque d'être brutal. Je ne vais pas risquer ma vie pour mettre les sorcières en colère. Elles détestent les loups et je suis certaine que ça inclut les métisses. Qui plus est, comment pourrais-je aider Ragnar alors que ma magie est inexploitée, rompue et perdue dans mes veines ?

CHAPITRE 6

NARAH

$\mathcal{J}$e resserre mon manteau autour de ma gorge et mon sac pend dans mon dos alors que nous empruntons la route poussiéreuse qui sort de la ville. Ragnar et Stone prennent la tête, Nikos ferme la marche et Crius reste à côté de moi, les mains profondément enfoncées dans les poches de son pantalon noir, comme si rien au monde ne pouvait le toucher.

Il porte un t-shirt Henley à col V ample qui ne dissimule pas ses muscles. Des quatre hommes, c'est lui le plus massif. Il a tué Finn avec une facilité déconcertante et sans le moindre remords. Moi aussi je devrais me sentir plus coupable, cependant il allait me faire du mal… Exactement comme Martell avant lui. Et après l'incident d'hier soir, à présent, quand je regarde Crius, une étrange nuée de papillons s'envolent dans mes tripes. Certes, ça ne devrait pas m'arriver, pourtant quand je l'observe, je ne cesse de penser à son corps plaqué contre le mien qui s'anime. Je n'arrête pas de me dire qu'il m'a protégée après que j'aie dû prendre soin de moi-même pendant si longtemps. Je déteste l'admettre, cependant c'est un soulagement inattendu que d'avoir quelqu'un qui me défende.

Sauf que Crius est un personnage compliqué et terrifiant.

C'est-à-dire qu'il a une petite hache à la ceinture et Dieu sait ce qu'il a d'accroché ailleurs sur son corps. Et ça, c'est avant même qu'il n'ait pris sa monstrueuse forme de loup blanc.

Crius me jette un regard, me surprend à le détailler et me fait un clin d'œil. Sous ses yeux, je me retrouve happée par cet instant. La brise qui balaie ses cheveux d'un blond profond qui retombent librement sur ses épaules. Une légère barbe orne sa mâchoire, tandis que les longueurs au niveau du menton ont été séparées en deux courtes tresses, chacune dotée d'un anneau en argent à son extrémité. Ce devrait paraître ridicule, mais sur lui... *Pardonne-moi déesse*, mais sur lui, ça me fait flancher. Il est l'incarnation vivante de l'image que je me faisais des guerriers vikings de mes livres. Les Vikings, des hommes qui se battent avec des penchants berserker, robustes, qui n'ont peur de rien. Et celui qui marche à côté de moi est beau à se pâmer. Musclé, grand, avec des pommettes saillantes et cicatrices de guerre. Ses yeux noisette perçants surmontés d'épais sourcils sont toujours rivés sur moi.

— Ça va ? demande-t-il.

Je m'oblige à hocher la tête, tandis que mon cerveau se débat pour trouver quelque chose à dire. Mon premier réflexe est d'admettre que j'ai changé d'avis au sujet de ce voyage, mais après ? Ces Alphas ne vont pas se contenter de me rendre ma sœur. Elle me manque déjà. C'était étourdissant de me retrouver avec elle, à l'écouter me raconter tout ce qu'elle a traversé avant que Ragnar ne la retrouve. J'étais effrayée d'apprendre à quel point elle s'était retrouvée proche des zombies et par les dangers qu'elle avait dû affronter dans le Territoire des Ombres. Notre séparation avait été courte, mais elle semblait avoir terriblement mûri durant cette période. La jeune sœur insouciante que je connaissais a disparu. Si un jour je croise l'Omega de cette région, Meira, qui a aidé ma sœur à plusieurs reprises, je lui offrirai la plus grande étreinte jamais donnée.

Une nuit passée à rattraper le temps perdu avec Jae n'est pas suffisante quand cela fait deux mois que mes sœurs me manquent terriblement. Je tourne la tête pour regarder derrière moi, vers la chambre d'auberge dans laquelle j'ai passé la dernière nuit avec Jae et j'ai mal au cœur.

Je serre les dents. Je suis parvenue jusqu'ici et j'ai survécu. Je ne peux pas me laisser paralyser par la peur maintenant.

Jae, s'il te plaît, reste en sécurité jusqu'à mon retour. Et Kaira, où que tu sois, reste en vie pour que je puisse te trouver.

Quand je me retourne, Crius se redresse et esquisse un geste du menton vers la ville que nous laissons derrière nous.

— Ta sœur sera en sécurité.

— Je suppose, murmuré-je.

Il hausse les épaules et bientôt, seul le bruissement

du feuillage et de l'herbe accompagne nos pas.

Le silence qui règne entre nous ajoute à la nervosité qui me gagne. Sauf que je me secoue pour me débarrasser de ces pensées. Pour survivre, je dois être en forme. Ragnar pense très certainement que j'ai beaucoup de pouvoirs et que je serai leur sauveuse, mais je ne peux pas les laisser se rendre compte que je ne suis pas la puissante sorcière qu'ils pensent. Ce qu'ils ignorent pour l'instant, c'est ce qui va me garder en vie.

J'ai vécu avec des mensonges toute ma vie que j'ai racontés aux Alphas de notre meute. Certes j'ai causé ma propre perte quand mon pouvoir s'est manifesté devant Martell, mais ça ne sera pas un problème ici, n'est-ce pas ?

Plus nous nous éloignons de la ville, plus la piste se rétrécit, engloutie par les herbes sauvages et les chênes aux branches énormes qui bordent notre chemin. Nous sommes seuls ici, accompagnés du seul pépiement des oiseaux autour de nous. Je m'autorise à croire qu'il reste encore de la beauté dans ce monde, au milieu du chaos.

— Y a-t-il quelque chose que nous devrions savoir au sujet de ta magie, ma louve ? demande Crius en me tirant de mes pensées.

Je lui jette un regard de côté, scrutant son visage en quête de sarcasme. Sauf qu'il est sérieux.

— C'est une question un peu bizarre, lui dis-je.

Il lève un sourcil épais.

— Je comprends. Tu veux d'abord nous connaître avant de t'ouvrir, réplique-t-il en m'adressant un sourire en coin. D'accord, je suis prêt à jouer le jeu.

— Ce n'est pas vraiment ce que...

— Ce que tu vois en moi, c'est ce que je suis. Je serai toujours honnête, que ça te plaise ou non et aussi, loin de moi l'idée de me jeter des fleurs, mais je suis fantastique sur le champ de bataille comme au lit.

Il sourit en baissant la main pour s'agripper l'entrejambe.

Oui, je vois parfaitement à qui j'ai affaire quand il s'agit de Crius.

Nick fait semblant de tousser derrière nous et murmure à mi-voix :

— Tu oublies de dire que tu es complètement dingue, imprévisible et un piège mortel pour nous tous.

J'en ai le souffle coupé. Un piège mortel ?

Crius étouffe un rire.

— Ah oui et ensuite il y a Nikos, le mouton noir. Il est enclin à la jalousie et est incapable de bander.

— Va te faire voir, siffle Nikos, redressant les épaules en serrant les poings.

Il laisse tomber au sol le sac qu'il porte à l'épaule, prêt à se battre. Les côtés de son crâne sont rasés et un motif tatoué décore la peau d'un côté. Les tourbillons correspondent à l'encre qui court de sous son haut à manches courtes et remonte sur ses biceps saillants. Il porte une crête d'un brun noisette profond, coiffé en plusieurs tresses épaisses et emmêlées pour former une grande dreadlock qui lui retombe au milieu du dos. Tout en lui indique un *guerrier*, y compris ses yeux vert intense. Je serais totalement terrifiée de le croiser par une nuit noire et pourtant, quelque chose m'intrigue derrière son regard. Comme une vulnérabilité, mais c'est impossible.

Or j'ignore pourquoi Crius l'a qualifié de mouton noir. À mes yeux, c'est lui qui est le mieux placé pour prétendre à ce titre.

Je m'éloigne rapidement d'eux, piétinant l'herbe qui m'arrive aux genoux, parce qu'ils ne semblent pas vouloir se calmer.

Crius maintient sa position, gonflant la poitrine. Je suis presque certaine que ces deux-là s'entretueront avant que les sorcières n'aient l'occasion de le faire. Ça ne me dérange pas, mais je préférerais ne pas être blessée par inadvertance.

L'air se fait plus lourd, leurs poitrines se gonflent et s'abaissent frénétiquement sous leurs respirations rapides. Je resserre les sangles de mon sac sur mes épaules, incapable de détourner le regard du naufrage qui s'annonce.

— Ça suffit, aboie Ragnar d'un ton tranchant.

Les deux hommes se replient instantanément, Nikos baisse les yeux et son visage s'assombrit tandis qu'il ramasse son sac abandonné. Crius balaie les environs du regard, s'assurant de bien scruter tout le monde, comme s'il y avait une sorte de compréhension tacite entre eux.

Que se passe-t-il entre ces quatre-là ? Est-ce que je fais une énorme erreur en m'associant avec eux ?

Crius s'éclaircit la gorge et se tourne vers moi, affichant un sourire, puis s'avance dans l'herbe derrière moi et me prend la main. Son contact est plus doux que ce à quoi je m'attendais et m'envoie des frissons dans le bras ; il me ramène sur le chemin.

— Alors, où en étions-nous ? Ah oui, Stone.

Nous reprenons notre marche rapide, le soleil levant illumine le paysage et l'altercation qui donnait l'impression que le monde allait exploser appartient au passé. Pourtant, j'ai encore le tournis suite aux derniers événements.

— Économise ta salive, gronde Stone.

Ce Viking blond paraît plus calme qu'il ne l'est sûrement en réalité, il semble puissant et captivant avec ses yeux bleu foncé. Depuis la visite qu'il nous a rendue hier soir dans notre chambre pour nous apporter le dîner, il n'a pas quitté mes pensées. Et à sa manière de me regarder, je sais qu'il tentait de me cerner. Cette question qu'il m'a posée, si j'étais préparée pour les Bois empoisonnés, me trotte dans la tête depuis qu'il l'a formulée. C'est ma première fois dans cette forêt, comme pour les Alphas, mais ma réponse a semblé le mettre mal à l'aise.

Peut-être que j'avais conclu le marché trop vite avec Ragnar il y a de cela quelques semaines, mais à dire vrai, je n'ai jamais vraiment réfléchi à mon offre. Je voulais revoir mes sœurs et je lui aurais promis mon âme pour qu'il me les ramène. Alors je suppose que si je me retrouve dans cette situation, c'est de ma faute, pour avoir promis aveuglément à Ragnar une traversée sans danger.

— Stone est le cousin de Ragnar, enchaîne Crius. Ce n'est pas le plus bavard d'entre nous, mais comment dit-on déjà ? reprend-il en se tapotant le menton. Les plus calmes sont les plus dangereux.

Il me sourit, comme si c'était censé adoucir la sinistre description qu'il vient de faire de Stone.

— Tu es carrément nul pour les présentations, ajoute Stone, tandis que Nikos gémit derrière nous.

Ils n'ont pas tort.

Crius ne paraît pas s'en préoccuper et il enchaîne.

— Et tu as rencontré notre Alpha en chef, le plus dangereux d'entre nous, Ragnar. L'homme pour lequel on mourrait tous.

Ils mourraient pour lui ? Les Loups de la Tempête étaient loyaux envers Lovis, mais jamais je ne les avais surpris à dire qu'ils seraient prêts à mourir pour lui. Pas même mon père à l'époque où il dirigeait la meute.

— Vous venez tous du Danemark, c'est ça ? demandé-je, me disant que les choses devaient être vraiment différentes dans le nord. De la même meute ?

— Oui et non, répond rapidement Crius, sans en expliquer davantage.

Et les autres ne le font pas non plus.

— Et toi, petit renard ? me questionne Ragnar qui tourne la tête pour me regarder par-dessus son épaule.

Je sens la curiosité derrière ses mots.

Je ne peux m'empêcher de me demander si cet interrogatoire de Crius n'était pas prévu à l'avance.

— Oh, tu sais, l'histoire habituelle des Omegas. J'ai grandi dans une meute en faisant tout mon possible pour échapper aux Alphas incapables de penser autrement qu'avec ce qu'ils ont dans le pantalon.

Je ris, mais soudain, mon rire se transforme en un gargouillis étranglé quand je me rends compte que personne ne trouve ma réponse drôle.

— Bon, pas vous quatre, évidemment, haleté-je et

cette fois, tous me regardent, même Nikos. Quoi? Bon sang, c'était une blague!

Ce n'en était pas vraiment une, néanmoins je n'ai absolument aucune intention de leur raconter quoi que ce soit à mon sujet, en dehors du strict nécessaire.

Nous vivons dans un monde injuste où les Omegas ne sont que des objets aux mains de brutes qui les possèdent et qui les brisent encore et encore. Certes, Ragnar m'a offert une protection le temps de conclure notre accord, mais qu'arrivera-t-il ensuite? Je ne serai qu'une Omega de plus qu'ils pourront prendre et en ce qui me concerne, je veux qu'ils me voient comme une louve dangereuse, avec des pouvoirs capables de leur congeler les testicules sur-le-champ s'ils me mettent en colère.

— Essaie encore, insiste Ragnar et je me frotte le visage d'une main tandis que nous avançons à travers un champ parsemé de petites fleurs blanches.

Au-delà se dressent des bois. Ce sont les plus grands et les plus sombres que j'aie jamais vus et je resserre ma prise sur les bretelles de mon sac à mesure que nous approchons.

— Je crois qu'elle ne t'écoute pas, remarque Crius.

— Je l'ai entendu, dis-je. Mais je ne sais pas quoi vous raconter que vous ne seriez pas capables de deviner vous-mêmes. Je ne suis personne. Je n'ai ma place ni parmi les loups ni parmi les sorcières, alors j'ai passé toute ma vie à dissimuler qui je suis. C'est pour cette raison que mes sœurs et moi avons quitté la meute dans laquelle nous avons grandi, parce que nous n'y étions plus en sécurité. Voilà qui je suis. Une fille perdue qui essaie de s'accrocher aux derniers fragments de famille qu'il lui reste dans ce monde. Mes deux sœurs.

Je respire plus vite à présent. J'en ai dit plus que je ne voulais et sans le moindre mensonge.

Je me focalise sur les bois devant nous, pour ne pas regarder les visages tournés vers moi. Qu'ils pensent ce qu'ils veulent, qu'ils aient pitié. Tant que ça assure ma sécurité. Peu importe que mon cœur se serre chaque fois que je songe que nous n'aurons pas de maison où aller à notre retour ou que quand je pense à mon âme sœur, Martell. J'en oublie comment respirer. La nostalgie m'est une compagne quotidienne, mais le plus dur à vivre, c'est cette solitude dans laquelle se noie ma louve. Elle s'infiltre dans mon corps comme un venin et mes sentiments me brisent à petit feu.

Quand je jette un œil à Crius, il me dévisage toujours.

— Quoi ? demandé-je.

Il hausse les épaules.

— Rien.

Puis il reporte son attention sur notre marche et c'est tout ce que je demande... Qu'on me laisse tranquille et qu'on en finisse avec ce périple. En secret, je le remercie aussi d'avoir tenu parole et de n'avoir rien dit à Ragnar de ma tentative d'évasion ce matin. Je suppose que si ce dernier avait été au courant, il aurait été plus insistant sur ce nouveau marché qu'il m'a présenté à l'auberge. Je frémis à l'idée que quelqu'un me possède.

Je n'ai pas besoin d'apprendre à connaître mes compagnons à ce point. Pour l'instant, je sais tout ce qu'il me faut. L'un a besoin d'attention, l'autre rumine un sombre secret et il y a le pacifiste qui a ses propres mystères et enfin celui qui aime être adulé.

Au loin, deux silhouettes émergent des bois sombres dans une course effrénée, bondissant si vite que je m'attends à ce que quelque chose surgisse de la rangée d'arbres derrière elles. Pourtant rien ne les poursuit.

Mon pouls martèle mes veines et la peur remonte à la surface comme une marée montante à mesure qu'elles se rapprochent.

Nous nous arrêtons. Crius s'avance, pendant que Stone revient vers moi, passant son bras autour de mon ventre. C'est une impression étrange que d'avoir toujours ces Alphas qui prennent soin de moi. J'ai joué le rôle de protectrice de mes sœurs durant si longtemps que j'avais oublié ce que ça fait d'être protégée.

Je porte mon attention devant moi : à présent je vois clairement deux loups gris qui s'élancent à travers le champ. Ils bondissent en avant à une vitesse terrifiante, la gueule ouverte, la langue pendante, les poils du dos hérissés.

Quelque chose dans ces bois les a pétrifiés.

Un frisson me parcourt, mais je ne peux pas me laisser gagner par la peur.

Nous observons les loups passer devant nous sans un regard et ils disparaissent.

Personne ne dit rien, mais les hommes échangent des regards inquiets : je suis certaine que nous pensons tous à la même chose. Nous sommes sur le point de pénétrer dans l'antre du diable.

— Narah, passe devant avec moi, exige Ragnar en me faisant signe de le rejoindre, ce que je fais sans la moindre hésitation. Si tu détectes quelque chose, tu nous le dis immédiatement, compris ?

Il me fixe comme un prédateur, il est sur ses gardes. C'est ce qu'il ne dit pas qui compte à cet instant. *Ou alors...*

— Bien sûr.

Nous nous remettons en route et les bruits de pas des trois autres se rapprochent de nous. Je garde en tête que ma capacité à détecter la magie me protégera, néanmoins je n'arrive pas à me débarrasser de l'inquiétude d'avoir eu les yeux plus gros que le ventre.

— Une fois dedans, tu sais comment repérer les sorcières, n'est-ce pas ? demandé-je.

— Apparemment, il y a une petite piste qui serpente dans les bois. Si on la suit, elle nous mènera aux sorcières, me confirme Ragnar.

Je n'arrive pas à me sortir de la tête que la plupart des sorts et des pièges mortels seront disséminés le long de cette piste et que si nous voulons éviter la mort, ce n'est pas ce chemin que nous devrions emprunter.

Des nuages sombres s'amoncellent, annonciateurs de pluie. Ma respiration s'accélère tandis que je scrute les bois devant moi à la recherche d'un quelconque mouvement. Quand nous arrivons à la forêt, les hommes s'arrêtent et m'observent.

— D'accord, c'est là que j'entre en scène.

Je redresse les épaules, me tourne et focalise mon attention sur les bois denses, les ombres. J'avance d'un pas, puis j'en fais un autre et pénètre dans les Bois empoisonnés. Un froid m'enveloppe à l'instant où je franchis la limite, s'enroule autour de moi, plantant ses griffes dans ma chair. Ma louve s'agite, soudain en alerte et elle pousse contre moi : elle déteste cet endroit.

— C'est juste pour un petit moment, lui murmuré-je.

J'observe autour de moi les arbres qui laissent place à une étrange obscurité, comme si la lumière du soleil avait du mal à franchir la canopée.

Prenant une profonde inspiration, je fais un pas de plus, puis d'autres, portant mon attention sur la piste abîmée dont a parlé Ragnar et qui serpente dans le paysage avant de disparaître dans l'ombre. Derrière moi, la lumière du matin brille puissamment et quatre Alphas attendent que je leur dise d'entrer. Je me tourne de nouveau face à la forêt, j'expire lentement et là, les premières étincelles de magie me parcourent, comme si je retrouvais la sensation de mon corps. *Mon pouvoir bourdonne en permanence sous ma peau,* me disait ma mère *et il suffit d'une seule respiration concentrée pour l'enflammer.*

Le paysage devant moi se précise, les couleurs se font plus claires et je balaie les environs du regard en quête d'étincelles de magie. Elles indiquent les sorts, mais je ne vois rien ici. Pas à cet endroit, en tout cas. Rien qu'une sensation oppressante, comme si quelque chose appuyait sur mes épaules. Je baisse les yeux sur mes mains et retire mes gants, pour être en pleine possession de mes moyens. De minuscules lignes blanches magiques sautent sur mes doigts et je souris tant je les trouve belles.

Je soupire en apercevant la brûlure magique sur ma main, mais je ne peux rien y faire et ce n'est pas comme si je devais le dissimuler aux loups vikings. Ils savent ce que je suis. Ragnar l'a deviné quand on s'est rencontrés, et j'aimerais savoir comment il a fait. Mais ce n'est pas important… pas maintenant.

À pas rapide, je rejoins l'orée du bois et leur fais signe de me rejoindre.

— Ça paraît dégagé. Commençons.

Ils ne bougent pas.

— Tu es sûre ? demande Ragnar, qui fixe la forêt derrière moi comme s'il s'attendait à ce qu'un monstre lui saute dessus.

— Est-ce que je prendrais vraiment le risque de ne plus jamais revoir ma sœur ? lui dis-je rapidement, parce que je ne veux pas prolonger ce voyage plus que nécessaire.

Ragnar me scrute pendant un long moment.

— Ou bien tu te dégonfles ? le questionné-je.

Il soupire, redresse les épaules et regarde ses hommes.

— Vous êtes tous prêts ?

Ils hochent la tête presque à l'unisson, puis tous les quatre s'avancent dans les bois à mes côtés.

— Il faut que l'on reste à distance du chemin leur expliqué-je et personne ne proteste, même s'ils étudient avec incertitude le terrain, le chemin, les ombres au loin. Il est plus probable que les sorts se trouvent près du sentier. En restant à l'écart, j'espère que nous serons à l'abri des enchantements.

— Tu es sûr que tu sais ce que tu fais ? m'interroge Nikos.

J'aimerais admettre que je ne sais absolument pas ce que je fais, mais que je fais de mon mieux, pourtant je lève le menton dans sa direction, me rappelant qu'il faut que je passe pour une sorcière puissante.

— Évidemment. Je suis capable de détecter où on s'est servi de la magie avant de tomber dans les pièges.

Il me regarde comme si je venais d'énoncer le plus gros mensonge du monde, sauf que cette partie est plutôt vraie. Il n'est pas obligé de savoir que je n'ai jamais été confrontée à beaucoup de magie. Tant que je suivrai les instructions de ma mère et que je garderai un œil sur les sorts, nous devrions être en sécurité.

— Souviens-toi juste que si tu te moques de nous, je n'hésiterai pas à laisser ton corps dans ces bois, me menace-t-il.

Je ravale la boule qui se forme dans ma gorge, sans jamais baisser les yeux.

— Vous avez entendu la fille, allons-y, murmure Crius en passant devant Nikos.

— Après toi alors, dit Stone qui agite les bras pour que je prenne la tête.

Nous enjambons les arbustes, des troncs tombés, passons sous des branches basses ; nous progressons rapidement. Plus nous avançons, plus cette sensation que j'ai eue plus tôt se resserre autour de moi, sauf que je ne perçois aucun signe de magie.

Stone gémit comme s'il souffrait et je me tourne vers lui, l'observant de la tête aux pieds. Il a le visage tordu de douleur et agrippe son ventre, comme s'il risquait de basculer en avant d'une seconde à l'autre.

Je suis prise de panique à l'idée d'être passée à côté de quelque chose d'évident.

— Qu'est-ce qui ne va pas ?

Au moment où il tombe à genoux, un hurlement fracassant brise le silence derrière moi. Je me retourne et vois Ragnar trébucher contre un arbre, tandis que Nikos tremble comme s'il était sur le point de se transformer et qu'il luttait pour s'en empêcher. Crius respire fort... Trop fort.

C'est à cet instant qu'une douleur aiguë me transperce l'estomac et ma louve frappe mes entrailles comme pour déchirer ma cage thoracique.

Je crie sous le coup d'une douleur aussi vive que de l'eau bouillante versée sur ma peau. Mes genoux heurtent le sol alors que ma louve commence à sortir. Elle a peur... Tellement peur que si je la laisse émerger, elle s'enfuira comme ces deux autres loups que nous avons vus.

L'un des hommes gémit, l'autre grogne, mais je n'arrive pas à me concentrer sur eux alors que j'ai la sensation que mon corps se déchire en deux pendant que je lutte pour contenir ma louve. Jamais elle n'a autant souffert ni essayé de sortir aussi vite. Je me raidis, les muscles bandés, sachant que c'est sa peur à elle que je ressens.

Déesse, ma louve est terrorisée par ces bois. Si je la laisse sortir, jamais je ne pourrai remettre les pieds ici sans qu'elle lutte à mort contre moi. Je ne peux pas la laisser gagner.

— Quoi que vous fassiez, ne laissez pas votre loup sortir, crié-je en me penchant en avant, dents serrées, mon corps tremblant furieusement.

CHAPITRE 7

NARAH

La douleur m'envahit, griffant, creusant mes entrailles, tandis que mon cœur se brise pour ma louve en train de gémir de peur. Je suis à quatre pattes, mon corps convulse. Empêcher son loup de sortir ne devrait pas poser autant de problèmes, sauf qu'à cet instant elle est tellement terrorisée qu'elle ne ressent plus rien d'autre que le besoin désespéré et primitif de s'enfuir. Ma louve n'est pas comme ça en temps normal…

Un cri étranglé s'échappe de mes lèvres, suivi de son grognement menaçant. C'est ainsi que font les animaux acculés, ils ripostent et la mienne se sent abandonnée.

Des larmes coulent de mes yeux fermés tandis qu'une douleur lancinante s'abat sur mes flancs.

Je t'en prie, tu n'as pas besoin d'avoir peur, la supplié-je, essayant de me connecter à elle, mais elle ne m'entend pas. Ou peut-être choisit-elle de m'ignorer. C'est comme s'il y avait un mur entre nous et je déteste ça.

Elle remue en moi, force pour s'échapper et ses émotions sont comme une corde qui m'étrangle au point que j'ai du mal à respirer.

Un grondement féroce fend l'air et attire mon attention. J'ouvre brusquement les yeux et tourne la tête vers la droite, où trois des Alphas sont à terre, tout comme moi et se tordent de douleur.

Mais c'est sur Crius que mon regard tombe. Il est debout et se met à chanter. C'est une langue étrangère, mais la mélodie… Oh, cette mélodie est un puissant chant de guerre. Il s'infiltre dans mon esprit, glisse sur mon corps comme un ruban de soie. Ma louve s'apaise, comme attirée par sa musique et dans le même temps, la douleur qui me transperce semble s'atténuer.

La voix de Crius retentit, son chant est puissant et rapide. Chaque mot est prononcé comme une flèche destinée à atteindre sa cible. Son chant me rappelle les hymnes de guerre que les Loups de la Tempête entonnaient avant d'affronter un clan ennemi.

Il s'approche de moi en deux longues enjambées, passe ses mains sous mes aisselles et me remet debout avec aisance.

Je me tourne vers lui, sa main passe de sa bouche à la mienne, sans jamais interrompre sa chanson. Pour un homme qui ne m'a montré que son côté arrogant, il donne l'impression que sa voix est capable d'atténuer tout ce qui ne va pas dans ce monde.

C'est seulement quand Ragnar entonne le même hymne, sur le même rythme que Crius, que je comprends. Il veut que je fasse comme lui. Je ne connais pas cette langue, mais j'ai la mélodie en tête, alors je me mets à fredonner. Aussitôt que je commence, une étincelle d'énergie parcourt mon corps. C'est comme si la musique avait à elle seule fait disparaître la douleur de mon corps et apaisé ma louve.

Je ne me pose pas de question, je chante plus fort, même si ma gorge commence à me piquer. Stone et Nikos sont également debout, hurlant la mélodie et il faudrait que je sois aveugle et sourde pour ne pas être totalement fascinée par ces quatre hommes qui chantent à l'unisson. Il ne manque que la taverne et des bières dans leurs mains.

La musique fait remonter des émotions profondes, là où quelques instants plus tôt il n'y avait que de la douleur. Et je commence à ressentir une vibration. Est-ce bizarre d'éprouver une certaine jalousie parce que j'aimerais connaître les mots ?

Ragnar me regarde, sa poitrine se gonfle et se dégonfle quand il lance le refrain, le poing en l'air. Il y a une telle fierté sur son visage et les coins de sa bouche menacent de remonter en un sourire. Et moi qui pensais que ce type ne savait pas vivre un bonheur pur. À présent, j'en ai la preuve sous les yeux. Il est tellement fier de son héritage scandinave… Ils le sont tous.

Ce qui m'amène à la question suivante : *pourquoi veut-il prendre le contrôle du Secteur Sauvage si son cœur appartient au Danemark ?*

C'est Crius qui se tait en premier et les autres suivent. Je fais de même, déglutissant malgré ma gorge sèche, m'agrippant le ventre, où ma louve s'est apaisée.

— Comment as-tu fait ça ? croassé-je. Ça fait des mois que ma louve n'a pas été aussi calme.

Ses lèvres se retroussent quand il affiche un sourire fier.

— La musique calme la bête. En plus, c'est notre hymne de guerre pour que nos loups se préparent au combat et soient concentrés.

— Alors en cas de besoin, il faudra de nouveau chanter à l'unisson ? lui demandé-je.

Il acquiesce.

— Au fond, nous sommes des animaux assoiffés de sang et cette musique devrait nous aider.

Mais quand Nikos porte son attention sur moi, je me raidis en voyant son air ironique, ignorant complètement le moment heureux de Crius.

— Qu'est-ce qui vient de se passer, bordel ? Pourquoi tu n'as pas détecté ce sort ? grogne-t-il. Tu as dit que tu pouvais voir *toute* la magie et pourtant, on a à peine fait quelques pas dans les bois qu'on est attaqués.

La fureur qui se lit sur son visage me fait reculer et le malaise s'insinue dans mes veines.

— Nikos a raison, ajoute Stone. Si tu n'as pas été capable de détecter ce truc, quel qu'il soit, qui sait ce qui nous attendra quand on s'enfoncera dans les bois ?

Je redresse les épaules : il faut que je leur tienne tête, faute de quoi cette mission s'achèvera sur ma mort.

— Ce n'est pas un sort spécifique qui a fait réagir nos loups de cette façon, c'est l'air rempli de magie et de chacune de nos peurs, balancé-je d'un ton sec, échouant lamentablement retenir la colère dans ma voix. C'est ton instinct naturel, ton loup qui ressent quand le danger est si grand que la fuite est sa seule option. Alors comment aurais-je pu détecter quoi que ce soit alors qu'il ne s'agit pas d'un sort? Toute cette maudite forêt est imprégnée de différents sorts.

Je garde les bras raides le long du corps et je tremble. Je ne sais même pas pourquoi je me dispute avec eux alors que je n'ai rien fait de mal. Ils cherchent seulement quelqu'un à blâmer au lieu d'admettre que nous avons eu peur.

— Et si vous paniquez tous aussi vite alors qu'on ne nous a même pas jeté de sort, tout ceci n'est qu'une perte de temps. Vous me rendez ma sœur et nos chemins se séparent maintenant.

Je suis leurs regards qui se tournent tous vers Ragnar.

Je suis furieuse de voir à quelle vitesse ils se retournent contre moi et maintenant des signaux d'alarme retentissent dans ma tête : ces hommes, ces animaux, deviendront mes ennemis dès l'instant où j'échouerai. C'est peut-être comme ça qu'ils me voient : comme quelqu'un qui a déjà échoué. Ça me dérange plus que ça ne devrait, après tout pourquoi devrais-je me soucier de ce qu'ils pensent?

— On continue, répond brusquement Ragnar et je me dégonfle intérieurement ; j'aurais presque préféré qu'ils poursuivent leurs accusations et choisissent la solution de facilité. Je laisse le bénéfice du doute à Narah.

Il me regarde avec insistance et je tremble, plus de

fureur que d'autre chose, parce qu'il insinue que je n'en ai pas fait assez. Qu'il aille se faire voir.

— C'est ta première et unique chance, ajoute-t-il, avant de reporter son attention sur Crius.

— Et juste en passant. Dorénavant, ne nous retournons pas les uns contre les autres après ce genre de test, parce qu'il y en aura beaucoup d'autres.

Je bouillonne, je brûle.

Nikos ne dit pas un mot mais me scrute, puis me fait un signe de reconnaissance, auquel je ne m'attendais pas. Je ne peux m'empêcher de penser que c'est plus pour faire plaisir à son Alpha qu'à moi. En ce qui me concerne, c'est la dernière personne à qui je peux faire confiance. Même s'il a un visage d'ange, avec ses pommettes taillées à la serpe. C'est un démon qui se cache derrière ce masque, prêt à m'achever.

S'il ne reste pas en dehors de mon chemin, nous finirons par nous affronter.

Je lui adresse un petit sourire et repars là où j'ai laissé tomber mon sac, sans pouvoir arrêter de penser que ce voyage pourrait me conduire à ma perte. Si ce n'est par la main des sorcières et de leurs sorts, ce sera par celles de ces loups.

Une ombre me surplombe et je me tourne, m'attendant à voir Nikos, mais c'est Crius.

— Au fait, je ne t'en veux pas, me rassure-t-il en baissant les yeux sur mes mains.

De fines lignes jaunes de magie crépitent et claquent entre mes doigts, me laissant une impression de léger picotement. Pour l'instant, je suis moi-même prête à détecter la magie.

— Est-ce que ça te ferait mal si je les touchais ? me demande-t-il.

— Pendant que je me concentre pour détecter d'autres sorts, oui.

Il continue de scruter mes mains et je sais ce qu'il pense. Il veut savoir pourquoi la moitié supérieure de mes doigts est teintée d'un noir qui s'estompe ensuite en atteignant mes jointures. Alors je lui donne la réponse avant qu'il ne pose la question.

— Je me suis servie de la magie il y a quelques mois et il y a eu des conséquences, lui expliqué-je, avant de passer mon sac sur mon épaule et fourrer mes mains dans mes poches.

— Tu n'as pas à me les cacher, m'informe Crius, attirant de nouveau mon attention sur lui. Moi-même je collectionne les cicatrices.

Avant que je puisse répondre, il remonte sa chemise jusque sous son aisselle, où mes yeux se posent instantanément sur ses abdominaux musclés. Sa manière de porter son pantalon bas sur ses hanches révèle ce fameux creux en V que possèdent les gros bras comme lui. Puis je lève la tête vers l'énorme cicatrice qui part de son dos, remonte sur ses côtes et traverse ses abdominaux. La chose qui lui a fait ça aurait pu le couper en deux. Je halète à cette vue et il se met à rire.

— Putain, qu'est-ce que ça m'a fait mal ! Ne jamais se battre avec quelqu'un qui brandit un fouet à chaîne.

— Bon sang, Crius, tu n'arrêtes jamais de te vanter ? constate Nikos.

Stone glousse et l'intéressé semble s'en moquer.

Il retourne prendre son sac à dos et leur raconte des idioties. Mais je n'écoute pas.

Je regarde mes mains et je ne peux m'empêcher de me demander si c'est comme ça qu'il voit ma marque… Comme une cicatrice. D'une certaine manière, je suppose que c'en est une. Comment l'appeler autrement ? Je ne sais toujours pas pourquoi c'est arrivé après avoir été jetée de la falaise ni comment ma magie m'a sauvée ce jour-là.

Nous ne tardons pas à nous remettre en mouvement et plus nous avançons, plus l'atmosphère change. C'est comme si cet endroit possédait son propre climat. Chaque respiration devient plus facile, l'air est moins étouffant, mais la lumière s'affaiblit. Le soleil peine à traverser la canopée. Ici, il n'y a que des ombres et à peine assez de lumière pour ne pas trébucher.

— C'est normal qu'il n'y ait ni bruits d'animaux ni cris d'oiseaux ? demande Stone.

— Ils ont probablement tous fui pour sauver leur vie, tout comme nos loups ont essayé de le faire, répond Ragnar d'un ton pince-sans-rire.

Je ne sais pas si je dois prendre ça comme « *ah ah, si on poignardait encore Narah dans le dos* », ou comme le fait qu'il admet qu'ils étaient réellement effrayés, ce qui a provoqué la panique de leurs loups ?

Ragnar marche à mes côtés, nous prenons tous les deux la tête. Je continue de scruter la piste plus loin sur notre droite. Tant que nous la suivons, nous ne devrions pas nous perdre. Même si maintenant, j'inspecte en permanence tous les alentours à la recherche de la moindre trace de magie, la moindre chose que je pourrais identifier comme étant un sort.

Je suis sûre que nous avons dû marcher au moins une demi-journée, même si ça pourrait tout aussi bien ne faire qu'une heure. C'est impossible à dire ici. Nous parlons très peu, ce qui me convient parfaitement. Je suppose que la réaction de nos loups a fait peur à tout le monde.

Plus on avance, plus les bois changent. Les grands pins et les sapins ont disparu, laissant place à des troncs tordus et pliés, dont les branches sont dépourvues de feuilles et d'écorce. C'est comme si nous traversions un cimetière empli de squelettes. Alors que plus tôt la canopée cachait la lumière du soleil, maintenant un nuage sombre recouvre la cime des arbres.

Le feuillage crisse sous nos chaussures, aussi sec que s'il n'avait pas vu d'eau depuis des mois.

— C'est moi ou on dirait qu'on a atteint une toute nouvelle partie des bois ? s'enquiert Stone.

— Gardez les yeux bien ouverts.

Ragnar énonce une évidence et je balaie du regard les terres environnantes. Pas la moindre étincelle, il n'y rien de magique par ici.

— Je ne perçois rien, lui apprends-je en passant par-dessus une pierre, me heurtant à Ragnar.

Il me regarde comme si j'avais fait exprès, ou que j'avais peur.

Il s'écarte de moi et au départ je pense que c'est parce qu'il veut éviter que je lui fonce encore dessus, mais il se dirige vers la droite, s'éloignant de nous tous.

— Ragnar ? l'appelé-je et je suis prise d'un frisson à l'idée qu'il ait été à nouveau affecté.

Lorsqu'il s'arrête et baisse les yeux sur quelque chose, nous le rejoignons. Il se tient devant une dépouille. Il ne reste que des os, mais le crâne, avec un trou déchiqueté sur le côté de la tête et une cage thoracique indiquent clairement qu'il s'agit d'un être humain et non d'un animal.

Je pivote et observe dans toutes les directions, avec l'impression d'avoir manqué quelque chose d'évident et que nous venons de tomber dans un autre piège. Pourtant, il n'y a rien autour de nous, ni magie ni rien d'autre que des arbres et des arbustes cassés. Tout paraît sombre et gris… sans compter que la nuit tombe très vite.

— Ce con est mort de déshydratation, assure Stone d'un ton confiant.

Il a peut-être raison.

— J'en doute, intervient Nikos.

Mon esprit s'emballe en me disant que j'ai sous-estimé la difficulté de cette mission. Je doute d'être à la hauteur de la tâche, surtout que ma magie est rompue et que je ne suis pas en mesure de l'utiliser pour autre chose que détecter des sorts. En plus, je ne sais rien au sujet des sorcières en dehors de ce que ma mère m'en a dit. Elle est partie et elle est morte.

Je repense à cette habitude qu'elle avait de nous répéter qu'elle nous protégerait toujours et ce souvenir m'apporte une douleur qui me brûle la poitrine. Le chagrin me submerge comme il ne l'a pas fait depuis bien longtemps.

Qu'est-ce que je ne donnerais pas pour que mes parents soient toujours vivants, que ma mère m'ait appris à utiliser ma magie au lieu de m'obliger à la dissimuler !

Je baisse les yeux sur mes mains. La magie ne danse plus sur mes doigts noircis et ce n'est pas une bonne chose. Elle devrait littéralement flamber au milieu de ces bois, car je suis toujours ouverte à la détection de la magie.

La magie peut brûler, me disait Mère. *Pas seulement les sorcières ou leurs victimes, mais tout ce qui se trouve autour aussi.*

Une fois encore, je balaie le paysage du regard, du haut en bas des arbres calcinés, suivant la pente ascendante de la terre et finalement vers la voie opposée de là où nous nous trouvons pour conserver une grande distance entre nous et le chemin. Les bois y sont plus sombres, presque plus verts et je fais quelques pas dans cette direction pour mieux voir.

Quelqu'un m'attrape les bras et me tire en arrière, m'arrêtant net.

— Tu nous as dit d'éviter le chemin, me rappelle Stone.

Je ne lui jette même pas un coup d'œil, continuant de fixer les feuilles des arbres dans la direction d'où nous venons.

— Il n'y a pas de magie dans cette partie des bois, murmuré-je. Tout est brûlé, le sol est stérile. Regardez le chemin là-bas, précisé-je en le montrant du doigt. Il est vert et il y a même du vent, alors qu'il n'arrive pas là où nous sommes et on est à quoi, à quinze mètres ?

— Tu es sûre ? me demande Ragnar, étirant les mots comme s'il pensait que je lui racontais des bobards.

Il ne me croit pas.

— Eh bien, lorsque la magie est trop utilisée au même endroit pendant trop longtemps, elle peut physiquement brûler tout ce qu'elle touche. C'est un exemple qui nous prouve que les Bois empoisonnés ne sont pas aussi forts que beaucoup le croient. En plus, il n'y a pas d'étincelle de magie sur mes doigts. Il devrait y en avoir quand je reste ouverte à tant de puissance. La magie déclenche tout ce qui lui ressemble. Il faut voir ça comme une sorte d'attirance magnétique.

Crius avance vers un arbre épais. Son écorce est brun foncé et il est difficile de dire s'il est brûlé, ou simplement usé. Mais l'Alpha arrache aisément un morceau de l'écorce qui tombe en poussière dans sa main. L'intérieur du tronc aussi est sombre et brûlé. Une odeur âcre nous parvient jusque là où nous nous trouvons, à plusieurs mètres. Elle dégage une puanteur électrique, comme celle de la magie.

Je regarde Ragnar qui cligne des yeux en examinant notre environnement, comme s'il le voyait pour la première fois.

— Donc s'il n'y a pas de magie, c'est que c'est une zone sûre.

— Je ne peux pas le garantir, mais je préfère rester là que près de la voie, lui dis-je.

Je n'aime pas du tout l'idée de dormir dans cette forêt, cependant je sais que nous ne pourrons pas boucler ce voyage en un seul jour.

— Alors on campe ici, déclare Nikos et aussitôt, trois

d'entre eux se mettent à ramasser du bois pour faire du feu.

Ragnar avance vers une petite zone près d'un tronc mort qui ferait un endroit parfait pour nous installer. Je ne sais pas combien de temps je vais dormir, mais ça me fera du bien de soulager mes pieds.

J'aide à la collecte de bois pour m'assurer que le feu ne s'éteigne pas du tout cette nuit, sans pour autant mettre accidentellement le ici. Cette forêt me donne la chair de poule pendant la journée, alors j'imagine que la nuit sera dix fois pire.

Elle tombe plus vite que prévu. Le faible crépitement du feu résonne autour de nous, tandis que les flammes lèchent les ténèbres qui nous entourent.

— Cet endroit est plus que sinistre, lancé-je.

Stone me fixe sans rien dire. Ragnar, quant à lui, reste plongé dans ses pensées, assis adossé à un arbre, les jambes étendues vers le feu et ne semble pas m'avoir entendue. Crius est installé sur le tronc d'arbre, les jambes écartées, les bras posés sur ses cuisses. D'une main, il tient un couteau et de l'autre, une pomme rouge qu'il découpe et mange en tranches.

— Que penses-tu qu'il arriverait si des zombies débarquaient par ici ? demande-t-il. On sait que les sorts ne peuvent pas les tuer, alors s'ils étaient arrivés jusqu'aux sorcières et les avaient tuées.

— Je ne suis pas certaine d'avoir envie d'y songer, étant donné qu'on dort à la belle étoile, lui dis-je.

— Tu prévois un autre plan ? demande Nikos qui entre dans le campement et se laisse tomber sur les fesses devant le feu, jambes pliées et les bras drapés sur elles.

— Lève la tête, Narah, m'interpelle Stone.

Je lève les yeux au moment où il me jette une pomme. D'instinct j'ai baissé la tête en tendant le bras pour l'attraper. Elle m'arrive dans la paume et je suis plutôt ravie de cet exploit impossible. Comme personne ne semble l'avoir remarqué, je mords le fruit charnu dont le jus m'emplit la bouche. Stone partage la nourriture qu'il a dans son sac à dos, principalement composée de viande séchée et de fruits, ainsi qu'une grande gourde d'eau et une bouteille de vin.

Chacun se sert et fait circuler le reste et nous mangeons assis tous les cinq autour du feu. Mon sac est posé par terre derrière moi et mon grand manteau me sert de couverture, alors que je suis assise en tailleur. Je soulève la bouteille et la débouche, avant d'en boire plusieurs gorgées ; ce n'est qu'à ce moment que je réalise à quel point j'ai soif.

— Alors, Narah, commence Stone. Tu es très différente d'une autre Maudite dont j'ai fait la connaissance chez moi.

Sa remarque attire l'attention de tout le monde sur moi.

Ils ont rencontré d'autres Maudits ? Je croise les yeux de Stone, qui semblent briller à la lueur du feu.

— Comment ça ?

J'ai envie d'en savoir plus sur les métis, car jamais je n'en ai rencontré, en dehors de ma mère et de ma sœur.

— J'en connaissais une qui menaçait en permanence de changer tous les hommes en rongeurs s'ils ne lui obéissaient pas. Ça a marché au début, car les gens avaient peur, tu vois, mais elle a commis une erreur fatale.

Je reste suspendue à ses paroles.

— Laquelle ?

— Elle s'est dit que personne ne lui ferait de mal, parce qu'elle a commencé à s'envoyer en l'air avec l'Alpha de la meute. Mais le second a fini par la tuer à mains nues quand elle a insisté sur le fait qu'elle était intouchable.

Il boit une gorgée de vin de la bouteille posée à ses pieds.

— Mais comme tu ne nous montres pas l'étendue de tes pouvoirs, on est censés s'imaginer quoi ? Que tu es modeste ?

Je déglutis et me ressaisis assez pour me demander si pendant tout ce temps, il préparait son interrogatoire. Pendant ce temps, je me repasse en mémoire tout ce qu'il m'a dit. Cette Maudite couchait avec le père de Ragnar ? Je me reconcentre sur Stone.

— Donc, ce que tu es en train de dire, c'est que personne n'est intouchable. Ni les Maudits ni les Alphas, c'est ça ? Et tu as raison, je suis différente. Si j'avais vécu dans un endroit où l'on ne haïssait pas les Maudits, je serais sûrement plus ouverte à ce sujet. Alors mes décisions n'ont rien à voir avec de la modestie de ma part, mais avec mon instinct de survie.

Stone me fixe, sans savoir quoi dire apparemment et quand je tourne les yeux vers Ragnar, il sourit en se calant en arrière, tout en nous observant.

Je baisse les yeux sur mon repas et le poursuis

pendant que les trois hommes se lancent dans une conversation au sujet des zombies. Elle tourne principalement autour de leur méthode pour les éliminer. Je ne les écoute plus après avoir entendu Crius dire :

— Je hacherai le mien et le regarderai se tortiller sur le sol.

Je ne saurais dire s'il est sérieux, ou s'il tente juste de faire la réponse la plus dégoûtante. À la place, je laisse le feu me réchauffer et garde le silence, tout comme Ragnar. Il est assis à mes côtés, les mains enfoncées dans les poches de son pantalon. Il est costaud et bien bâti, il me domine, il dépasse ses hommes, pourtant il y a quelque chose en lui qui le fait paraître normal. Ce n'est pas un viking belliqueux, mais quelqu'un de réservé et de profondément réfléchi.

Ce que je trouve étrange, c'est ce picotement au creux de mon ventre quand je le regarde. Comme s'il le ressentait, il tourne la tête vers moi et le feu se reflète dans ses yeux, tout comme l'indécision qui livre bataille sur son expression.

Je ne suis pas certaine d'avoir envie de découvrir ce qui le perturbe à ce point, alors à la place, je remue pour trouver une position confortable sur le sol dur. Je place mon sac sous ma tête en guise d'oreiller et tire mon manteau sur moi. Je ferme les yeux, bloque le bavardage des hommes et mon instinct me pousse à tendre l'oreille en quête de sons étranges. Cherchant une chose qui voudrait nous prendre par surprise. Certes, il n'y a que le crépitement du feu, mais je n'arrive pas à me débarrasser d'un sentiment de malaise.

L'épuisement me submerge, la chaleur me détend et je m'endors.

Lorsque j'entends des brindilles craquer, j'ouvre les paupières et vois Ragnar, Stone et Crius allongés près du feu, profondément endormis.

Est-ce que je me suis si vite assoupie ? Le feu brûle encore intensément quand un autre craquement de branche résonne. Lorsque je lève la tête, je vois une silhouette qui s'éloigne du campement et s'enfonce dans les bois.

Nikos ?

CHAPITRE 8

NARAH

Je pose les yeux sur Nikos qui s'éloigne de notre campement et se fond dans l'obscurité de la nuit. Je ne m'éloigne pas du feu, je guette le moindre bruit en pensant qu'il est allé se soulager. Je n'entends que les trois autres Alphas qui ronflent. En dehors de ça, la nuit dans les Bois empoisonnés est mortellement silencieuse.

Je ne suis pas encore tout à fait réveillée, mais je m'assieds et attrape la gourde d'eau. J'en bois plusieurs gorgées, l'eau tiède coulant dans ma gorge sèche.

Quand j'appartenais à la meute des Loups de la Tempête, je restais souvent seule dans notre jardin, sur le banc, à observer la clôture arrière et à écouter les battements de mon cœur dans la brise. J'ai toujours aimé la nuit et son obscurité. Sa tranquillité m'apportait de la joie après des journées chaotiques.

Mais ici, je ne ressens pas cette sérénité ni la chaleur que la nuit m'apporte. À la place, je suis concentrée sur l'absence de vie, sur les arbres morts. Je devrais être heureuse que la terre soit exempte de magie, mais j'ai fini par me dire que je déteste ces bois.

Je jette un œil à Crius qui remue dans son sommeil. Stone est complètement assommé et Ragnar reste avachi contre l'arbre, le menton collé à sa poitrine. C'est le premier jour de notre voyage et il commence vraiment mal. La seule chose que je dois à ces Alphas, c'est une traversée de ces bois en sécurité. Je considère comme une victoire qu'ils ne soient pas encore morts et peu importe comment nous y sommes parvenus.

Je ne me rappelle pas combien de temps s'est écoulé, mais Nikos n'a pas réintégré le campement. Plus j'attends, plus je suis tendue. Il fait nuit noire dehors, alors il pourrait parfaitement se retrouver sur une terre ensorcelée et foncer droit vers le danger. La capacité de voir la nuit est une force pour les loups, mais ce lieu n'a ni lune ni étoiles pour apporter un éclat de lumière. Il n'y a que le noir.

Ça ne devrait pas m'inquiéter.

Je m'en fiche.

Pourtant, je me lève et étire les bras pour faire craquer mon dos, puis avant de pouvoir m'en empêcher, j'attrape l'extrémité d'une branche qui dépasse du feu et m'en sers comme d'une torche. La curiosité me tenaille, je veux être sûre que Nikos va bien. La petite flamme que je transporte éloigne l'obscurité. Elle me suffit à me frayer un chemin à travers la forêt.

Je ne devrais pas m'y aventurer, mais Nikos non plus et je refuse qu'on me reproche de nouveau quelque chose sur lequel je n'ai aucun contrôle.

Je lève la torche devant moi et m'aventure plus loin

dans les bois silencieux et sinistres. Aucune odeur n'est perceptible ici et le calme que je pouvais éprouver auparavant a complètement disparu, emporté par le besoin pressant de faire demi-tour.

Au moment où je me décide à le faire, je repère une silhouette debout contre un arbre à quelques mètres de là. Le sentiment de danger que je ressentais grimpe en flèche. Il y a quelque chose qui ne va pas ici. Mon cœur martèle bruyamment ma poitrine.

Je plisse les yeux dans l'obscurité et reconnais aisément Nikos à sa coiffure, aux dreadlocks entrelacées qui courent sur le dessus de sa tête comme une crête et lui retombent dans le dos. Qu'est-ce qu'il fait à rester planté là ?

— Nikos, murmuré-je assez fort pour qu'il m'entende.

Il lève la tête pour me faire face, la lumière accroche ses yeux verts brillants. Je baisse le regard sur son corps, mais il ne remonte pas précipitamment sa fermeture éclair, donc il n'était pas en train de se soulager.

— Tu n'arrives pas à dormir non plus ? me demande-t-il en avançant vers moi.

— En fait, je crois que tu m'as réveillée en marchant sur des brindilles.

Il sourit comme si telle avait été son intention depuis le début, cependant j'ai du mal à le croire, parce que cela voudrait dire que les trois autres dormaient comme des bébés. Quand je tourne la tête vers eux, en les observant à travers les arbres, je vois qu'aucun d'eux n'a remué.

Soudain, Nikos se dresse devant moi, si près et de

manière si inattendue que je tressaille et lâche la branche enflammée.

Il fait claquer sa langue et piétine les flammes à la hâte pour les éteindre, nous plongeant dans le noir.

Je recule jusqu'à heurter un arbre. Il me suit et me pousse à reculer contre le tronc par sa seule présence, ses yeux scintillant dans les flammes du feu de camp derrière moi. Il ne m'a pas touchée, mais nous ne sommes qu'à un souffle l'un de l'autre et d'instinct, je pose la main sur sa poitrine. Il agrippe mon poignet mais ne me repousse pas.

Je sens la chaleur monter le long de mon bras depuis l'endroit où nos peaux se touchent et il m'observe comme s'il voyait à travers moi. Pourtant, sa manière de continuer à m'étudier et son pouce qui dessine de petits cercles sur mon poignet m'emplissent d'un désir inattendu.

C'est très mal. Je ne devrais pas ressentir ça alors qu'il n'a représenté qu'un danger pour moi.

— Qu'est-ce que tu fais ici? le questionné-je, en tentant de repousser le feu qui se dégage de sa main et m'engloutit.

— J'avais envie que tu me suives.

Je scrute son visage, essayant d'y déceler la vérité, mais avec autant d'ombres, il n'y a plus rien d'autre à mes yeux que le battement de son cœur contre ma main.

— Ça ne me ressemble pas.

J'ai le souffle coupé et j'essaie de minimiser le fait que l'avoir si près de moi agite même ma louve.

Il rit doucement, son autre main remonte sur le côté

de mon visage, prend ma joue et son pouce s'attarde sur ma lèvre inférieure.

Il y a quelque chose qui ne tourne pas rond chez moi. Je reste là, avec cet Alpha que je connais à peine, à serrer les cuisses l'une contre l'autre parce qu'il joue avec moi. Je ne devrais pas le laisser me toucher, pas après la grossièreté dont il a fait preuve.

— Si tu n'avais pas envie de me suivre, tu serais restée au campement, souligne-t-il et je constate que, comme Crius, il est plein d'ego.

Mais quand il se penche et que son souffle caresse ma joue, je perds toute faculté de réfléchir de manière rationnelle. La chaleur de sa présence est une substance toxique qui me submerge.

Il me chuchote à l'oreille :

— J'ai une proposition à te faire.

Ma main libre s'agrippe à l'arbre derrière moi et je me redresse, le dos contre le tronc, sans trop savoir pourquoi il me donne l'impression de ne plus penser correctement.

— Qu'est-ce que tu veux dire ?

Ma question semble sulfureuse, même si ce n'était pas mon intention.

Ses doigts suivent le contour de ma mâchoire et se posent sur le devant de ma gorge. Ils sont doux, pourtant je ressens leur puissance. Je sais qu'il pourrait m'étouffer d'une simple petite torsion du poignet. Cependant, je suis incapable de bouger les jambes pour m'éloigner de lui. Le chaos qu'est Nikos me consume, sa présence est comme un poison qui se déverse dans mes veines.

Il se rapproche de moi davantage, nos poitrines se plaquent l'une contre l'autre et mon souffle reste bloqué dans ma gorge.

Sa joue frôle la mienne, il pose la bouche contre le lobe de mon oreille et un gémissement m'échappe.

— Toi et moi on va trouver l'assemblée de sorcières seuls. On laisse tomber les autres, comme ça on sera plus rapides. Pas de drames et on se sort plus rapidement de ces bois. Tu en penses quoi ?

Je sens le souffle chaud de ses mots contre mon cou et il me faut quelques secondes pour en comprendre le sens.

Je le repousse d'une main sur la poitrine pour nous séparer, mais il ne bouge pas ; au contraire, il ramène son visage plus près du mien. Ses paroles m'effraient parce que je pensais qu'ils étaient unis et se faisaient confiance ; pourtant Nikos propose de les abandonner. Qu'est-ce que j'ai manqué ?

— Pourquoi tu ferais ça ?

Je n'ai pas de loyauté particulière envers ces hommes, mais je tiens aussi à savoir à quel démon j'ai affaire.

Il hausse les épaules avec nonchalance, comme s'il voulait me faire croire que c'est une idée qui vient juste de lui traverser l'esprit, sauf que c'est totalement faux.

— C'est la bonne chose à faire et je n'ai pas pour but de te piéger. Une fois qu'on sera sortis, je te ramènerai ta sœur.

Je cille en le regardant, perdue, confuse.

— Je croyais qu'eux et toi étiez loyaux les uns envers les autres.

J'observe le campement, puis Nikos.

— Oui, on est amis et ils ne le savent peut-être pas, mais c'est pour eux que je fais ça. Ils s'entretueront avant qu'on arrive à l'assemblée de sorcières entre leurs querelles et leur compétition permanente. Alors je veux régler ça pour eux.

Il veut impressionner Ragnar en étant un héros ? C'est de ça qu'il s'agit ? Il pose la main sur mon épaule, ce qui me distrait un instant.

— Qu'avez-vous l'intention de faire avec les sorcières ? Que veut Ragnar ? Négocier avec elles ? Les tuer ?

— Tu es une gentille Omega, peut-être trop pour ce monde, Narah et je t'offre un moyen de ne plus être obligée de supporter des Alphas sauvages. Tu n'as pas vu la manière dont ils te regardent ?

— J'ai vu la façon dont tu me regardes aussi.

Je réalise alors que sa ruse pour me détourner de ma question a fonctionné.

Il affiche un sourire malicieux qui devrait me faire peur, mais quand il passe la main dans mes cheveux, qu'il les empoigne et incline ma tête en arrière, je ne peux m'empêcher d'observer ses lèvres et la promesse qu'elles m'offrent.

Mon esprit exige de moi que je le repousse et que je garde en tête qui est l'Alpha devant moi. Je ne devrais pas le laisser me toucher de cette manière, sauf que j'ai l'impression que mon esprit est figé, que le reste du monde a disparu et qu'il ne reste plus que nous deux. Je sais que c'est dans ma tête, mais il ne recule pas non plus, alors peut-être ressent-il lui aussi quelque chose entre nous.

Pour autant que je sache, ces Alphas sont des tueurs. Preuve en est, la manière dont Crius a éliminé Finn en ville. Alors pourquoi ne suis-je pas plus effrayée par Nikos ? Pourquoi mon corps vibre-t-il d'impatience alors que j'imagine sans problème qu'il a été avec des dizaines de femmes ? Pourquoi ma louve s'agite-t-elle, à présent plus intéressée par lui qu'elle ne devrait l'être ?

Soudain, il m'embrasse et un autre gémissement guttural m'échappe. Mon corps s'attendrit contre lui et ma poitrine se presse contre la sienne, comme mue par une volonté propre. Je me suis peut-être fourvoyée en pensant qu'un seul homme pouvait me rendre aussi dingue. Sauf que ce qui se passe entre nous n'est que de l'attirance physique.

Sa bouche diabolique est en feu, il m'embrasse insatiablement, me lèche, me goûte. Jamais personne ne m'a embrassée d'une telle manière. *Déesse*, il ravive toutes les émotions que j'ai pu ressentir, à l'exception de la faim qui martèle mes veines et s'accumule entre mes cuisses. Il me saisit le menton d'une main et dépose des baisers sur mon cou.

— Réfléchis à mon offre, Omega.

Et il s'éloigne, retire sa main de mes cheveux, de ma mâchoire, et me scrute pendant un long moment.

— Tes lèvres sont belles quand elles sont pleines et rougies par mon baiser.

Son regard parcourt mon corps et s'arrête sur mon entrejambe ; il affiche un rictus. Aussi vite qu'il est arrivé sur moi, il repart dans l'ombre et retourne au campement.

Je m'affale contre l'arbre, mon cœur martèle ma poitrine, j'ai la bouche meurtrie par la force de son baiser.

Qu'est-ce que je viens de faire ? Ce n'est pas le genre de type dont il faut s'approcher. Il est l'ennemi, celui qui me piétinera. De plus, il apparaît évident que soit il est enclin à trahir sa meute, soit il recherche tellement l'approbation de Ragnar qu'il est prêt à risquer sa colère en accomplissant la mission seul. Même si cela signifie risquer nos deux vies.

Il est dingue s'il pense que je vais me mettre en travers de ce qui se passe entre eux. Ce sont mes sœurs mes priorités, pas les Alphas.

Je sens encore son goût dans ma bouche et ressens encore la pression de son corps contre le mien ; cette simple pensée me fait frémir. Je ferme les yeux et tente de tempérer mon excitation. J'enfonce mes doigts dans mon bras pour m'apaiser, pour me tirer de cette situation.

Chaque fois que je repense à ses lèvres sur mon cou, son murmure, je frissonne d'excitation et ma louve frotte sa fourrure contre mes flancs en signe d'approbation. La chaleur m'envahit et je me sens encore plus perdue qu'avant.

Je n'ai pas l'intention de trahir Ragnar, parce que je doute qu'il me pardonne, même s'il le faisait pour Nikos. C'est avec le chef que j'ai passé un marché pour sauver mes sœurs ; c'est ainsi que cela va rester... Pour le moment.

Même si je ne peux m'empêcher d'imaginer le sourire insatiable de Nikos, ou le fait que je sois restée haletante après un baiser qui n'aurait jamais dû avoir lieu.

Nikos

Elle ne ressemble à rien de ce que j'ai connu avant, je n'ai jamais rien goûté de tel. Bon sang, ce baiser n'était pas censé arriver. J'avais fait exprès de faire du bruit en quittant le campement pour m'assurer qu'elle m'avait entendu. Le point faible de cette Omega, c'est sa curiosité, mais apparemment, j'en ai aussi un : elle.

Je suis allongé par terre sur le dos, mon manteau roulé en guise d'oreiller, les jambes croisées aux chevilles et les mains derrière la tête. Le ciel est noir, pas une étoile en vue. On n'aperçoit même pas les branches des arbres. Cette forêt est un endroit pourri, rien ici n'est normal. Ça me donne la chair de poule d'être là, d'où l'offre sincère que j'ai faite à Narah. Qu'on en finisse au plus vite avec ces conneries et qu'on se casse de Morte-ville.

Jamais Ragnar n'approuvera mon plan, évidemment. Ce type est un maniaque du contrôle et a besoin de s'impliquer dans tout, il veut être sûr d'en retirer les lauriers. Les deux autres ont leur propre bagage à porter, assez pour nous ralentir, alors si je travaille Narah, elle reviendra peut-être à la raison et elle acceptera mon offre.

Le baiser. Il était inattendu et bon sang, elle est délicieuse. Je déteste l'admettre, pourtant je suis peut-être accro à cette petite. Je n'avais pas l'intention de la mêler à ma vie déjà merdique, cependant après cette mission, tout sera possible avec elle. Certes, il y a cette complication avec ses sœurs, mais c'est un problème que nous pourrons régler plus tard.

Pour l'instant, je me délecte de son parfum, de sa douceur sur ma langue, sa tendresse encore imprimée sur mes mains, là où je la tenais. Son corps répondait si facilement au mien, tandis que ses joues rougissaient de honte, parce qu'il était évident qu'elle ne parvenait pas à se contrôler. La voir de cette manière ne fait que me donner encore plus envie d'elle.

Un craquement de feuillage me fait ouvrir un œil et je la vois rejoindre discrètement le campement. Elle me jette un coup d'œil fugace avant de baisser rapidement la tête. Mais mon esprit s'emballe déjà quand je remarque qu'elle respire plus vite et ses seins qui poussent contre son haut serré, luttant contre le tissu. À cet instant, il me serait impossible de faire une pause dans mon esprit. Je ne pense qu'à déchirer le vêtement pour libérer sa poitrine. Et à prendre en bouche ses tétons durcis, avant de glisser deux doigts dans son intimité.

Ma verge se contracte. Merde. Je vais m'étrangler si je ne me masturbe pas.

Je me tourne sur le côté, à songer aux morts sur le champ de bataille, à tous ceux que j'ai tués, au sang versé. Mais ce soir, penser à ces images ne parvient pas à éteindre l'incendie.

Les souvenirs de ma famille me reviennent si facilement que cela me fait les détester. Cette fois où ils m'ont cédé à la meute ennemie sans la moindre arrière-pensée pour instaurer la paix entre deux clans en guerre. La sœur de Ragnar est venue dans ma meute familiale. C'était un échange équitable, tout le monde était d'accord... Tout le monde, sauf nous. Des enfoirés, tous autant qu'ils sont. S'il y a bien quelque chose qui peut foutre une vie en l'air, ce sont bien vos parents qui vous vendent. Ces pensées s'enroulent autour de moi comme des barbelés, me déchirent en lambeaux chaque fois que je songe que je n'ai plus de vraie famille.

Ces souvenirs douloureux m'emplissent de froid.

Oui, ça marche et à présent mes veines ont repris leur état normal, bouillant de rage.

Narah s'installe en face de moi, de l'autre côté du feu et je ferme les yeux en prenant une profonde inspiration. Je me souviens que ce que j'ai ressenti avec elle dans les bois, c'était un désir avide. Rien de plus.

Les Omegas sont faites pour les Alphas. Ils sont attirés les uns envers les autres par des pulsions irrésistibles et je ne devrais pas me monter la tête en imaginant qu'elle voudrait plus que ça. Mais ça ne change rien au fait que je pourrais bien la garder quand même.

CHAPITRE 9

NARAH

Je me réveille avec une délicieuse odeur de café et pendant quelques secondes, je suis de retour dans la hutte familiale de la meute des Loups de la Tempête. Mes sœurs essaient de me réveiller pendant que je tire la couverture sur ma tête, cherchant désespérément à grappiller quelques minutes de sommeil supplémentaires avant de commencer ma routine. Cette dernière consiste à aller chercher de l'eau au puits et à aider les femmes pour la cuisine et la couture. Nous étions épuisées de toutes ces tâches que nous devions assumer, même quand nous étions malades, pour garder notre place au sein de la meute.

Mais quand la voix grave de Ragnar retentit près de moi, je suis arrachée à mon passé et ramenée à la réalité. Celle où je dors dans les Bois empoisonnés avec quatre Alphas vikings qui, j'en suis consciente, doutent toujours de mes capacités. Et surtout, celle où j'ai embrassé Nikos la nuit dernière.

Oui, je pensais ma vie compliquée au sein des Loups de la Tempête, pourtant je commence à croire que ce n'était rien en comparaison de ça.

Je lève la tête, mes muscles raidis tendus à cause de la dureté du sol et j'ouvre les yeux sur une aube qui illumine les bois qui nous entourent. Il fait plus clair et plus chaud qu'hier, mais des nuages sombres planent toujours au-dessus de nous.

Il y a une petite casserole près du feu qui couve, dont s'échappe l'odeur de café. Je me disais bien que ces hommes étaient venus équipés avec des casseroles, du café et assez d'eau pour le voyage. Tous les quatre sont plus loin, bavardant avec décontraction à en juger par l'allure de Ragnar adossé à un arbre, Stone debout les mains dans les poches et Crius qui parle avec ses mains comme s'il racontait une vieille légende.

Je me frotte les yeux et rampe jusqu'à la casserole, attrape l'une des tasses en métal déjà utilisées et la remplit d'ambroisie au goût de noix. Je me cale sur mes talons, prends une grande inspiration et souris. C'est drôle comme de petites choses comme une odeur familière peuvent rendre supportable la pire des journées.

Le café n'est pas très chaud entre mes mains, cependant je teste quand même la température en buvant une petite gorgée. Comme je ne me brûle pas la langue, j'en bois deux grandes gorgées. Il est un peu amer, mais quand même fantastique.

Une ombre se projette sur la casserole et je lève les yeux sur Nikos qui se tient là, à me regarder de ses spectaculaires yeux verts. Des papillons envahissent mon ventre, battant des ailes à tout rompre, alors que je me rappelle son baiser et que mes lèvres me picotent au souvenir de notre rencontre dans les bois. La vérité, c'est que même si j'avais su qu'il m'embrasserait, je l'aurais quand même suivi.

C'est pour ça que j'ai un problème. C'est pour ça aussi que je dois garder mes distances et faire comme s'il ne s'était rien passé la nuit dernière. Sans compter que sa proposition énigmatique de me faire partir avec lui pour atteindre l'assemblée de sorcières en premier était grotesque. C'est le genre de complot qui me mènera droit à ma mort, achevée par ces loups vikings. En plus, si nous sommes moins nombreux pour nous entraider, nous avons plus de chances de nous faire tuer. Par exemple, qui aurait pu imaginer que le chant de Crius aurait pu venir en aide à nos loups en proie à la panique.

— Qu'est-ce qui se passe ? lui demandé-je d'un ton désinvolte, comme s'il ne s'était rien passé entre nous.

— C'est ma tasse, dit-il et l'homme qui m'a plaqué à un arbre la nuit dernière a disparu.

Au lieu de ça, il est revenu à son état normal de grincheux et de tête de con. C'est vraiment pour le mieux.

Il arbore une expression condescendante et je commence à vraiment détester sa manière d'essayer de m'intimider.

Je ne peux m'empêcher de porter la tasse à ma bouche.

— Tu veux parler de celle-là ?

Je passe la langue sur le rebord, m'assurant de ne rien oublier, puis j'entreprends de boire toute la tasse de café d'une seule traite. J'y plante aussi le doigt pour faire bonne mesure et touille le mélange avant de l'enfoncer dans ma bouche. Ensuite je me lève et lui rends sa tasse.

— Voilà.

Je souris devant son regard que j'imagine choqué. Je suis ravie de voir qu'il ne s'attendait pas à ça de ma part.

Il accepte le récipient et se baisse pour se servir le reste de café. Puis, comme pour s'affirmer, il reste si proche de moi que je sens la chaleur du café qu'il a entre les mains sur ma joue. Il me jette un regard de défi.

— Tu crois que tu peux m'intimider, Omega ? lâche-t-il en portant la tasse en métal à sa bouche et en avalant la caféine d'un trait, puis se lèche les lèvres avec avidité. Si tu continues à me chercher, je peux te jurer que bientôt tu me retrouveras enfoui au plus profond de toi, en train de te revendiquer et que tu me supplieras pour en avoir plus.

Ma gorge se contracte et je suis obligée de détourner les yeux pour qu'il ne me voie pas rougir. Il rit et prend la casserole avant de jeter les dernières gouttes sur la terre sèche.

— Enfoiré, marmonné-je.

— Tes mots doux ne font que me rendre plus dur encore, se moque-t-il.

Pourquoi ai-je pensé que l'affronter serait une bonne chose pour moi ? Nouvelle règle : ne pas impliquer Nikos dans quoi que ce soit et plus jamais si possible.

Il me faut de longues minutes pour me calmer et entre-temps, il a éteint le feu et jeté de la terre meuble sur les restes.

Stone se tient près de lui, ses cheveux blond cendré

sont ébouriffés et désordonnés, comme s'il n'avait même pas pris la peine de les peigner après son réveil.

— Bonjour, Narah, me salue Crius qui les rejoint. J'espère que tu as bien dormi. Aujourd'hui, nous allons atteindre l'assemblée. Nous ne devons plus être tellement loin maintenant.

Stone rit et lui tape sur l'épaule.

— Ce n'est pas parce que tu dis quelque chose que c'est vrai.

Je me détourne d'eux à l'approche de Ragnar et mon estomac se retourne aussitôt sous l'effet du stress. Je remarque le regard qu'il lance à Nilos qui range la casserole et la tasse dans son sac. Puis le leader pose de nouveau les yeux sur moi.

Est-ce qu'il nous a vus discuter dans les bois la nuit dernière ? Un frisson me parcourt à l'idée qu'il puisse penser que j'ai conspiré pour le poignarder dans le dos... Ou peut-être me suis-je totalement fourvoyée sur les intentions de Nikos ? Cela n'avait peut-être pas pour but que je prenne son parti, mais c'était un test pour voir si je sauterais sur la première occasion qui se présenterait.

J'observe Ragnar sans savoir trop comment me sentir. Je ne devrais pas être surprise qu'il ne me fasse pas confiance, quand je suis incapable moi-même de faire confiance à l'un d'entre eux.

Il ramasse son sac et me sourit.

— Apparemment, c'est une belle journée pour une promenade.

Je ne sais pas quoi penser... Est-ce qu'il essaie de me

troubler parce qu'il est au courant de quelque chose ? Ou bien suis-je totalement paranoïaque à présent ?

Stone et Crius se tiennent prêts. Ils sont très différents et pourtant ils se ressemblent. Ils partagent la même obéissance envers Ragnar, leur manière d'attendre ses ordres, de le regarder avec détermination… C'est admirable. Quelle est l'histoire de Nikos, alors ? Il nous tourne le dos et regarde les bois comme pour décider de la meilleure direction à prendre.

— Allons-y, ordonne Ragnar, avant de jeter un œil vers les bois.

— Je suis presque prête, lui dis-je et je me presse pour enfiler mes chaussures et rouler mon manteau dans mon sac.

Une fois tout empaqueté et prête à partir, Stone s'approche et me tend un torchon de cuisine enroulé autour de quelque chose.

— Je t'en ai gardé, m'annonce-t-il.

Je déballe rapidement son cadeau et découvre un filet de poisson sur du pain, avec une pomme. C'est plus que ce que j'aurais eu à manger la plupart des matins chez moi et c'est absurde de s'exciter pour un repas, mais il m'en a mis de côté alors que rien ne l'y obligeait. Il est déjà de retour auprès de Crius quand je lève la tête et je croise son regard en souriant pour le remercier.

Comme tout le monde m'attend, je remballe rapidement le repas et le glisse dans ma poche pour le manger dès que nous serons en route.

— Très bien, on suit le chemin à distance comme hier.

Je m'avance devant eux et prends la tête du groupe, mais cette fois Ragnar ne me suit pas. Je jette un coup d'œil par-dessus mon épaule et remarque qu'il chemine aux côtés de Nikos et je suis plus convaincue que jamais que la nuit dernière était un test. Ce baiser en était peut-être aussi un, pour m'inciter à accepter son offre. Et cette pensée me laisse un arrière-goût amer dans la bouche, parce que je l'ai un peu trop savouré pour me rendre compte qu'il s'agissait d'un jeu.

Il y a quelque chose en moi qui m'incite à jouer selon les règles établies, à leur montrer que je veux la même chose qu'eux. Finir cette mission et retrouver mes sœurs. Intérieurement, ça me déchire de savoir Jae enfermée dans une pièce et Kaira quelque part seule.

Trop de choses traversent mon esprit, sans mentionner le fait que mon pouvoir consiste à simplement détecter la magie, rien de plus. À moins que je ne prévoie la possibilité que mon pouvoir se détraque et que je brûle un des Alphas vikings par accident. Oui, j'imagine que ça va bien se passer.

Cette simple pensée fait remonter une vague de souvenirs de Martell et je déteste qu'à chaque fois que je pense à lui, j'aie l'impression que ma poitrine va se déchirer. Ma louve grogne pour protester contre le fait que je l'ai quitté, que je m'associe maintenant à ces Alphas.

Ouaip, ma louve me déteste encore plus alors qu'elle se languit au fond de moi. Elle ne comprend pas que c'est pour notre survie que je suis partie.

Je me reconcentre, parce que c'est la seule manière d'apaiser le désir qui m'étouffe.

Les bois brûlés s'étendent bien au-delà que nous ne l'avions prévu et pendant ce temps, au loin sur notre droite, la verdure près du chemin frémit dans la brise.

La sueur dégouline dans mon dos et je voudrais un simple courant d'air dans mes cheveux, quelque chose pour chasser ce sentiment de suffocation. En dépit du danger, la tentation de prendre ce risque augmente de minute en minute tandis que la transpiration s'accumule sur ma nuque.

Derrière moi, les quatre hommes suivent sans problème, même si je vois bien à leurs joues rouges et à leur transpiration qu'ils ne sont pas moins affectés.

Nous sommes entourés d'arbres sombres et carbonisés, le sol est craquant et sec et je commence à me demander si le paysage ne serait pas une autre manière de décourager les gens de quitter le chemin. Quand je porte mon attention droit devant nous, le gris de la forêt se mêle à des nuances de verts et de bruns profonds. Je manque de pousser un cri de joie en voyant que nous sommes enfin sortis de cette impasse.

Quand les doigts fantomatiques d'un vent chaud passent sur mon visage, une vague d'excitation monte en moi.

— Tu as senti ça ? C'est une brise !

Au même instant, une étincelle d'énergie jaillit au creux de ma poitrine et je sais ce que cela signifie. Nous sommes dans une partie des bois où la magie des sorcières est désormais détectable. J'inspire profondément et fais appel à mon aptitude à voir les sorts, comme Mère me l'a appris. Je ressens comme une plume qui descend le long de mes bras et traverse mes doigts. Nous sommes de nouveau sur la bonne piste, heureusement.

— Bon sang, dites-moi que c'est une rivière ! constate Crius et avant même que j'aie le temps de scruter les alentours pour voir de quoi il parle, il se met à filer droit devant, comme un taureau. Marcher si lentement, c'est merdique, grogne-t-il. Je m'ennuie à mourir.

Mon cœur se serre dans ma gorge quand je repère le réseau de lignes magiques sur son chemin. De minces fils scintillent sous la lumière, juste devant la rivière que l'on aperçoit. Bien sûr, c'est invisible pour les autres, mais pour moi, elle est dorée et se balance dans la brise comme une séductrice attendant sa victime.

Crius se précipite droit vers l'eau et dans le piège.

Mon sang se glace dans mes veines.

— Stop ! hurlé-je et je me lance à sa poursuite avant même d'y avoir réfléchi.

Je laisse tomber mon sac, mon cœur martelant ma poitrine.

— Crius ! crié-je. C'est un sortilège, arrête-toi avant qu'il ne soit trop tard !

Mes pieds battent la terre pour le rattraper et les autres se précipitent avec moi.

Crius est rapide, tellement happé par la liberté qu'offre la rivière scintillante, qu'il devient fou à l'idée d'échapper à ce monde gris.

J'attrape l'arrière de son haut, faisant de mon mieux pour qu'il me prête attention. Je n'arrive pas à l'immobiliser, mais mon poids derrière lui le pousse finalement à s'arrêter. Il repousse ma main.

— C'est quoi ce bordel ? grogne-t-il.

— Quelle partie de « stop » tu n'as pas compris ? lancé-je d'un ton sec.

— Merde, mec, tu es sourd ou quoi ? rugit Nikos et je ne peux m'empêcher d'apprécier qu'il soit de mon côté pour une fois.

— Je ne t'ai pas entendue, avoue Crius et je le crois.

Nous sommes dans un endroit où l'on ne peut se fier à rien.

— Eh bien, tu étais sur le point de poser le pied dans un énorme piège magique.

Les gars tournent tous le regard dans la direction de l'énorme toile, mais ils ne la voient pas et Stone plisse le nez comme s'il était confus.

— Il y a un filet magique entre nous et la rivière. Autant j'aimerais bien savoir ce qui se passerait si nous le touchions, autant j'ai promis d'assurer votre sécurité à tous les quatre, alors nous ne pouvons pas passer par là.

— D'accord, alors par où allons-nous ? demande Ragnar qui a pris mon sac sur son épaule.

Je balaie le paysage du regard et désigne un endroit éloigné du sort et du chemin.

— Vous attendez tous ici et je vais aller voir jusqu'où il s'étend.

Crius m'adresse un regard noir et même si ça ne lui plaît pas, je n'aurais pas la mort de l'un d'eux sur la conscience.

— D'accord, acquiesce Ragnar.

Je suis surprise qu'il ait cédé si rapidement.

À pas rapide, je m'approche du filet qui m'intrigue

par la beauté de sa fabrication. Selon l'angle de la lumière, il brille d'un arc-en-ciel de couleurs, mais le plus étrange, c'est qu'il semble s'incliner dans ma direction, comme s'il me détectait.

Je sens aussi mes mains vibrer et lorsque je les regarde, les lignes magiques s'arquent vers l'extérieur, comme si elles tentaient d'atteindre le sortilège. Je suis terrifiée à l'idée qu'ils puissent se connecter, alors je recule de quelques pas pour mettre un peu de distance entre le filet et moi.

Je remue la mâchoire, soupesant l'idée que le chemin serait peut-être une option si je n'arrive pas à trouver un moyen de passer.

Plus loin, je repère l'endroit où le filet s'interrompt brusquement et je sautille presque sur mes pieds. Je me fiche que les hommes me voient et j'accélère le rythme.

— Je pense que nous avons trouvé la fin, leur crié-je par-dessus mon épaule.

Les arbustes sont denses dans cette partie de ces bois déprimants, des choses squelettiques qui déchirent mon pantalon et craquent à chaque pas. J'avance vers un lieu où plusieurs arbres sont serrés les uns près des autres. C'est là que le filet s'arrête et au-delà se trouve la brume grise qui absorbe la lumière de tout ce maudit endroit. Je souffle fort : je hais cette forêt dévastée et triste.

Sans perdre un instant, je passe rapidement devant les troncs, mais des mains puissantes m'entourent par la taille et me plaquent contre une poitrine solide.

Je tressaille et frissonne.

— Ne fais pas un pas de plus, chuchote Stone dans mon oreille.

Figée, je tourne la tête, confuse.

— D'où viens-tu ? lui demandé-je en me tournant face à lui.

Même dans ce moment de panique et d'incertitude, cet Alpha est terriblement sexy et maintenant que je suis collée contre lui, la chaleur que j'ai ressentie avant m'envahit.

— Tu crois vraiment que Ragnar te laisserait y aller seule ? Maintenant, regarde devant toi.

Je suis son regard jusqu'à une fissure dans la terre, grande ouverte et suffisamment large pour m'engloutir si j'avais avancé à l'aveugle. Il n'y a que des ténèbres à l'intérieur.

— Merde. Comment ai-je pu ne pas la voir ?

J'avais les yeux rivés sur le filet et pas sur ce qui se passait à mes pieds. Quelle est la profondeur de ce truc ? On dirait que le sol s'est ouvert pour dévorer les visiteurs peu attentifs. Ou était-ce simplement une nouvelle application du plan des sorcières pour s'assurer que personne ne franchisse leur territoire ? Même si je tremble encore d'avoir failli devenir une victime, une partie de moi ne peut s'empêcher d'admirer les sorcières pour la minutie de leurs pièges. C'est bien plus qu'un simple sort et je garde cette information en tête pour plus tard.

— Ça ressemble à un piège pour moi, murmure-t-il.

— Comment as-tu fait pour le voir alors que moi non ? l'interrogé-je, le dos toujours collé à sa poitrine.

— J'ai observé, répond-il, mais quand il recule en me gardant dans ses bras, je me libère de sa poigne et me retourne.

Une lueur bleue attire mon attention, juste sous son col. On dirait le bord d'un tatouage circulaire, mais qui brille.

— Ce serait peut-être plus logique qu'on marche en tête tous les deux.

Il rajuste sa chemise pour couvrir la marque, parce qu'il a vu que je la fixais.

— Qu'est-ce que c'est ? cherché-je à savoir, parce que je pensais que ces loups n'étaient que… des loups.

Stone serait-il un Maudit comme moi ? Est-ce que c'est étrange de ma part de me sentir excitée à l'idée de partager avec lui quelque chose que j'ai craint toute ma vie ?

— Rien qui doive te préoccuper, répond-il. Maintenant, je suggère que nous retournions vers le chemin comme tu l'as dit plus tôt.

Il m'adresse un gentil sourire, ce qui doit être un signal pour abandonner ce sujet de conversation.

Certes, mon esprit s'emballe à présent, avec tout ce que ça peut vouloir dire. Ce n'est pas grave pour le moment s'il veut le garder pour lui. Mais plus tard, il faudra qu'il se confesse.

Nous enjambons des buissons et passons entre deux arbres pour revenir là où les autres nous attendent.

— Alors ? demande Crius qui fait les cent pas comme un loup piégé. Je ne sais pas combien de temps encore je vais pouvoir marcher dans un endroit où on a l'impression de tourner en rond.

— C'est une impasse, dis-je, m'attendant à moitié à ce que Stone leur raconte comment j'ai failli mourir, alors qu'il n'en dit rien. Il faut qu'on tente de passer sur le chemin pour traverser ce sort. Il faut qu'on progresse lentement, parce que je me doute que d'autres choses nous attendent.

Je tremble de la tête aux pieds en repensant que j'ai failli tomber dans le trou béant. La réalité me frappe durement à présent que je me suis calmée.

Stone est à côté de moi et pose la main sur mon dos.

— Allons-y.

Il me pousse pour que je bouge et je suis le mouvement avant de paniquer.

— Ça va aller, me rassure-t-il.

Je hoche la tête. J'ai envie de faire une pause pour reprendre mon souffle et ralentir les battements de mon cœur, mais je paraîtrais faible et je ne peux pas m'écrouler. Toute ma vie j'ai affronté le danger, alors je peux le faire. Je déglutis avec peine. Un pas devant l'autre, nous avançons.

Quand nous atteignons la section avec la rivière, mon regard frôle sa surface bleue. C'est comme si le soleil s'était frayé un chemin jusqu'à cette partie de la forêt.

— Ça a vraiment l'air accueillant, dit Stone.

Je me tourne vers lui et lui murmure :

— Merci pour tout à l'heure.

Il passe la main sur sa courte barbe dorée et ses yeux s'adoucissent.

— Tu peux me faire confiance, Narah.

Mais est-ce qu'eux me font confiance ?

Nous progressons et rapidement le sol dur s'adoucit

sous nos pas et le sol terne et sans vie fleurit. Une brise fraîche nous balaie et je soupire de satisfaction d'avoir enfin trouvé un peu de confort.

Les hommes gémissent à leur tour, mais plus nous nous approchons de la piste de terre, plus ma peau réagit. Autour de nous, les branches bruissent comme des voix de fausset.

Et je m'arrête juste à côté du chemin de terre. Je jette un œil de l'autre côté, où s'élève une montagne rocheuse qui nous empêche d'emprunter de nouvelles routes.

Sur mes mains, l'étincelle de magie danse furieusement. Il y a quelque chose qui ne va pas ici.

— Tout va bien ? me demande Stone qui m'observe en plissant les yeux.

Baissant la voix, je révèle :

— Je ne suis pas sûre. Je ne vois aucun sort, mais ma magie rebondit en moi comme si elle détectait quelque chose. Est-ce que toi tu ressens quelque chose ? lui demandé-je posant les yeux sur sa clavicule où le haut de son tatouage ne brille plus.

Il secoue la tête.

— Qu'est-ce qui se passe ? s'enquiert Crius, dont l'impatience me tape sur les nerfs.

— Tiens-toi tranquille, lui ordonné-je en jetant un coup d'œil par-dessus mon épaule.

Nikos et Ragnar attendent patiemment, alors que Crius est très nerveux, les bras croisés sur sa poitrine, avant de les laisser retomber sur le côté. Ses pieds sont toujours en mouvement, même si c'est juste pour tourner en rond. C'est quoi son problème ?

— Fais confiance à ton instinct, me suggère Stone. Où est-ce qu'il nous dit d'aller ?

Je me retourne vers lui.

— Il me dit de quitter ce chemin, sauf que c'est le seul moyen d'avancer.

STONE

Narah fixe ses mains, elle semble perdue et confuse et j'ai le ventre noué de la voir ainsi. En dépit de sa bravoure et de ses paroles fortes, je ne cesse de me demander si elle est novice en matière de magie. Elle est extrêmement sur la réserve quand il s'agit d'utiliser ses capacités… Ou alors je suis habitué à ce que tout le monde se vante à la moindre occasion.

Cependant elle est aussi notre seule chance. Durant des mois, Ragnar a cherché une sorcière pour nous aider, mais elles ne se trouvent pas à tous les coins de rue. La plupart des loups les méprisent et les craignent : par conséquent, elles sont tuées à vue. Néanmoins une Maudite, c'est très différent… Mi-louve, mi-sorcière et d'après ce que j'ai vu, ce sont leurs compétences de sorcière et la force de leur loup qui sont limitées, mais elles s'en servent malgré tout à la moindre occasion. Elles appartiennent aux deux mondes, sans jamais vrai-ment avoir leur place dans l'un d'eux. Et c'est cette lutte que je vois sur le visage de Narah. Elle sait pertinemment que le monde la rejette, alors elle vit en marge.

Bon sang, je ne devrais pas ressentir de pitié pour elle, pourtant c'est le cas. Sa manière de chercher une réponse, le tremblement de ses mains… et pourtant la puissance qui s'en dégage a un tel potentiel !

Un picotement enflamme les runes sur mon corps. Elles ont été marquées à l'encre dans ma chair quand j'ai eu cinq ans, c'était un rituel du côté de ma mère. Sa famille a la capacité de puiser dans le pouvoir des runes et le meilleur moyen de conserver cette compétence, c'est de la graver sur la peau. C'est un talent qu'il m'a fallu des années pour apprendre et même ainsi, il est insignifiant au regard de la puissance d'un Maudit, sans même parler des sorcières.

C'est la partie de moi que Père déteste. Il appelle ça un pouvoir de femme et ricane en ma présence. Quand j'avais huit ans, j'ai trouvé les pierres runiques de ma mère et lorsque je les ai touchées, j'ai invoqué la croissance d'un arbre au milieu de notre maison, détruisant les fondations. Oui, c'était tordu et ensuite mon père m'a tabassé. Il m'a cassé deux côtes, fracturé le crâne et m'a littéralement jeté hors de chez lui. C'est à ce moment que je suis allé vivre avec la famille de Ragnar.

Mon père est une ordure et c'est l'une des nombreuses raisons pour lesquelles j'ai sauté sur l'occasion de revendiquer un nouveau territoire avec Ragnar et de quitter le Danemark.

« *Les dieux t'ont donné ce pouvoir pour une raison* », me disait Mère, mais ça ne changeait rien, n'est-ce pas ?

J'expire bruyamment, laisse repartir le passé et me concentre sur Narah.

Elle courbe les épaules vers l'avant en signe de concentration, puis relève la tête vers moi avec une confiance retrouvée.

— Nous n'avons pas d'autre choix que d'emprunter la piste.

Sans délai, elle s'engage sur le chemin de terre et mène notre petit groupe.

À défaut d'autre chose, je dirai que cette fille en a une paire en acier... et qu'elle a aussi un fessier magnifique et bien galbé, vu d'ici.

— Il vaudrait mieux que cette rivière soit de l'autre côté de la colline sinon je vais creuser la terre et créer la mienne, poursuit Crius sous les moqueries de Nikos.

— J'aimerais bien te voir faire ça.

Ragnar reste particulièrement silencieux, comme s'il s'inquiétait lui aussi que nous nous soyons trop emballés en nous précipitant ici avec Narah. Je recule d'un pas pour qu'il puisse me rattraper.

— Est-ce que ça va marcher ? lui demandé-je doucement.

Il hausse les épaules et déglutit, les yeux rivés sur Narah.

— Il le faut. Elle est rouillée et manque de confiance, mais si elle peut continuer de nous aider à naviguer entre les sorts, ça devrait aller.

— Crois-tu que les sorcières nous laisseront traverser si facilement leurs terres ?

Je chuchote, je ne veux pas que les autres soient témoins de mon inquiétude.

— D'après ce que j'ai entendu, elles quittent rarement leur assemblée. Elles se complaisent peut-être dans l'idée que personne n'arrivera jamais à sortir de leur labyrinthe.

Cette idée fait naître un soupçon d'espoir au creux de ma poitrine, celui que notre plan d'arrivée surprise pourrait fonctionner.

Ragnar continue :

— J'ai l'intention de les aveugler avec notre arrivée, puis nous les éliminerons.

Il me jette un regard sombre qui me rappelle le plan que nous avons élaboré. Notre propre arme magique secrète.

— En attendant, il faut qu'on la surveille de près, murmure-t-il. Fais en sorte qu'elle se sente en sécurité et qu'elle soit de notre côté.

Nous marchons quelques instants, n'entendant qu'une dispute entre Nikos et Crius, chose que j'ai appris à ignorer depuis longtemps.

— Qu'est-ce qu'on fait d'elle après ? lui demandé-je, curieux de savoir si je peux espérer la garder pour moi.

Ragnar hésite d'abord à répondre et je vois des ombres se dessiner sous ses yeux tandis qu'il réfléchit à ma question.

— Je gérerai moi-même ce problème, me répond-il finalement.

— Bien sûr.

Je n'ai aucune idée de ce qu'il veut dire par là, puisque ce n'est pas dans ses habitudes de me faire ce genre de réponse quand nous avons affaire à un étranger. Sa réponse habituelle serait plutôt « on la tue ». Alors c'est une nouveauté qui me laisse un goût amer sur la langue, de voir qu'il lui montre autant d'intérêt si tôt.

Nous cheminons en silence, flanqués d'une montagne sur un côté et d'un groupe d'arbres de l'autre.

— Ne bougez pas ! s'écrie soudain Narah et je fonce dans Nikos, qui grogne son mécontentement.

— Qu'est-ce qui se passe ? demande Crius, agrippant déjà sa hache d'une main.

Ce type meurt d'envie de se battre depuis qu'on a quitté le Danemark.

— Un sort est apparu de nulle part sur le chemin.

Elle montre le sol qui me paraît tout à fait ordinaire, puis lève les yeux vers Crius, qui la précède.

— Attends, j'ai déclenché un sort invisible ? aboie-t-il, comprenant instantanément ce qu'elle veut dire.

— Eh bien tu t'es encore précipité pour passer devant moi, lui assène-t-elle d'un ton sec.

— Alors c'est ma faute ?

Il se tient droit, haussant les sourcils en signe de sarcasme.

Soudain, Nikos tombe juste devant moi et est tiré sur le côté par les jambes.

Ses cris transpercent le silence des bois tandis qu'un serpent noir s'enroule autour de sa cheville, l'attirant vers Dieu sait où. Ce cri me touche en pleine poitrine, où la peur me ronge de l'intérieur.

Je porte la main à ma ceinture et lève mon couteau en bondissant après Nikos. Il est traîné si vite sur le sol que j'ai du mal à le suivre, alors je me jette sur la bête qui le tire. À mi-chemin, je tends le bras pour attraper cette chose dure comme la pierre. Je cours toujours à moitié, me sentant terriblement maladroit. Sauf que l'écorce que je sens sous ma main m'indique qu'il ne s'agit pas d'un serpent.

C'est une foutue racine.

Je plante ma lame dans le membre de bois, j'imprime un mouvement de hachage sur la surface.

Brusquement, nous nous arrêtons et je tombe à genoux pour scier la racine en deux. La chose tremble et lutte contre ma prise, elle cherche à s'échapper.

Nikos lui donne des coups de pied pour qu'elle relâche sa jambe, tandis que ses mains tirent frénétique-ment sur le membre enroulé autour de sa cheville.

— Espèce d'enfoiré ! grogne-t-il.

Une fois que ma lame a traversé l'agresseur, je tire Nikos par la chemise et le hisse sur ses pieds.

— C'était quoi ce bordel ? demande-t-il.

— Bon sang, je n'en sais rien.

Mais alors que nous reculons, la racine que j'avais coupée se dresse devant nous comme une vipère. Je me touche la clavicule, déclenchant le bourdonnement de puissance sur ma poitrine, puis je tends l'autre bras et une lueur bleu pâle se dégage de ma main.

— Retourne paisiblement à la terre, murmuré-je, mon corps vibrant d'énergie.

Sauf que rien ne se passe.

La racine se tient debout devant nous et je ne cesse de contempler la partie entaillée, aussi sombre que l'écorce à l'extérieur. Bon sang, est-ce qu'un autre membre est en train de lui pousser ? Si la créature doit attaquer, elle sera fin prête.

— Il faut que tu la touches, me suggère Nikos

— Hors de question ! dis-je.

— Ça ne fonctionne pas, insiste-t-il.

— Très bien, mais arrête de me harceler.

Je m'avance juste au moment où ma branche me frappe au visage.

J'esquive l'attaque et l'attrape aussitôt de mes deux mains où mon pouvoir bleu ondule sur l'écorce sombre comme des vagues implacables. La chose vibre violemment entre mes mains, puis se balance vers la gauche, entraînant mes bras dans cette direction. Je contracte les muscles et la retiens tandis qu'elle essaie de s'échapper.

— Espèce de petit bout de bois de merde.

Pourtant mon pouvoir ne parvient pas à enrayer l'attaque. Mon pouvoir a une affinité avec la nature et jamais je ne me suis retrouvé incapable d'agir. C'est quoi ce bordel ?

Nikos se jette sur la racine à mes pieds et la coupe avec sa lame.

Sa force fait trembler mes bras et je siffle :

— Cette chose ne m'écoute pas.

Quand je regarde autour de moi, je vois que le reste de la meute se débat avec des branches et des racines. Narah se sert d'une branche morte pour repousser les racines qui rampent sur le sol. Crius fait tournoyer sa hache si vite qu'il pourrait tout aussi bien couper la tête de l'un d'entre nous. Ragnar a déjà intégré sa forme de loup blanc, ses vêtements sont quelque part derrière lui et il se jette sur l'un des arbres qui nous assaille, ses dents déchirant les branches, le mettant en lambeaux.

Alors qu'à un moment nous discutions d'un éventuel sort, nous sommes à présent plongés dans le chaos.

Nous nous précipitons vers eux, Nikos à mes côtés et nous joignons à la bataille contre les branches qui nous frappent. Narah est au milieu, protégée de l'attaque. Et c'est à ce moment que je réalise que nous sommes attaqués par un seul arbre, car l'embuscade ne vient que d'une seule direction.

Frénétiquement, j'attrape une branche qui s'élance vers moi et la repousse vers le bas avant de la frapper sur mon genou, la cassant en deux. Un gémissement sort de la chose comme si elle souffrait. Comme si je devais avoir pitié.

Qu'elle aille se faire voir.

Une autre branche se jette à toute vitesse sur moi et je me baisse pour éviter d'être assommé.

— Stone ! crie Nikos dans mon dos.

— Je t'ai déjà sauvé une fois aujourd'hui, lui balancé-je par-dessus mon épaule en esquivant une racine qui en avait après mes jambes.

Je me jette à genoux et découpe cette foutue chose avec mon grand couteau.

— Stone ! grogne-t-il encore.

Je me retourne.

— Qu'est-ce que…

Je ne termine pas ma phrase.

Lui et Narah se trouvent face à un autre arbre qui semble être sorti… du sol. Mon estomac se noue de terreur à cette vue. Il vient de pousser instantanément, se tenant en équilibre sur ses racines repliées et il me fait penser à une pieuvre. Le tronc noueux mesure au moins deux mètres cinquante de haut, ses branches retombent vers le sol comme des serpents qui s'agitent sur la terre dans notre direction. Et sur ma vie, je ne peux m'empêcher d'y voir une ressemblance avec une femme qui se tiendrait devant nous.

Lorsqu'il pousse un cri strident, du genre qu'aucune plante ne devrait jamais émettre, je sais exactement à quoi nous avons affaire. Toutes ces années où les tuteurs de Ragnar nous ont forcés à étudier des textes anciens sur l'histoire et les mythologies ont fini par servir à quelque chose. Pas étonnant que mes runes soient impuissantes.

Ce ne sont pas des arbres normaux.

Quelque chose me frappe à l'arrière de la tête et soudain je vois des étoiles et trébuche vers l'avant. Je me frotte la tête et me tourne vers Crius, qui tire sur une branche pour essayer de la détacher du tronc. Je cours vers lui et saisis à mon tour la branche, que nous tirons tous les deux dans tous les sens, comme des forcenés.

— Le sort des sorcières a invoqué Muma Pădurii, lui apprends-je. Le gardien des mauvais esprits dans les bois. Certains parlent d'une déesse.

— On s'en fout ! Je la tuerai dans tous les cas ! rugit-il quand la branche craque soudain et que nous reculons pour reprendre notre souffle, ralentis dans notre chute par des buissons.

Sur le chemin, Narah murmure à mi-voix, secoue la tête, regarde ses mains où ses lignes magiques dorées sautent d'un doigt à l'autre. J'espère vraiment qu'elle a l'intention de faire quelque chose et vite.

D'un coup, le sol tremble sous mes pieds, me faisant trébucher. Ragnar saute de l'arbre et c'est alors que je remarque que la chose se hisse hors du sol elle aussi. Avec trois autres… Cinq arbres nous encerclent à présent.

On est vraiment dans la merde.

J'ai vraiment du mal à réaliser ce que j'ai sous les yeux, mais je n'ai pas non plus l'intention de mourir aujourd'hui à cause de ces maudits arbustes surdimensionnés.

Près de moi, l'expression de Nikos s'assombrit. Ma respiration se fait saccadée alors que je recule pour me rapprocher des autres.

— Quand je rencontrerai ces sorcières, je les étranglerai avec une de ces maudites lianes, murmure Crius, les joues et le cou griffés, ensanglantés ; ses bras sont marqués de zébrures aux endroits où les branches l'ont frappé.

Ragnar n'est pas plus en forme et sa fourrure blanche immaculée est tachetée de sang.

Je me tourne vers Narah.

— Qu'est-ce qu'on fait, sorcière ?

Tout le monde y compris Ragnar la scrute pendant un moment.

Elle ouvre la bouche pour répondre quand une fine branche s'abat sur sa gorge et la tire en arrière à toute vitesse ; elle nous est arrachée en un éclair.

Elle tend la main vers nous, le visage empreint de terreur.

Je m'élance vers elle quand la douloureuse morsure d'un fouet me frappe dans le dos, brusque et vicieuse. Je siffle et je tombe à genoux sous le coup de la douleur. Avant que je puisse me remettre, des lianes serpentent autour de moi, glissant sous et par-dessus mes vêtements. Je tire dessus, mon cœur battant à tout rompre.

Soudain, je suis tiré en arrière sur le sol.

Je me débats et lutte contre mon assaillant et seuls nos cris résonnent dans la forêt.

Narah

Je m'étouffe et m'agrippe à la liane qui m'étrangle et se resserre autour de mon cou.

La panique m'envahit et je ne pense plus qu'à la mort… ma mort. Traînée en arrière, mes jambes s'agitent pour suivre le rythme tandis que je m'éloigne des hommes. Mais tout comme moi, chacun mène sa propre bataille contre ces maudites créatures magiques.

Je refuse de mourir de cette manière parce que Crius a déclenché un sort. Je l'ai attrapé par le bras pour l'arrêter, cependant il m'a repoussée et a continué son chemin. À présent, je vais mourir parce qu'il est têtu comme un âne. Cela ne fait que renforcer ma fureur et ma détermination à m'échapper, pour le faire souffrir de mes propres mains.

Mon cœur martèle ma cage thoracique et je cherche de l'air, mes poumons sont tendus. Je vois des étoiles et tout arrive trop vite. Je me débats de toutes mes forces, sauf que les branches sont trop puissantes. Chaque seconde qui passe est comme un coup de fouet dans ma poitrine, ma tête. Tandis que mes genoux cèdent, je m'ouvre à la magie, sans me soucier de ce qu'il en sortira. Je ne retiens plus mon pouvoir.

En une seconde, un courant électrique remonte le long de ma colonne et tous mes poils se hérissent. Des étincelles jaillissent de mes doigts, une explosion éclate devant mon visage.

Une lumière dorée jaillit.

Ma peau me picote.

Une grande force me pousse dans le dos vers le sol, tandis que le nœud coulant autour de mon coup se relâche. Un hurlement terrifiant transperce l'air, mais ma seule préoccupation, c'est de remplir mes poumons. Chaque inhalation est terriblement douloureuse.

Une chaleur insupportable me lèche le dos, si terriblement brûlante que je finis par me retourner.

D'abord, je ne vois qu'une explosion dorée, mais ensuite l'image se fait plus nette. Ma magie de feu mord l'arbre belliqueux, le brûle, dévore ses feuilles et ses branches. Un cri strident envahit mes oreilles tant il souffre et je recule. Le doute se fait dans mon esprit en imaginant la douleur que je viens de lui infliger. Sauf qu'il ne s'agit que d'un arbre qui bouge, n'est-ce pas ?

La chose tremble et titube, en quête de liberté comme une âme perdue. Il fonce dans d'autres arbres, mais jamais les flammes ne touchent quoi que ce soit d'autre.

Un frisson me parcourt l'échine.

L'arbre se désintègre sous mes yeux, retombant en

cendres : il n'est plus rien. Mais le cri de sa souffrance ne s'arrête pas et il me blesse les oreilles et le cœur.

Dans un dernier éclat de lumière, le feu magique est réduit à néant et je ne sais pas comment je me sens… Heureuse, dévastée, confuse…

Des cris résonnent dans mon dos et m'empêchent de m'effondrer. Je me retourne et découvre les quatre Alphas blessés, en sang, qui continuent de se battre malgré tout. Ils cassent des branches, les esquivent, emmêlés dans les lianes. Ils sont en train de perdre.

Stone est à genoux lorsque Ragnar se propulse devant lui, encaissant le choc d'une branche qui voulait le fouetter. Il tombe, grognant de douleur et le sang s'accumule rapidement autour de lui sur le sol. Pourtant il se relève encore et avant de pouvoir y réfléchir, je me précipite vers eux.

Je sens la colère au creux de mes entrailles, appelant plus de magie et faisant apparaître le même sort qui m'a sauvée plus tôt.

La puissance jaillit de mon corps comme un barrage qui se romprait, se précipitant hors de moi en une énorme vague. La rage m'étrangle et je laisse rugir ma magie. Elle jaillit de mes mains, passe au-delà des hommes et comme un zombie affamé, la puissance s'abat sur les quatre assaillants.

Elle est affamée.

Vicieuse.

Vorace.

Des flammes dorées engloutissent notre ennemi, se tordant et s'emmêlant autour de chaque branche, chaque racine.

J'ai du mal à reprendre mon souffle, mon corps vacille tandis qu'une plus grande quantité d'énergie se déverse hors de moi, me vide.

— Arrête, murmuré-je.

Rien.

Ma peur remonte à la surface et plus j'agite les mains pour mettre un terme à ce déferlement de magie, plus vite elle s'échappe de moi. Je tremble affreusement et je constate que les Alphas me fixent à présent, le visage ensanglanté, les habits déchirés, mais leurs regards sont pleins d'inquiétude… à mon égard.

— Putain, mais arrête ! hurlé-je d'effroi, secouant les mains.

Ce qui ne fait que propager l'énergie en vagues plus larges et pourtant elle tourbillonne toujours dans l'air comme un spectacle de lumière et se concentre sur les quatre arbres. Elle ne touche même pas les hommes.

Un « pop » retentit.

Et la magie disparaît aussi brusquement qu'elle est apparue, emportant avec elle la moindre étincelle de force à laquelle je m'accrochais.

Mes genoux se dérobent sous moi et je m'effondre à terre, complètement épuisée. J'ai tellement mal que j'en gémis. Je suis prise d'un tremblement tandis que la puanteur du bois brûlé emplit la zone et que des vrilles noires s'envolent dans le ciel brumeux.

Je sais que je les ai arrêtés, mais pourquoi je me sens si mal ?

L'épuisement me gagne et des éclairs de lumière dansent derrière mes yeux, cependant je ne quitte pas du regard ces arbres animés qui implorent le salut. Mais ils ne sont plus secourables à présent, je m'en suis assurée et en quelques secondes, ils s'effondrent en tas de cendres.

Et au moment où leurs flammes s'éteignent, l'obscurité gagne les contours de mon champ de vision et je sombre.

CHAPITRE 11

RAGNAR

L'eau froide effleure mes abdominaux et je m'enfonce dans la rivière, berçant Narah dans mes bras. Sa tête est blottie contre ma poitrine tandis que son corps est en feu. Il faut faire baisser sa température, en espérant que ça la réveillera. Ses vêtements mouillés collent à son corps et je ne peux ignorer la manière dont sa chemise se plaque sur ses seins, révélant la zone de peau ronde et rose qui entoure ses mamelons tendus. Mon pouls s'accélère à cette vue.

Mais les images de son attaque contre les arbres sentinelles et ses capacités extraordinaires qu'elle a cachées pendant tout ce temps y sont pour beaucoup aussi. Je m'attendais à ce qu'elle soit puissante, parce qu'elle est une Maudite après tout, pourtant le spectacle qu'elle nous a offert dans les bois est plus que surprenant.

Le froid s'infiltre dans mon échine à cette idée.

Cette fille dans mes bras nous a sauvés, mais il y a tellement plus en elle. J'ai rencontré des sorcières au

Danemark et ce souvenir plane aux limites de mon esprit. Tora, une sorcière qui vivait à l'écart de notre village, était connue pour son pouvoir terrifiant. Son problème, c'était qu'elle en perdait souvent le contrôle et provoquait régulièrement des événements dangereux en cascade, auxquels elle ne s'attendait pas. Comme invoquer des animaux des bois, les plongeant dans une telle panique qu'ils ont traversé notre ville dans une ruée sauvage, tuant un grand nombre de personnes. Mon père l'a gardée en vie malgré cela, dans l'espoir qu'il pourrait l'aider à contrôler ses pouvoirs et se servir de sa magie à ses propres fins. Même si nous savions tous qu'il était tombé sous son charme et qu'elle le rejoignait souvent dans son lit.

Puis, un jour, Tora a provoqué un tremblement de terre massif, nos maisons se sont effondrées, les fondations se sont craquelées et une grande fissure est apparue au milieu de notre village. Le second de père en a eu assez. Emmenant plusieurs de ses hommes avec lui, il a tué la sorcière.

Père a hurlé de fureur et l'a fait exécuter le lendemain pour acte de trahison. Mon père a toujours été un enfoiré colérique. Même si Tora ne méritait pas la mort, il fallait s'occuper d'elle et elle représentait un danger pour tout le monde. Nous en étions tous conscients, mais Père refusait d'écouter la voix de la raison. Mes hommes et moi avons nettoyé les corps, les avons emmenés dans les bois et brûlés pour que leurs familles puissent leur dire adieu.

Intérieurement, je tremble, la puanteur de la mort accompagne encore ce souvenir.

J'observe Narah, les yeux fermés, son petit nez maculé de suie, ses lèvres entrouvertes alors qu'elle respire doucement… je ne peux ignorer à quel point elle est belle. Ni qu'elle pourrait s'avérer aussi dangereuse que Tora.

J'avance plus loin dans la rivière et m'abaisse et l'eau froide se précipite à toute vitesse sur le corps de Narah. Je siffle sous le coup de la douleur dans mon dos, à l'endroit où les arbres m'ont fouetté. Mais je guérirai en un rien de temps, en dépit de cette maudite fatigue. Je suis inquiet pour Narah qui s'est évanouie, en revanche.

Un bruit d'éclaboussure me fait lever la tête vers Crius et Stone, qui plongent dans la rivière pour se laver. Nikos est assis sur un rocher, les bras sur ses genoux repliés et regarde. Je vois leur manière de scruter Narah, comme elle a capturé leur attention, que ce soit voulu ou non, mais c'est le truc avec mon petit renard. Elle possède une aura séduisante qui nous attire tous vers elle comme un insecte vers une flamme… Et que les trois autres l'aient remarqué ou non, il y a quelque chose entre nous, qui va bien au-delà d'une simple connivence sexuelle.

Une étincelle jaillit dans ma poitrine quand ses paupières s'ouvrent. Le feu brûle dans ses yeux arrondis, à l'image des flammes qui se sont échappées de ses mains.

Elle reste silencieuse un long moment, l'eau effleurant les bords de son visage et elle cligne des yeux vers moi comme si elle revenait à elle.

— Est-ce que je suis morte ? me demande-t-elle si innocemment que je ne peux réfréner un sourire.

— Si c'était le cas, ça voudrait dire que tu m'as rejoint au Valhalla, petit renard.

Il lui faut quelques instants pour réagir, mais elle ne le fait pas avec des mots. Des larmes envahissent ses yeux et roulent sur le côté de son visage avant de se fondre dans la rivière.

— Est-ce que j'ai fait du mal à quelqu'un ? murmure-t-elle, sans montrer la moindre envie de s'éloigner de mes bras.

Elle lève une main qu'elle passe sous une profonde coupure sur ma joue.

— Tu es blessé.

— Oui, mais je suis en vie.

Son regard balaie mon visage tandis qu'elle remue dans mes bras pour que je la libère et je la repose sur ses pieds. L'eau lui arrive aux épaules et elle regarde alentour, repère les lieux et le reste de ma meute.

— Tu t'es évanouie, lui expliqué-je. Comment te sens-tu après… ?

Je jette un coup d'œil par-dessus mon épaule vers les bois dont nous sommes sortis.

— Après ce qui s'est passé ?

Elle déglutit et sort les mains de l'eau, la moitié supérieure de ses doigts est toujours noire, les vrilles s'estompant alors qu'elles descendent jusqu'à ses jointures. Elle murmure quelque chose si bas que je ne l'entends pas. J'essaie de ne pas me montrer indiscret et je ne lui pose pas la question, mais quand elle lève les yeux vers moi, il y a quelque chose d'inquiétant derrière ses yeux d'ambre.

— Tu vas bien ? demandé-je.

Elle se mord l'intérieur de la joue et replonge les mains sous l'eau, tandis que ses vêtements se plaquent contre son petit corps.

— Que s'est-il passé après que je me sois évanouie ?

— Stone t'a récupérée et on s'est barrés des bois.

D'instinct, elle lève les yeux vers le ciel, comme si elle essayait de déterminer l'heure de la journée en fonction de la position du soleil. Il est midi passé et nous resterons ici jusqu'à demain matin. À ce moment-là, nous devrions être guéris.

Elle jette alors un coup d'œil autour de nous et reprend :

— Comment savais-tu que la rivière était sûre ?

— Je n'en savais rien, lui avoué-je. On a pris un risque, parce qu'il fallait que je fasse baisser ta température.

Elle cligne des yeux plusieurs fois.

— Tu me regardes bizarrement, comme si tu voulais me reprocher ce que nous avons rencontré dans la forêt, m'accuse-t-elle. Pour ta gouverne, j'ai remarqué le sort au moment même où Crius l'a déclenché. Les sorcières sont plus intelligentes que je ne le pensais, elles cachent leurs malédictions.

— Narah, je ne te reproche rien, mais je veux savoir ce qui s'est passé exactement là-bas avec ta magie.

Elle hausse les épaules, son regard glisse sur l'eau qui ondule entre nous, évitant le mien.

— Les choses ont rapidement dégénéré et je vous ai protégés, comme je t'ai dit que je le ferai.

Au lieu de continuer, elle plonge dans l'eau jusqu'au cou et se détourne de moi, éludant ma question. Mais je ne peux pas la laisser faire ça. On ne peut plus se cacher derrière des paroles bienveillantes. La vie et l'avenir de ma meute dépendent d'elle et je ne vais pas renoncer parce qu'elle a peur.

— Narah, dis-je d'un ton sévère en élevant la voix.

J'entends que derrière moi il n'y a plus de bruit d'éclaboussures. Les trois autres sont immobiles, ils écoutent notre conversation.

Comme elle ne se retourne pas pour me regarder, mais qu'elle s'éloigne de moi à la nage en direction de la rive, j'attrape son bras sous l'eau et l'attire vers moi.

— Je t'ai posé une question.

— Laisse-moi tranquille.

Elle semble décontenancée et tire sur son bras.

— Et quel est le problème ? Je suis une foutue Maudite, alors bien sûr que j'ai fait ce que je devais faire. C'est quoi ton souci ?

— Qu'est-ce qui se passe, Narah ? Par le passé, j'ai vu les pouvoirs de Maudits, mais ce que tu as fait dans les bois ne devrait pas être possible. Je sais que tu n'es pas une sorcière à part entière, ce qui m'amène à la question : qu'es-tu exactement ?

Elle contracte la mâchoire et je m'attends à ce qu'elle s'énerve, ce qu'elle ne fait pas. Quelque chose ne colle pas.

Elle commence à s'éloigner de moi dans l'eau et je rassemble toute ma force intérieure pour ne pas l'attraper et l'étrangler pour lui soutirer la réponse. Je sais que ça ne fonctionnera pas avec elle.

— Narah, si tu veux vraiment jouer à ce genre de petits jeux, je t'attacherai à moi jusqu'à ce que tu répondes à ma question. Ou peut-être que tu préfères que je te pourchasse… J'ai entendu dire que tu aimais ça.

Ses yeux s'écarquillent à mes mots et elle tourne le regard vers Crius, plus près de la rive. Ce qu'elle ne paraît pas comprendre, c'est que mes hommes et moi formons un tout et qu'il n'y a pas de secrets entre nous.

— Pourquoi tu en sais autant sur la magie ? La plupart des Alphas détestent les sorcières, réplique-t-elle et le coin de ma bouche se recourbe devant l'intelligence de sa tactique.

Faire diversion. Bien joué, mais ça ne marchera pas sur moi.

— Si tu m'obliges à te poser encore une fois la question, tu n'aimeras pas ma manière de procéder.

À ces mots, elle relève brusquement la tête, les yeux brûlant de fureur.

— Que veux-tu que je dise ? On a fait un marché qui m'oblige à détecter la magie et à vous en protéger et c'est ce que j'ai fait. Pourquoi est-ce que tu insistes maintenant pour que je sois autre chose qu'une Maudite ?

Je ne m'attends pas à ce ton mortel dans sa voix, mais je suis soudain excité aussi par son tempérament fougueux. Sa poitrine se soulève et s'abaisse rapidement sous la surface de l'eau et plus que jamais je regrette de ne pas l'avoir déshabillée avant de la plonger dans la rivière. Mais ma préoccupation à ce moment-là était de refroidir son corps brûlant. À présent… À présent, mes priorités ont changé.

Elle s'éloigne de moi et se lance dans une nage frénétique vers le rivage. Un rire m'échappe et je prends mon temps pour la poursuivre, car elle n'ira pas loin. L'idée de lui courir après fait tressaillir mon membre et je baisse la main pour le caresser une fois. Je siffle sous le coup de ce désir que je ressens pour mon petit renard. Elle n'a aucune idée de l'effet qu'elle me fait.

Lorsque Stone et Crius se jettent dans l'eau pour lui barrer la route, elle s'arrête et son regard passe frénétiquement d'eux à l'autre rive, à la recherche d'une échappatoire.

— Tu es d'humeur à pourchasser une Omega ?

Crius donne un coup de coude à Stone, la voix pleine de sarcasme, assez forte pour que Narah l'ait entendu.

Je profite de cet instant à mon avantage. Je plonge sous la surface, donne de violents coups de pied, ne la quittant pas des yeux à travers l'eau trouble. Ses jambes pataugent dans l'eau, car elle n'atteint plus le fond sablonneux de la rivière.

J'arrive derrière elle, l'attrape par la taille et la plonge sous l'eau avec moi. Elle se débat et éclabousse comme une folle quand je la fais pivoter pour qu'elle soit face à moi.

Elle écarquille les yeux et sous l'eau, ils sont comme des flammes ardentes qui s'éveillent. Des bulles d'air s'échappent de sa bouche et remontent à la surface tandis qu'elle bat désespérément contre moi pour se libérer. Elle me jette un regard noir, puis balance sa main contre mon épaule pour me repousser et remonter à la surface. Mais je m'accroche à sa taille un peu plus longtemps, jusqu'à ce que je lise l'inquiétude dans son regard.

La peur dans ses yeux a quelque chose de magnifique et de beau, comme la panique sur ses lèvres déformées, sa manière de lutter contre moi. Mon sexe durcit davantage à cette vue et je lui trouve une allure incroyable tandis que nous vacillons au bord de la mort.

Mon cœur s'emballe dans ma poitrine, ma peau se hérisse d'une étrange excitation. Je veux la revendiquer comme mienne, rejeter toute hésitation.

Je l'attrape par la nuque et l'attire vers moi, puis nous propulse vers la surface dans un élan fulgurant. Nos têtes sortent de l'eau et elle halète pour respirer, éclaboussant pendant que je la serre contre moi, face à moi.

— C'est quoi ce bordel ? Tu essayais de me tuer ?

Elle me repousse de ses mains, mais elle n'ira nulle part.

— Tu es prête à parler ?

Elle hausse les sourcils.

— Tu es fou ? Tu me tortures pour que je réponde à tes questions idiotes ?

— Si c'est comme ça que tu veux appeler ça. De mon point de vue, je ne faisais que nager avec toi.

— Ah, tu es hilarant.

Sa fureur est enivrante et bon sang, elle est magnifique. Elle a des lèvres pleines que je ne peux m'empêcher d'imaginer enroulées autour de ma queue.

Je comprends maintenant ce que Crius voulait dire quand il m'avait expliqué que la poursuivre avait réveillé quelque chose en lui qu'il n'avait pas ressenti depuis des années.

J'attire son visage plus près du mien et ma bouche

effleure la sienne. Elle se radoucit contre moi, elle a envie de mes lèvres sur elle et je sais qu'elle me désire. Bon sang, j'envisage de la déshabiller et de la prendre ici et maintenant. Ma verge durcie me rappelant douloureusement qu'avec n'importe quelle autre femme, je n'aurais pas autant hésité qu'avec Narah.

Elle entrouvre les lèvres et quand mon érection se contracte contre son ventre, elle a du mal à respirer. C'est un son tellement parfait.

Et c'est pour cette raison que j'ai gardé mes distances. Mélanger le plaisir et les affaires ne fonctionne jamais… D'abord j'obtiens ce que je veux de cette mission, ensuite je lui prendrai ce que je désire tant. Je ne peux pas m'autoriser à y songer pour le moment.

Elle me regarde avec inquiétude, avec convoitise… Ses émotions partent dans tous les sens.

— Crois-moi, Narah, si je te torture, tu le sauras.

Sa poitrine se colle contre mon torse et je peux difficilement me concentrer sur autre chose que son désir inavoué de torture… ou plus précisément, de ma queue. Je sens les battements de son cœur, j'observe la peur dans ses yeux, je ressens l'excitation dans son corps tremblant. Tout chez elle me met en colère, éveillant mon loup et je dois faire plus d'efforts que nécessaires pour m'empêcher de la faire mienne.

Un grognement m'échappe et comme si elle attendait ce signal pour se secouer, elle enfonce ses mains contre mon torse nu. Sa chaleur se transmet d'elle sur ma peau.

— Je ne sais pas ce que tu voudrais que je te dise. Je ne suis qu'une Maudite et rien de plus.

— Alors comment es-tu parvenue à tuer les déesses des arbres ?

Elle se raidit dans mes bras et mon érection tressaute au moment le plus inopportun.

— Non, ce n'étaient que des arbres animés, rétorque-t-elle. Ils étaient contrôlés par les déesses, comme des marionnettes.

— Ce n'était pas de simples arbres, mon petit renard et au fond de toi, tu le sais forcément. À ma connaissance, la seule personne capable de se servir de la magie du feu était une Aînée de l'assemblée des sorcières. Alors, qui es-tu, au juste ? Je n'aime pas qu'on me mente.

Elle garde la tête haute, de l'eau ruisselle de ses cheveux pour s'égoutter de son nez et ses joues. Elle est éblouissante et je maudis sa beauté.

— Jamais je n'ai menti, car nous n'avons jamais discuté de mes aptitudes. Tout ce qui t'intéressait, c'était que je puisse vous faire traverser les bois grâce à la magie. C'est tout. Maintenant, fous-moi la paix.

Je resserre ma prise et un grognement frustré m'échappe. Je suis partagé entre l'envie de l'obliger à me dire la vérité, sachant qu'elle me détestera pour ça et celle de laisser courir, de lui faire confiance. Mais comment serait-ce possible alors qu'il y ait tant en jeu ?

Elle arbore un regard furieux et le feu dans son corps s'intensifie déjà. Mon pouls s'emballe à l'idée de ce qu'elle est capable de faire, mais je ne reculerai pas.

— Si tu me touches avec ta magie, petit renard, alors nous aurons un gros problème sur les bras.

Le brasier entre nous persiste, comme si elle me provoquait à dessein et je savoure sa ténacité.

Je la saisis par la mâchoire et la tiens près de moi, nos corps plaqués l'un contre l'autre.

— Pendant cette mission, tu m'appartiens. Maintenant, parle.

Elle me regarde droit dans les yeux et sous la colère, je sens sa fébrilité. Ce qu'elle a fait l'effraie, mais elle essaie de faire bonne figure, elle refuse de baisser la garde. Son petit corps tremble contre moi et je passe un bras dans son dos pour la maintenir immobile.

— Qu'est-ce que tu as envie d'entendre ? me demande-t-elle d'une voix cassante, qui me fait adoucir ma prise. Mon père était un loup et ma mère une Maudite. Ils sont morts maintenant et c'est tout ce que je sais de ma lignée familiale. Alors comment pourrais-je te dire qui je suis quand je n'en ai aucune putain d'idée moi-même ? Et tu veux savoir la vérité ? Ce qui s'est passé dans les bois m'a foutu une trouille de tous les diables à moi aussi. Jamais je n'ai fait une chose pareille.

Elle tremble fort à présent et ses lèvres pâlissent sous le froid de l'eau ; je n'ai plus aucun self-control. Mon esprit se noie dans sa réponse et j'ai l'impression que mon observation précédente était la bonne. Elle essaie encore de comprendre sa magie, sauf que ce qu'elle a dans les veines est bien plus dangereux que ce que nous aurions pu imaginer.

— Nous allons y travailler ensemble et je te donne ma parole, Narah, que je t'aiderai à découvrir tes capacités en toute sécurité.

Je la relâche pour lui montrer que je suis un homme

de parole et elle recule brusquement comme si je l'avais frappée.

— Tu aimes parvenir à tes fins de manière brutale, n'est-ce pas ? me balance-t-elle.

Je n'ai pas le cœur de la détromper en lui expliquant que j'ai été plus doux avec elle que d'habitude, mais je lui souris en réponse.

— Allons te réchauffer.

Elle ne bouge pas.

À la place, elle baisse la tête et regarde ses mains qui jouent avec l'eau.

— C'étaient vraiment des déesses ?

Elle parle d'une voix tendre et quand elle finit par lever ses yeux brillants, elle arbore une expression incrédule.

Il me faut un moment pour comprendre qu'elle parle des arbres sentinelles.

— Stone a dit que c'étaient à la fois des déesses et des gardiennes de la forêt, mais d'origine maléfique et facilement influencées par les sorcières pour qu'elles agissent selon leurs volontés.

Elle aspire sa lèvre inférieure entre ses dents, dont elle mâchouille le coin et mon esprit combatif de tout à l'heure a fait place à l'inquiétude.

— C'était eux ou nous, tu n'as rien à regretter et pas de quoi t'apitoyer sur leur sort. Il n'y avait absolument aucune ambiguïté sur ce qu'ils avaient l'intention de nous faire, la rassuré-je et je m'avance vers la rive, remarquant qu'elle me suit.

Elle essuie l'eau qui lui coule sur le visage à cause de ses cheveux en désordre.

— Je sais, mais ça ne rend pas les choses plus faciles. Jusqu'à il y a quelques mois, je n'avais jamais rencontré personne d'autre que les loups de ma propre meute, celle dans laquelle j'ai grandi. Et maintenant je viens de tuer cinq déesses des arbres. Je suis un monstre.

Elle hoquette et je ne peux m'empêcher de rire tant elle est adorable.

— Ce n'est pas drôle, raille-t-elle.

— En fait, si. Tu pleures ceux qui t'auraient tuée ? Où est la logique dans tout ça ?

Elle me fixe durant un long moment et je vois ses épaules tendues s'affaisser quand elle prend conscience de la situation.

— Je comprends où tu veux en venir, mais je ne suis pas certaine d'être totalement d'accord. Une mort reste une mort. Mais d'un autre côté, j'ai agi pour me défendre.

— C'est exact.

Auprès d'elle, je manque de discernement et je lui permets de faire bien plus que ce que je permettrais à quiconque.

À mesure que nous avançons dans l'eau, Crius et Stone apparaissent, entièrement nus, tandis que Nikos en profite pour plonger du rocher sur lequel il était assis dans la rivière.

Narah ne semble pas le remarquer, car elle me contemple lorsque nous sortons de la rivière, son regard glissant le long de mon corps jusqu'à mon érection.

— Qu'est-ce qui t'a poussé à te comporter ainsi ? me demande-t-elle.

Sa question me surprend. On ne m'a jamais posé cette question. Je ne peux que supposer qu'elle parle du fait que je la brusque, pas de mon érection due à sa proximité.

Mais elle enchaîne avant que je puisse répondre.

— Chacun a son histoire, qui fait de lui ce qu'il est. Tu connais la mienne et ce n'est pas grand-chose, mais qu'est-ce qui a fait de toi celui que tu es aujourd'hui ?

Je me demande quels genres de contacts elle a vraiment eus avec sa meute d'origine pour me poser une telle question. Je doute aussi de connaître toute son histoire, mais je l'ai assez brusquée pour le moment.

— C'est ce qu'on attend de moi. Je prends les choses en main ou je me fais marcher dessus. Ne jamais montrer sa peur, c'est ainsi que mon père m'a élevé. Et quand j'ai eu peur malgré tout, il m'a tabassé jusqu'à ce que je ne craigne plus que lui et sa sangle.

— C'est horrible, dit-elle et je réalise alors à quel point elle est naïve.

Quoi qu'elle ait vécu, ils l'ont gardée à l'écart du vrai monde.

— Pas vraiment, dis-je. Je le détestais alors, comme je le fais aujourd'hui, mais il a fait de moi ce que je suis.

Je remarque son air confus, mais elle baisse la tête. Narah est une femme complexe que je commence seulement à cerner. En ce qui me concerne, elle s'ouvre à peine.

Je lui fais signe de prendre la direction de l'endroit où nous avons installé le campement, à l'orée des bois, pendant que j'avance vers Crius et Stone.

— Enfile des vêtements secs, lui indiqué-je. Nous partons à la pêche pour notre repas.

Elle hoche la tête et ne dit rien de plus en se hâtant sur le rivage caillouteux, avec un regard déterminé. Ses vêtements dégoulinants sont plaqués contre son corps, révélant la moindre courbe de ses fesses, ses jambes musclées, sa taille fine.

Mon cœur bat à tout rompre dans ma poitrine et je lutte de toutes mes forces pour ne pas laisser mon instinct prendre mes décisions à ma place quand il s'agit de Narah. Mais c'est peut-être une bataille que je serais ravi de perdre.

CHAPITRE 12

NARAH

Je prends une autre bouchée du poisson grillé au feu de bois tandis que le reste de la meute profite également du repas fraîchement pêché. La conversation va bon train autour du feu : Ragnar, Stone et Crius comparent leurs notes sur un jeu de chasse, Stone passe la gourde de vin à Crius, qui en avale plusieurs gorgées.

Nikos est assis à côté de moi, il mange son repas et observe les autres aussi. Je me suis habituée à le voir comme l'outsider de ce groupe, mais je ne comprends pas pourquoi. En fait, je manque cruellement d'informations sur ces Alphas.

J'avale ma bouchée et me tourne vers Nikos.

— Pourquoi es-tu avec ces trois-là alors que tu parais tellement différent d'eux ?

Les yeux verts de Nikos sont aussi sombres qu'une tempête quand il m'observe et ils renferment tant d'émotions que je suis incapable de les interpréter. Je n'aurais peut-être pas dû lui poser une question aussi personnelle, mais j'ai envie de comprendre les gens avec qui je me bats. Certes, je suis déroutée par son baiser et sa manière de souffler le chaud et le froid, mais quand je le contemple, je me sens attirée par lui. Je n'essaie même pas de donner un sens à ma logique ridicule ni à mon cœur qui bat à tout rompre. Ni à la façon dont ma louve remue inconfortablement au fond de moi, me rappelant que Martell est mon âme sœur. Ni à la torture qui s'enroule autour de mon cœur, comme si j'allais éclater en sanglots tant mon corps souffre pour lui.

Je prends une profonde inspiration et repousse la sensation de mon corps déchiré par la multitude de sentiments qui font rage en moi. Ce que je ressens est ridicule et je ne veux pas que ces Alphas le sachent. Ça ne les regarde pas.

— Ma place n'est pas parmi eux et pourtant je suis l'un d'entre eux, me répond-il.

Je le regarde en plissant les yeux.

— C'est censé être une réponse énigmatique que je dois déchiffrer ? Mes suppositions pourraient être largement à côté de la plaque.

Son sourire en coin appelle le mien et apaise la tension qui règne en permanence entre nous.

— Mon père est l'Alpha des loups Balor du Danemark, ennemis mortels des loups Ulv.

— La famille de Ragnar, c'est ça ? demandé-je doucement.

Il acquiesce.

— Pour mettre fin aux guerres brutales qui faisaient rage entre nos clans, on m'a donné à la meute Ulv en guise de paiement et la sœur de Ragnar a été envoyée dans ma famille.

Il parle doucement et son regard glisse sur Ragnar, qui ne semble pas nous écouter, mais raconter une histoire de son cru aux deux autres.

Il me faut un moment pour vraiment comprendre ce que Nikos vient de m'apprendre et l'horreur que ç'a dû être pour eux d'être enlevés à leurs familles et vendus comme du bétail.

— Merde, alors tu n'as pas eu le choix ?

— Il y a toujours un choix. Mourir, ou respecter les règles.

Son ton n'a rien de sarcastique, pourtant il est terriblement sérieux. Et en percevant la dureté de sa voix, un frisson me parcourt l'échine. D'un coup, les choses me paraissent plus logiques. Pourquoi Nikos est le mouton noir, comme l'a appelé Crius.

Je ricane.

— Ce n'est pas un choix. Quelle est la durée de l'accord ?

Sa mâchoire se contracte pendant qu'il fixe le feu, perdu dans ses propres pensées.

Je pensais qu'il ne m'avait pas entendu, alors je laisse couler, quand il finit par révéler :

— Pour toujours. Si nous rompons la trêve, le sang coulera des deux meutes. Nous sommes le paiement et c'est le père de Ragnar qui m'a recueilli. Il m'appelle « fils », mais c'est bien loin d'être la vérité. C'est Ragnar qui s'est montré le plus gentil de tous avec moi depuis mon arrivée il y a un an et il m'a fait accepter dans sa meute. Il est peut-être mon ennemi par la famille, mais à présent je lui ai prêté allégeance, au-delà de ma propre chair et de mon sang.

J'essaie de me faire à cette idée, de comprendre ce que Ragnar peut ressentir de perdre une sœur. Je me demande comment Nikos fait pour s'adapter à un monde qui l'a rejeté… Lui et moi avons peut-être beaucoup plus en commun que je ne l'aurais pensé. Quand je le regarde, son visage est sombre. L'angle aigu de sa mâchoire et le tatouage sur le côté de son crâne rasé, qui descend vers sa nuque, attirent mon attention. De près, je vois qu'il représente deux serpents qui s'enroulent et se mordent mutuellement la queue.

Le silence s'installe entre nous tandis que les questions se bousculent dans ma tête et que je les laisse sans réponse. Il m'en a dit plus que ce que j'avais espéré et il avait peut-être besoin de s'en ouvrir à quelqu'un plutôt que tout garder pour lui.

Nous continuons tous les deux à manger et je me perds dans mes pensées, surtout après cette deuxième journée dans les Bois empoisonnés qui semble avoir été pire que la première. Puis je me focalise sur ma magie et contemple mes mains.

Ce soir, après avoir inspecté la zone, j'ai refermé ma connexion. Mon corps a besoin de repos après tout ce qui s'est passé. Tous ces trucs de dingue.

Cette magie qui émanait de moi aujourd'hui n'aurait pas dû être possible et ce que j'ai fait, ce que Ragnar m'a dit sur les déesses des arbres, me terrifie. Je n'arrive pas à me débarrasser de cette angoisse latente. J'en perds le souffle et une froideur m'envahit à cette idée. Alors je la mets de côté, avec le reste du chaos de ma vie, refusant d'y penser tant que je n'ai pas de réponses.

Je déteste le fait de ne pas tout savoir sur moi, ou de penser que peut-être ce qui se trouve dans mes veines va au-delà d'un pouvoir de sorcière. Et si c'est le cas, pourquoi ma mère ne m'a rien dit ?

Dans la rivière, Ragnar avait l'air terrorisé et j'ai bien trop peur de lui demander son hypothèse sur qui je suis. Celui qui a dit que l'ignorance était une bénédiction avait raison, parce que parfois, ignorer un problème est le meilleur moyen de vivre un jour de plus.

Je suis coincé ici avec ces Alphas et je ne peux pas m'effondrer. Je ne m'effondrerai pas alors que je fais ça pour mes sœurs et notre liberté.

Je pose mon assiette vide par terre près de mes pieds et cale mes mains entre mes genoux. Mes doigts se recroquevillent, mes articulations blanchissent à force de serrer les poings. Une décharge d'énergie se répand dans mes os, avant de disparaître aussitôt dans le néant. Une chaleur m'envahit, pour s'estomper tout aussi vite. Mes pouvoirs bouillonnent juste sous la surface, bien plus déchaînés qu'avant, comme si ces bois invoquaient ma magie.

Ce n'est que de la puissance, pensé-je. Je ne peux pas être effrayée par une chose qui est en moi ou qui m'attend. Je ne devrais pas ressentir ça, mais l'incertitude m'étreint, se fond en moi.

Je me sens brisée et pendant un instant, je contemple l'idée de simplement m'en aller loin de tout ça, dire à Ragnar que je n'y arriverai pas. Que je ne peux pas faire face à ce qu'il y a en moi.

C'est une idée stupide et effrayante qui me vient et repart tout aussi vite, me laissant déconcertée.

— Fais-toi confiance, murmure Nikos en se rapprochant, son souffle chaud effleurant ma joue, comme dans les bois quand il m'a embrassée.

Mon corps palpite d'un désir immédiat, ma bouche s'ouvre alors que je l'imagine contre moi, ses lèvres sur les miennes. Son odeur masculine et boisée s'enroule autour de moi tandis que son regard me transperce, déclenchant un éclair partant du creux de mon estomac jusqu'à mon centre entre mes cuisses.

J'essaie de me concentrer sur ses paroles. La confiance. Ce même mot que m'a dit Stone plus tôt et pourtant c'est la chose la plus difficile à mes yeux.

Nikos pose les doigts sur mon cou et il caresse la courbe de ma clavicule.

Mon pouls palpite dans mes oreilles de plus en plus fort.

— Tu es si belle quand tu frissonnes sous mes doigts, dit-il avec un rire grave qui vient du fond de sa poitrine.

Il retire sa main trop tôt et quand je me tourne, je vois Ragnar qui nous observe depuis l'autre côté du feu. Son expression est sombre et je ne suis pas dupe : il me fixe à la manière d'un Alpha qui veut m'avoir pour lui tout seul. Il y a deux jours, j'aurais détesté l'idée. Aujourd'hui ? Je suis en pleine confusion sur ce que je suis, sur qui sont ces hommes et pourquoi ils font ressortir quelque chose en moi que je n'ai jamais éprouvé auparavant.

— Si tu ne peux avoir confiance en personne autour

de toi, ajoute Nikos, aie au moins le courage de croire en toi.

Ses mots se referment sur moi et je tremble à l'idée que je ne me fais même pas confiance.

— Ce sont des paroles sages, lui dis-je. C'est de toi ?

Il secoue la tête.

— Mon frère est beaucoup plus âgé que moi et de temps à autre, il me surprenait avec ce genre de déclarations.

— Est-ce que ta famille te manque ?

— Plus ou moins. Ils ne sont pas vraiment du genre aimant, mais je n'avais qu'eux en grandissant.

Mon cœur se serre à l'idée de la perte qu'il a vécu et je me souviens à quel point mes parents me manquent. Pas un jour ne passe sans que je ne pense à eux.

— Au moins, tes parents sont en vie, souligné-je, regrettant aussitôt mes paroles.

Ils sont peut-être vivants, mais s'il ne peut pas aller les voir, à quoi bon ? Nikos et moi n'avons rien de commun, nos avenirs n'ont rien à voir, même si je dois bien admettre que je commence à un peu trop apprécier sa compagnie.

— Désolée, je n'aurais pas dû dire ça.

— Depuis combien de temps tes parents sont morts ? me questionne-t-il habilement, comme s'il était habitué aux remarques sur sa famille.

— J'aurais envie de te répondre « une éternité », parce que c'est l'impression que j'ai.

Je sais que j'ai l'air dingue et je déglutis difficilement, ravalant la boule qui me bloque la gorge pour faire refluer les souvenirs. Je déteste le fait qu'à chaque fois que je songe à mon passé, il vient toujours accompagné de chagrin et de douleur. Peut-être un jour serai-je capable de regarder en arrière et de sourire devant ces souvenirs.

Mais qui est-ce que je tente de convaincre ?

Je ne sais pas combien de temps nous passons assis devant le feu, à écouter les hommes parler d'une bataille qu'ils ont menée et où Crius s'est retrouvé coincé dans un arbre. J'ai manqué la partie où il est monté, mais ils hurlaient tous de rire. Si je ne me sens pas à ma place parmi eux, je ne peux qu'imaginer à quel point ce doit être dur pour Nikos.

Une partie de moi essaie de comprendre si c'est pour cette raison qu'il m'a demandé de l'accompagner chez les sorcières hier soir.

— Pourquoi tu m'as posé cette question hier soir ?

Si ma question le rend nerveux, il n'en laisse rien paraître et il ne regarde même pas dans la direction des autres.

— Tu t'es décidée ?

— Non, mais je suis curieuse.

Il me dévisage et son expression devient vide, distante. Il se relève.

Je lui jette un regard interrogateur, sans comprendre de quoi il s'agit.

— Tu devrais dormir un peu, me répond-il.

Ensuite, il s'éloigne des gars et traverse la rive sombre en direction du bord où l'eau est calme.

J'ai un pincement au cœur. La seule chose à laquelle je pense, ce sont ses yeux verts tellement emplis d'émotion que j'imagine qu'il tient à moi. Je dirige mon regard vers les trois hommes qui rejoignent leur ami au bord de l'eau et observe leur manière de l'intégrer à leur conversation, en lui apportant leur gourde de vin. Je crois vraiment qu'eux ne le voient pas comme un paria autant que lui le fait. Nikos se sent comme un outsider, mais les Alphas font l'effort de l'intégrer.

Mes pensées dérivent vers Jae et j'ai mal au cœur tant elle et Kaira me manquent. Et soudain, des souvenirs refont surface, du temps où nous venions de perdre nos parents. Après que Lovis ait brutalement assassiné notre père et pris sa place d'Alpha de la meute, il est venu nous annoncer qu'ils avaient finalement retrouvé notre mère dans les bois. Qu'elle était nue et brisée. Je n'arrive pas à m'ôter de l'esprit la douceur de son regard quand il nous a annoncé qu'elle était morte, comme s'il s'en souciait… Et pourtant, il ne fait aucun doute pour moi que c'est lui qui l'a tuée. Ensuite, il a observé Martell essayer de me faire la même chose.

Je le déteste à un tel point que j'en tremble. Je hais toutes ces brutes lâches et pourtant j'ai vécu sous leurs ordres durant des années, affichant un sourire chaque jour pour protéger mes sœurs de l'homme qui nous a tout pris. Une partie de moi se demande si en faisant cela, en le voyant quotidiennement tout en gardant à l'esprit ses actes, sans que je puisse rien faire, j'ai brisé quelque chose en moi.

J'inspire profondément, mes yeux me piquent, une poussée d'adrénaline déferle dans mes veines. Cependant je ne verserai pas de larmes… Pas pour ces ordures. Ma louve bouillonne juste sous la surface, elle gémit toujours en quête d'une connexion avec Martell et une sensation de vide m'étreint la poitrine. Je me redresse : il faut que je trouve un moyen de faire comprendre à ma louve que jamais nous ne retournerons auprès de cet assassin.

Ma gorge et mes yeux me brûlent de cette douleur oppressante, celle qui me rappelle constamment que je ne suis pas assez bien, que j'ignore ce que je fais. Le plus souvent, ça ne me perturbe pas, mais d'autres jours, comme aujourd'hui, la douleur me submerge rapidement et me dévaste.

Je me tiens fermement, puis attrape mon manteau et le tire sur moi alors qu'une brise fraîche souffle, faisant vaciller les flammes. C'est à ce moment que je repère Ragnar qui revient au campement, posant les yeux sur moi. Je cligne des yeux pour chasser les larmes.

J'incline la tête en arrière, je l'observe, pendant que mon esprit reste en boucle sur le passé, sur la perte de mes sœurs, sur ma solitude qui menace de m'étouffer.

Il est pieds nus, porte un pantalon noir et une chemise ample couleur sable. En dépit du tissu froissé, on voit le dessin de ses muscles. C'est un Alpha puissant, aux épaules semblables à des rochers et dont les biceps se tendent dans ses manches. Ses cheveux bruns sont balayés par le vent et ses yeux bleus scrutent mon corps de haut en bas. Je ne peux m'empêcher de remarquer à quel point cet homme est sexy et je me racle la gorge pour éloigner les monstres de mon esprit.

En chemin, il s'arrête, récupère quelque chose dans son sac et vient à côté de moi. Il me tend une couverture pliée.

Je lui adresse un sourire et l'accepte volontiers, puis je couvre mes jambes.

— Comment tu te sens ? me demande-t-il.

Ma peau rougit d'être si près de lui et j'ai le souffle court. Je suis toujours surprise par l'effet qu'il me fait. Je déteste reconnaître que j'ai l'impression d'avoir perdu le contrôle de mon corps, d'être dans tous mes états. Entre les larmes que je refoule et mon corps qui me trahit et qui le désire, je suis un vrai désastre.

— Je ne refuserais pas une semaine de sommeil. Même si je mets mon épuisement sur le compte de quelqu'un qui m'aurait presque noyée.

J'arbore un sourire sarcastique, assorti d'un haussement de sourcils.

Il s'installe et quand il me regarde, nos regards s'entrechoquent, nos bras se frôlent. Un frémissement parcourt mon corps et une sensation de chaleur me submerge, exactement comme dans la rivière, avec lui nu, nous poussant l'un contre l'autre, son membre imposant pressé contre mon ventre. Il a fait remonter ma louve à la surface, ce qui m'a effrayé, puisqu'elle n'a jamais été aussi proche de sortir pour un autre Alpha depuis Martell.

— Alors tu n'es pas épuisée d'avoir combattu les déesses des arbres qui ont failli nous tuer ? me questionne-t-il, me tirant de mes pensées avec sa voix grave.

— Non, mens-je, ce qui me fait sourire malgré moi et il s'en rend compte.

Sa manière de me fixer me donne la chair de poule, je suis excitée. Plus tôt aujourd'hui, j'ai eu envie de le tuer pour avoir failli me noyer et ce sentiment persiste, pourtant une sensation plus entêtante envahit mon esprit. Comment pourrais-je ignorer quatre hommes magnifiques qui font flancher mes genoux ? Sauf que je sais tout des Alphas. Ce qu'ils veulent, ce dont ils sont capables. Pourtant, mon corps répond très facilement à la proximité de Ragnar.

— Tant que tu es avec nous, tu seras toujours protégée. Je ne t'aurais pas laissée mourir, avoue-t-il.

Il bouge la main pour la poser sur la mienne sur mes genoux et je ne pense qu'à ce point de contact, c'est la seule chose sur laquelle mon esprit lubrique parvient à se concentrer.

— Tu aurais pu me duper, hasardé-je en posant les yeux sur sa grande main sur la mienne, les cicatrices sur ses articulations, que j'imagine être le résultat de bien trop nombreuses batailles. Il y a d'autres moyens d'obtenir des informations de quelqu'un, marmonné-je.

— C'est vrai, mais c'est plus long et pas aussi efficace.

Il retire sa main et aussitôt je ressens le froid.

— Ma mère m'a dit un jour que les Alphas sont nés combattants et que les femmes sont nées pour porter leurs enfants, lui expliqué-je. Je l'ai longtemps détestée de m'avoir dit ça, mais ensuite j'ai réalisé que ses paroles avaient eu l'effet escompté. Elle avait fait en sorte que j'aie tant de haine à l'égard de ce qu'on attend des femmes que j'ai pris la décision de ne jamais m'accoupler avec quiconque. Mais l'univers a eu une manière bien à lui de me frapper aux tripes une fois que j'ai grandi.

Je ne peux m'empêcher de songer à la vitesse à

laquelle j'ai accepté Martell comme étant mon âme sœur et comment je suis allé le rejoindre pour la nuit d'accouplement. Bien sûr, je l'ai fait pour mes sœurs, pour ma louve… mais pas pour moi. Il y a bien longtemps, j'ai perdu une partie de mon être et c'est effrayant de voir que je l'ai accepté aussi facilement.

— Dès que j'ai su marcher, mon père m'a balancé dans les fosses de combat pour m'entraîner, pour que je devienne son guerrier. Alors ta mère n'avait pas telle-ment tort.

Son aveu me rend curieuse.

— C'est courant au Danemark ?

— Dans la meute d'Ulv, oui. Nous vivions près d'une meute dangereuse qui assassinait nos hommes et volait nos femmes. Nous avions le choix de nous battre ou de mourir.

Je me rappelle les paroles de Nikos au sujet de son échange contre la sœur de Ragnar… Sa meute familiale était-elle si vicieuse ?

— Dans la meute où j'ai grandi, les Alphas s'entraî-naient rarement, mais ils partaient tout le temps se battre contre d'autres meutes, annoncé-je.

Il s'humecte les lèvres et demande :

— Est-ce qu'il y a une raison pour que ton Alpha n'ait jamais revendiqué le Secteur Sauvage, alors ?

— Pendant longtemps, j'ai cru qu'il l'avait fait, avoué-je, réalisant à quel point je dois paraître idiote. Ensuite, j'ai quitté la meute et je me suis rendu compte que j'avais été très étroite d'esprit et que le monde était très vaste. Et à quel point l'Alpha de la meute était mesquin et arriéré. Je doute qu'il ait eu la force de défier les sorcières.

Ragnar regarde fixement les flammes, perdu dans ses pensées et des ombres se dessinent sous ses yeux. Tout en lui respire l'Alpha, de son expression déterminée à l'énergie qu'il dégage qui donne l'impression qu'il ne reculera jamais s'il est mis au défi.

— Tu as déjà vu une des sorcières de ce secteur en chair et en os ? lui demandé-je.

Il acquiesce.

— À notre arrivée en Roumanie, nous en avons vu deux détruire le village d'une petite meute de loups. Elles étaient impitoyables. J'ai observé de loin comment elles invoquaient les éléments et ont ouvert la terre qui a englouti tout le monde. Puis le sol s'est refermé comme si le village n'avait jamais existé. C'est à ce moment que nous avons appris que les Alphas de cette région les craignaient et pour de bonnes raisons.

— Alors, que vas-tu faire quand tu les trouveras ? Tu n'as pas peur qu'elles te tuent aussi vite qu'elles ont éliminé cette meute ?

Je me dis que je ne devrais pas poser la question ni m'en soucier, parce que je n'ai pas envie de prendre parti. Pour moi, ce n'est qu'un boulot pour retrouver mes sœurs. Pourtant je reste assise là à attendre sa réponse, mourant d'envie de la découvrir.

— Tu es toujours aussi curieuse ?

— Quand il s'agit de survivre, oui. Je préfère ne pas avoir de surprise de dernière minute.

Je le vois sourire, mais il garde le silence et s'accroche à ses secrets. Bien sûr, je n'aurais pas dû m'attendre à ce qu'il partage ses plans avec moi, mais j'avais compté sur un petit indice, au moins.

J'étudie son visage en quête de quelque chose qui pourrait m'indiquer ce qu'il pense, tandis qu'il me regarde droit dans les yeux comme il le fait toujours. Il est alerte et concentré, parfaitement conscient d'avoir le contrôle de la situation.

Il tend le bras et effleure ma joue avant de glisser ses doigts dans mes cheveux, son autre bras entourant ma taille pour m'attirer plus près. Il approche son visage du mien et m'interroge :

— Pourquoi as-tu l'air effrayée ?

Je reste assise, le souffle coupé, à dévisager cet homme magnifique. Toujours aussi attirée par ses caresses. De près, ses yeux clairs ressemblent à une journée d'été qui me pousse vers lui, tandis que ses pommettes ciselées et sa mâchoire puissante me rappellent à quel point je joue hors de ma catégorie avec lui. Ses doigts descendent dans mon dos, jusqu'à trouver la peau nue sous ma chemise et un petit gémissement m'échappe.

— Je n'ai pas peur, murmuré-je.

Il sourit encore et je me sens faible dans ses bras.

J'ai envie de le repousser, mais je n'en fais rien. Je suis peut-être simplement une femme de plus qui craque facilement et insatiablement pour ces puissants Alphas. Ou alors je désire depuis longtemps savoir ce que ça fait qu'un homme vous touche.

Quand sa main glisse plus loin sous ma chemise, son geste se fait doux comme une plume sur ma peau et j'ai du mal à parler.

Son regard se pose sur mes lèvres et la seule chose qui me vient à l'esprit, c'est « s'il te plaît, embrasse-moi. » Il se penche comme s'il lisait dans mes pensées, mais sa bouche se pose au coin de mes lèvres, avant de descendre jusqu'à mon cou, où il se blottit et prend une profonde inspiration.

Mon cœur s'emballe.

Ses lèvres suivent la ligne de mon cou, il fait semblant de me mordre. Mes mains glissent sur ses épaules quand il lève la tête et revendique ma bouche. Nous nous rapprochons rapidement, nos bouches écrasées l'une contre l'autre alors qu'il me réclame.

Il n'y a rien de doux ou de tendre dans la façon dont Ragnar embrasse. Il est brut et dominateur. Sa langue s'enfonce dans ma bouche, me goûte, explore, prend ce qu'il veut.

Je me colle à lui, mes seins contre sa poitrine, mes mamelons tendus par un désir rugissant qui me prend par surprise. Ma louve ne perd pas un instant et se fait connaître, ses geignements sont tout le contraire de ceux de la louve qui voulait se soumettre à un autre. Ça n'a aucun sens pour moi, mais quand Ragnar attrape ma lèvre inférieure dans sa bouche, la mordillant douce-ment, me bloquant, je pousse mes propres gémisse-ments de plaisir. Ce sont des bruits que je ne peux retenir tandis qu'un feu intense brûle entre mes cuisses, me réchauffant en quelques secondes.

Sa main caresse ma poitrine, son pouce effleure mon mamelon érigé. J'enfonce mes doigts dans ses épaules, je me rapproche de lui et pendant ce temps, je me sens vibrer d'un courant électrique. Aucun homme ne m'a jamais touchée de cette manière et je halète d'excitation et de peur face à l'inconnu.

Il passe sa langue sur mes lèvres et chuchote :

— Tu te sens plus détendue maintenant ?

Sa bouche prend de nouveau la direction de mon cou et il saisit le lobe de mon oreille entre ses dents, tout en pinçant plus fort mon mamelon. Il me lèche le cou, me chatouille.

Au lieu de répondre, un gémissement m'échappe.

Tous mes nerfs sont en feu. Je frémis quand sa main glisse de mon sein, caresse mon ventre, descend sur les boutons de mon pantalon qu'il ouvre.

Un soupçon de panique s'ajoute à mon essoufflement et instinctivement, ma main se pose sur la sienne pour l'arrêter. Nous sommes dehors et à la vue des autres au bord de la rivière.

— Quelqu'un va voir, haleté-je.

— Qu'ils regardent, répond-il.

Mon cœur bat si fort que j'ai du mal à me concentrer sur autre chose que sa main qui se faufile dans mon pantalon et dans ma culotte.

Je connais à peine cet homme et je le laisse faire. Je jette un coup d'œil par-dessus mon épaule pour aviser la rivière où se tiennent toujours les autres, qui ne regardent pas de ce côté. Au même instant, les doigts de Ragnar s'aventurent plus loin, effleurant l'endroit où je suis brûlante et très humide. Aussitôt, je sens la pression monter au creux de mon ventre.

Je m'agrippe à sa chemise et l'embrasse de nouveau, dissimulant mes gémissements de désir. Déesse, qu'est-ce que je fais ?

Il fait glisser un doigt de haut en bas de ma fente, mes jambes s'écartent sous la couverture et il commence à le faire tournoyer à un endroit qui me rend totalement folle d'excitation. Il bouge plus vite et mon cœur accélère à mesure que mon pouls palpite entre mes cuisses.

— Tu sens tellement bon, tu es tellement délicieuse putain, grogne-t-il contre ma bouche.

Nos regards se croisent quand il plonge un doigt en moi.

Je tressaille en réponse ; je ne m'attendais pas à ce que ce soit si soudain.

— Putain, Narah, tu es si serrée.

Ses yeux brillent d'avidité alors qu'il va et vient en moi à toute vitesse, me laissant à bout de souffle. Jamais je n'ai ressenti ça avant, l'impression d'être prête à éclater en mille morceaux rien qu'avec une caresse.

Il m'observe pendant que je gémis.

Je me noie, je le sens chaque fois qu'il me pénètre, qu'il me titille. Il bouge plus vite maintenant et je me perds totalement contre lui, j'oublie où nous sommes.

— Je veux te goûter, m'annonce-t-il. Je te veux nue, ouverte et je veux te dévorer de sorte que tu ne m'oublies jamais.

Ses mots me font l'effet d'une gâchette, s'enroulent autour de moi et soudain mon ventre se contracte et je tremble, je me laisse aller. Je serre les cuisses alors que je subis une violente explosion et pourtant Ragnar ne cesse de plonger son doigt en moi. Sa bouche vole mes gémissements bruyants alors que je suis prise de tremblements contre lui. Je frémis violemment quand l'orgasme me saisit, s'abattant sur moi par vagues. Mes cris deviennent plus sauvages et il les accueille, me serrant contre lui. Je ne veux pas qu'il me laisse partir.

— Narah, dit-il quand je me calme.

Il retire son doigt de moi et je découvre les taches de sang sur ses extrémités brillantes. Il les remarque aussi.

Le sourire qu'il me lance est possessif, diabolique, pendant que je rougis qu'il ait vu que je n'avais jamais été avec un homme auparavant.

— Je ne suis pas sûr de pouvoir te laisser partir maintenant, petit renard, me promet-il.

CHAPITRE 13

NARAH

La nuit dernière, j'ai rêvé de la forêt et d'ombres qui m'entouraient. Le vent soufflait violemment et du sang coulait sur le sol des bois. Pourtant mes yeux étaient rivés sur la silhouette sombre qui enlaçait Kaira. La joie qu'elle dégageait avait quelque chose de merveilleusement troublant. Pourtant, je ne pouvais retenir les larmes qui coulaient sur mes joues, ni empêcher ma poitrine de se fendre en deux, lorsqu'enfin un murmure m'est parvenu.

Il est temps de se réveiller, douce Narah.

Ma peau se hérisse chaque fois que je me souviens de ce rêve, même si nous avons déjà passé une bonne partie de la matinée à nous éloigner du campement. Cependant, je n'arrive pas à me sortir cette image de la tête, ainsi que la crainte d'arriver trop tard pour Kaira. Ma poitrine se serre quand je me rappelle les paroles de Ragnar au sujet de la fille qu'il a retrouvée morte.

Il ne peut pas être trop tard. Je te retrouverai, Kaira.

À chaque pas, je m'éloigne de mon rêve. Il n'y a rien

que je puisse faire pour aider Kaira pour le moment… pas avant d'avoir mené cette mission à bien.

Je brûle à l'idée de ce que j'ai laissé Ragnar me faire la nuit dernière et quand je pense à la facilité avec laquelle je lui ai cédé.

Je rougis rien qu'en y pensant et un sentiment d'euphorie m'envahit. Je ne me souviens que de ses doigts dans mon pantalon, de ses baisers, de l'orgasme rapide qu'il m'a offert.

Maintenant, quand je jette un œil sur lui qui marche derrière moi, le feu s'empare de ma nuque. La nuit dernière n'aurait jamais dû se produire.

Étrangement, Nikos et Crius ont conservé leurs distances avec moi ce matin, marchant derrière moi avec Ragnar. Comme d'habitude, ma panique me fait dire que c'est parce qu'ils ont vu ce que lui et moi faisions près du feu. Étaient-ils jaloux ? Contrariés ? Est-ce que je devrais m'en soucier ? Bien sûr que non. Ils ne seront dans ma vie que pour un temps déterminé et une fois cette mission terminée, je m'éloignerai d'eux.

Pourtant, ma poitrine se serre.

Je donne un coup de pied dans un caillou, qui file droit dans un arbre devant lequel je passe.

— Tout va bien ? s'enquiert Stone en s'avançant à côté de moi, les mains agrippées à la sangle de son sac en bandoulière.

Je secoue la tête, avant d'acquiescer.

— Je ne sais pas trop, dis-je sincèrement. Je n'ai pas très bien dormi.

Il m'adresse un sourire chaleureux et en dépit de tout ce que nous avons traversé depuis que nous sommes entrés dans ces maudits bois, il semble être gentil avec moi.

— Eh bien, je suis là pour toi. Si tu as besoin de quelque chose, tu peux compter sur moi.

La lumière du matin fait ressortir le bleu profond de ses yeux, la petite courbure de son nez, la douceur de son expression lorsqu'il me regarde, la même que le soir où il nous a apporté le dîner à Jae et moi à l'auberge. Aujourd'hui, ses cheveux blonds sont remontés en arrière en un chignon d'homme et j'ai bien du mal à lui trouver un défaut.

— Merci, dis-je, sachant que ça sonne faux.

Mais plus je passe de temps avec eux, plus je perds le nord.

Avec Stone à mes côtés, je me réchauffe, alors comment rester à l'écart ? Je veux dire, en dépit de ce petit défaut sur son nez, il est magnifique et ça fait de lui une tentation à laquelle je me suis promis de ne pas succomber. Après la nuit dernière, j'ai réalisé que je me laisse facilement entraîner par la promesse du désir, que ces Alphas ne diront jamais non, alors il faut que je sois la plus forte.

Son regard sonde le mien et ma parano s'installe. Je ne peux pas m'empêcher de me demander s'il m'a vue avec Ragnar, lui aussi. Ça ne devrait pas me déranger, pourtant c'est le cas.

Une brise souffle sur moi, emportant avec elle son parfum entêtant de pin et de loup. Il porte une chemise noire dont les manches sont remontées jusqu'aux coudes, un jean bleu foncé et de grosses bottes de combat. Ce look lui va très bien et je rougis quand il me fait un clin d'œil.

Je suis sur un terrain glissant à en juger les réactions intenses de mon corps face à lui. Je n'ai pas besoin de distractions et puis, qu'est-ce que je sais de ces Alphas, de toute manière ? En dehors des quelques bribes d'informations qu'ils ont partagées.

Mon cœur qui bat la chamade m'avertit que ça finira mal et plus je pense aux baisers échangés avec Nikos et Ragnar, plus je m'inquiète d'avoir ouvert la boîte de Pandore.

— Tu sais que tu parles dans ton sommeil, lance-t-il sans crier gare.

Je m'arrête brusquement de marcher et le foudroie du regard, tandis qu'une vague glaciale s'abat sur moi. Ai-je dit quelque chose dans mon sommeil au sujet de Ragnar ?

— Ah oui ?

— Qu'est-ce qui se passe ? demande Ragnar qui arrive à côté de moi, tout comme Crius et Nikos.

Quatre paires d'yeux se posent sur moi et si je me sentais nerveuse jusqu'à présent, maintenant c'est toute une montagne de pression qui m'écrase.

— Ce n'est rien, répliqué-je instantanément en triturant la sangle du sac sur mon dos.

Depuis mon réveil, j'évite Ragnar pour la simple raison que je ne sais pas vraiment quoi lui dire.

« Oh, bonjour, j'ai adoré notre baiser d'hier soir et comment tu m'as fait jouir avec ton doigt alors que probablement tout le monde nous voyait. » Cette remarque ne pourrait avoir que

deux issues avec lui. Soit il en serait excité et déciderait que je suis en train de lui réclamer plus, soit il me rirait au nez. Je n'ai pas envie d'explorer l'une ou l'autre de ces options.

— Il y a quelque chose, ajoute Stone en souriant.

— Je veux savoir, ajoute Ragnar.

— Pourquoi tu rougis ? me questionne Crius en me fixant et arborant un perpétuel sourire en coin qui tire sur les commissures de sa bouche.

Oh merde ! Il est au courant, n'est-ce pas ? Je le sens au fond de mes entrailles. De quoi d'autre pourraient-ils parler ? Je déteste que ça m'affecte à ce point alors que ça ne le devrait pas. Mais de toute évidence, je suis stupide de laisser mon attirance pour ces hommes m'aveugler. Sauf que je suis une Omega et c'est ce que je représente à leurs yeux… Un moyen de s'accoupler.

— Je suis sûr qu'elle a peur qu'on évoque le fait qu'elle et Ragnar se sont embrassés hier soir, grogne Nikos.

La jalousie de ses mots me glace les veines. Avec les quatre qui me dévisagent et la voix de Nikos qui résonne dans ma tête, je suis prête à me rouler en boule sous un rocher et m'y cacher pour l'éternité.

— Laissez-la tranquille, ordonne Ragnar. Qu'est-ce que quelques caresses peuvent faire entre nous ?

J'en reste bouche bée. Les trois autres se taisent. De toute évidence, ils n'étaient pas au courant de cette partie… jusqu'à maintenant. Je lance un regard furieux à Ragnar et il rit.

— Ce n'est rien.

— Bien sûr que si ! m'exclamé-je.

J'ai envie de le tuer et de les fuir tous.

— En fait, ce que j'allais dire, c'est que tu n'arrêtais pas d'appeler Kaira dans ton rêve, reprend Stone. Mais *ceci* est plus intéressant. Je veux des détails.

— Non ! Pas de détails, bafouillé-je tandis que ma louve grogne au creux de ma poitrine.

Je suis contrariée qu'il m'ait mise dans une telle posture et j'ai l'impression d'avoir le visage en feu, que Ragnar vient de transformer en cauchemar un moment que j'ai apprécié.

Qu'ils aillent tous au diable.

Ils posent des questions, mais leurs voix se perdent dans le martèlement des battements de mon cœur dans mes oreilles. Je fais demi-tour et poursuis ma route ; j'ai besoin de mettre tellement de distance entre eux et moi qu'il faudrait que j'aille sur la lune.

Je tremble, je déteste qu'un moment spécial à mes yeux soit dévoilé pour les amuser.

Je n'ai pas le temps de faire deux pas qu'une main puissante m'agrippe le bras et Ragnar m'entraîne dans les bois voisins. Il s'arrête à environ trois mètres des autres, comme si ça nous donnait un peu d'intimité.

— Qu'est-ce qui se passe ? demande-t-il sèchement, les yeux plantés sur moi avec un air féroce.

Je suis encore sous le choc et au départ, quand j'ouvre la bouche, rien ne sort. Nouvel essai et c'est la colère qui s'exprime.

— Comment as-tu pu te moquer de moi de la sorte devant eux ?

Il fronce les sourcils et sa main se resserre autour de mon poignet.

— Il n'y a aucune moquerie, petit renard. Je chérirai

toujours ce que tu m'as offert la nuit dernière, mais je n'ai aucun secret pour mes hommes. Tu penses qu'ils n'ont ni vu ni senti ce que nous étions en train de faire ? Et tant que tu es sous ma protection, tu es à moi.

Je me raidis et me libère de sa poigne, furieuse par ce qu'il vient de me dire et de voir que je ne suis qu'une blague à leurs yeux.

— Je ne t'appartiens pas.

Mes mains forment des poings.

— C'est là que tu as tout faux, Omega.

Il m'attrape par les bras et m'oblige à revenir vers lui. Je gémis, le repousse, mais il resserre sa prise, avant de m'embrasser si intensément que mes genoux flanchent. Mon corps me trahit complètement à un moment où je devrais me défendre. À la place, il prend ce qu'il veut.

Mon ventre frémit de voir à quelle vitesse ma louve se réveille et comment mon corps s'arque contre le sien. Je lui plante mes ongles dans les bras, tout en me noyant dans son parfum masculin et son goût merveilleux. Mon pouls s'envole et je me perds sous ses assauts, j'ai la tête qui tourne.

Je ne devrais pas aimer ça et pourtant je me surprends à me coller à lui et un liquide s'accumule entre mes cuisses. Non, c'est impossible. Je le déteste, je déteste ma louve et je déteste ma faiblesse d'Omega.

Quand il s'écarte de mes lèvres, je me rapproche, incapable de retenir le ronronnement qui s'échappe de mes lèvres.

— Tu vois, Omega. Nous sommes faits pour être ensemble, alors pourquoi serions-nous gênés ?

Cette manière de m'appeler me tape sur les nerfs,

mais j'aurais dû savoir que traiter avec quatre Alphas ne serait pas sans conséquence. Et d'un coup, l'offre de Nikos me paraît soudain plus alléchante.

Ragnar

*E*lle me regarde avec tant de haine que mon érection durcit. Elle frissonne, ce qui me donne d'autant plus envie de la pencher et la revendiquer sur-le-champ. Pour lui montrer que je n'ai rien à cacher à mes hommes.

Mon petit renard n'a aucune idée de ce dans quoi elle s'est embarquée. J'ai demandé à mes hommes de lui laisser de l'espace, de la laisser s'habituer à nous, mais apparemment, ce temps est révolu. Ainsi qu'une vérité que j'ignorais depuis notre première rencontre.

Elle s'arrache à ma prise, tout son corps tressaute. Elle relève la tête et me menace.

— Relâche-moi.

Ses yeux d'ambre s'illuminent comme une flamme, tandis que les coins de sa bouche se pincent. J'ai encore son goût dans la bouche et j'ai faim d'elle, faim d'avoir ses lèvres pulpeuses enroulées autour de mon sexe et putain, j'ai envie de m'enfoncer en elle. Le désir que j'éprouve pour elle enfle et c'est de plus en plus compliqué chaque jour d'ignorer mon attirance. Mon loup hurle dans ma tête, impatient de la prendre.

— Cela ne faisait pas partie de l'accord. Une fois que ce sera terminé, tu ne me reverras plus jamais, m'apprend-elle en jetant un œil par-dessus son épaule, vers mes hommes qui discutent entre eux.

Je passe mes doigts sous son menton, dirigeant ses superbes yeux vers les miens. Ses longs cils sont relevés et bon sang, elle est magnifique.

— Rien n'est gravé dans le marbre, petit renard, alors concentrons-nous sur notre mission avant de prévoir autre chose.

Elle me fixe, son corps tout entier se raidit, tandis que je suis consumé par le désir. Mon loup pousse pour établir un lien entre nous, il veut la dévorer. C'est quelque chose de nouveau, jamais il n'a fait ça.

— Tu ne sais pas de quoi tu parles, dit-elle d'une voix dure, les joues rouges. Tu n'as pas à décider de mon sort.

J'adore sa combativité qui me fait rire. Aujourd'hui, plus qu'au cours des derniers jours, je sais ce que j'attends d'elle.

— Voilà le truc, lui expliqué-je en voyant s'allumer des étincelles dans ses yeux ambrés. Je me suis dit qu'il n'arriverait rien entre nous, mais j'ai changé d'avis.

Ses yeux s'écarquillent et mes paroles prennent tout leur sens quand elle prend conscience de la situation. En vérité, si j'avais établi une politique de « rester à l'écart », c'était dans l'optique de mener d'abord notre mission à bien, mais à présent, je ne suis plus certain que m'obliger à patienter changerait quoi que ce soit.

— Tu ressens forcément cette connexion entre nous, insisté-je alors qu'elle se libère de ma prise.

Elle pince les lèvres.

— Je ressens la même chose avec vous quatre, alors

ce n'est rien de particulier. Rien qu'une bande d'Alphas qui ne réfléchissent qu'avec ce qu'ils ont dans le pantalon.

Mon membre se tend à la manière dont elle dit ça… Et la voir s'énerver m'excite. Elle ne sait pas à quel point elle me fait de l'effet.

— Ce soir, tu seras à moi et je serai ton premier.

Elle ouvre la bouche sans répondre, mais son regard reflète soit le choc, soit l'envie de meurtre. Bon sang, qu'elle est sexy !

— Je t'enfoncerai une lame dans le cœur avant que cela n'arrive.

Elle pose les mains sur ses hanches et la colère transpire dans sa voix.

— Je me ferai un plaisir de te le rappeler.

Je tends la main juste au moment où un grognement perçant déchire l'air.

Les poils de ma nuque se hérissent tandis que Narah frissonne et balaie les alentours du regard.

— Oh, merde ! crie-t-elle en courant vers l'endroit où se trouvent mes hommes.

Je reporte mon attention sur eux et au départ je ne vois rien. Mes pieds martèlent le sol à toute vitesse.

— Qu'est-ce que tu as vu, bon sang ?

Mais quelque chose d'autre attire mon attention.

L'air devant Narah et mes hommes ondule comme une vague de chaleur et un ours monstrueux se matérialise aussitôt devant nous.

Cette créature, haute d'au moins trois mètres, se tient sur ses pattes arrière et nous surplombe telle une montagne. Sa fourrure brune ondoie dans la brise et derrière la créature, une traînée de brume noire s'évanouit dans les bois. L'ours nous observe de ses yeux jaunes brillants, ses pattes arrière fermement plantées dans le sol, les pattes avant contre les flans, toutes griffes dehors. Sa poitrine se soulève et se baisse et un souffle chaud sort de ses narines évasées.

Mes hommes et moi avançons et eux font passer Narah derrière eux.

— Trouve un arbre et grimpe dessus, Narah, lui ordonné-je, sans jamais quitter l'animal des yeux.

Sauf qu'il ne s'agit pas de n'importe quelle bête, n'est-ce pas ? Celle-ci est issue de la magie, de la volonté de la sorcière de détruire toute personne pénétrant sur ses terres.

Elle lève sa gigantesque tête et un rugissement énorme s'échappe de sa gorge, avec des projections de salive dans tous les sens. La forêt tremble. Mes doigts se recroquevillent sur la boucle de ma ceinture et une vague de terreur me traverse. Elle file dans mes veines, me tiraille la poitrine, mais que serait une bataille sans un peu de suspense ?

— Qui a envie d'une nouvelle descente de lit en fourrure ? leur demandé-je, sans obtenir de réponse.

Je jette un œil à mes hommes, bien trop hypnotisés par la vue. Soudain, Crius s'élance sur la droite, Stone vers la gauche et Nikos recule.

Un frisson m'envahit.

Soudain le sol tremble sous mes pieds, si vite que j'en oublie ce que j'étais en train de dire.

Je concentre toute mon attention droit devant.

La créature fonce vers moi à quatre pattes à toute

vitesse, les yeux rougeoyants. Ses grandes pattes frappent le sol tandis que l'animal met tout son poids dans chaque saut pour m'atteindre plus vite.

Ses yeux… ils me transpercent, comme s'il ne voyait que moi.

Les choses ont tourné si vite au vinaigre que j'ai une montée d'adrénaline. Je ne comprends pas où veulent en venir mes hommes, mais ils sont sûrement une bonne raison pour reculer.

Je m'empare de la lame placée à ma ceinture et m'élance en hurlant un cri de guerre. Mon loup rôde juste sous la surface, prêt à bondir et à faire couler le sang, mais d'abord, il faut que je ralentisse cette créature.

Les battements de mon cœur martèlent bruyamment mes oreilles.

Je fonce à la vitesse de l'éclair et me propulse dans une roulade avant, en obliquant vers la gauche pour éviter l'ours. Je sens le déplacement de l'air dans mon dos quand la patte de la créature s'élance pour me frapper.

Je bondis sur mes pieds et fais volte-face avant de me jeter dans son dos. Nous avons tant de fois vaincu des ours chez nous. Ces bêtes descendent des montagnes quand elles n'ont plus de nourriture.

Je grimpe sur son dos, la lame entre mes dents, m'agrippant de mes mains à la fourrure pour atteindre sa tête.

Un mouvement soudain attire mon attention sur ma droite et je m'attends presque à voir Crius. À la place, une énorme patte s'abat sur moi de façon si brutale et inattendue que je n'ai pas le temps d'esquiver. Des griffes m'éraflent le côté du visage et je suis projeté loin de l'ours. Je m'écrase à terre, ma lame s'envole et mon corps roule sous l'effet de l'élan jusqu'à m'effondrer contre un arbre.

Je gémis sous l'impact, une forte douleur me tordant le dos. Les griffes me causent des brûlures, tandis que ma tête tourne. Mais je n'ai pas le temps de me reposer. Je me relève, les bois vacillent autour de moi et mon visage me brûle sous les coups de griffe de l'ours.

Mon regard se pose sur l'animal qui ne me prête plus la moindre attention.

Il est tourné vers quelqu'un d'autre… Et mon cœur se serre.

— Hel ? crié-je, incrédule en regardant ma sœur debout dans la petite clairière.

Je sens mon cœur se mettre à trembler.

La dernière fois que je l'ai vue, des larmes roulaient sur ses joues pendant que les hommes de Père l'entraînaient hors de notre maison, pour l'échanger contre Nikos.

Mes entrailles se nouent et c'est comme si une main invisible agrippait mon cœur pour le déchirer. Les souvenirs envahissent mon esprit, le passé refait surface.

— Envoie-moi à sa place, crié-je à Père depuis l'autre bout de la pièce, la poitrine douloureuse à force de colère.

Il est debout dos à moi et regarde par la fenêtre le champ à l'extérieur, dans la direction où les loups de Balor ont emmené Hel. C'est un homme massif, plus grand que moi. Je n'ai vu qu'une seule personne lui tenir tête et elle n'a pas terminé la journée.

— Dis quelque chose ! lui crié-je, fermant les poings ; je hais cet enfoiré sans cœur.

Les cris de ma mère résonnent dans le couloir et mon cœur me martèle la poitrine.

Père se tourne vers moi et me jette un regard plein d'une résignation douloureuse.

La rage me submerge totalement et même son remords et sa douleur ne peuvent atténuer ce besoin que j'aie de balancer mon poing au visage de quelqu'un.

— Ragnar, fils, commence-t-il, mais j'en ai assez et j'avance vers lui.

— Tu ne m'as pas entendu ? Je vais prendre sa place. Ramène-la.

Je m'attends à ce qu'il réagisse, qu'il me saisisse à la gorge, qu'il me frappe. Tout, sauf à le voir baisser la tête et retourner à la fenêtre.

— Ils sont plus nombreux que nous, tu le sais bien.

Je sens l'avertissement dans sa voix.

— Et alors ? C'est à Hel d'en payer le prix ? Elle est le sacrifice nécessaire en échange de toutes nos vies ?

La chaleur me traverse comme une tempête.

— Si je pouvais, je t'y enverrais dans la seconde, admet-il d'un ton découragé.

Je réalise alors qu'il le pense vraiment. Il se débarrasserait de moi sans la moindre hésitation.

— Mais ce n'est pas toi qu'ils veulent, murmure-t-il. L'Alpha est venu me proposer un marché. Il veut revendiquer Hel et cela nous assure la sécurité.

Je grogne.

— Tu l'as vendue à ce maudit vieux porc ?

Ses bras retombent le long de ses flancs, mais il ne répond pas et ne fait plus attention à moi. Mon regard se porte que l'anneau à son doigt, sombre et taché de sang que son père et son grand-père ont porté avant lui, comme tous les Alphas de la meute Ulv avant lui. Mais à quoi bon être un puissant Alpha si vous laissez les autres vous arracher votre âme ?

D'un coup, je reviens à la réalité, depuis Hel jusqu'à mes hommes qui combattent quelque chose que je ne vois pas… Bon sang, mais qu'est-ce qui se passe ici ? Je regarde rapidement derrière moi et vois Narah derrière un arbre, affichant une expression horrifiée.

— Tu as donné ta langue à l'ours, mon frère ? me taquine Hel. As-tu l'intention de te battre à mes côtés, ou est-ce que tu as perdu ta bravoure dans les terres de Roumanie ?

Elle me fixe, ses yeux bleus étincellent dans la lumière et elle affiche un sourire malicieux, comme toujours quand elle me défiait lors de nos sessions d'entraînement au combat.

Je secoue la tête pour éclaircir ma vision, persuadée que j'ai des hallucinations.

Elle a de longs cheveux bruns qui lui retombent dans le dos, insensibles au vent qui me frappe. Elle est vêtue de son équipement de combat : pantalon de cuir, lourdes bottes et une robe ajustée qui lui arrive à mi-cuisses. Tout est de couleur bleu nuit, celle qu'elle préfère et elle agrippe dans sa main sa dague courte, celle que Mère lui a offerte avant qu'elle ne soit envoyée chez les Balor.

L'ours se dresse sur ses pattes arrière une fois

encore, grognant, menaçant, une promesse de nous mettre en lambeaux.

Hel me lance un sourire en coin et je manque de m'effondrer en la voyant… Bon sang, ma sœur m'a tellement manqué !

— Tu joues les mauviettes, mon frère ?

C'est impossible… Elle ne peut pas être dans ces maudits Bois empoisonnés ! Pourtant ma main se referme autour de mon couteau.

Soudain, l'ours se précipite vers ma sœur et la terreur s'empare de moi.

Je m'élance vers eux.

— Fais attention, hurlé-je, courant vers elle comme un dératé, jetant ma lame à terre.

Mon loup surgit, déchire mes vêtements, ma peau.

L'air s'engouffre et ne parvient pas à apaiser les flammes de colère qui me saisissent les entrailles.

Je ne m'arrête pas… Jamais je ne m'arrêterais. J'ai perdu ma sœur une fois parce que j'étais trop lâche pour la sauver, pour me dresser contre les loups ennemis. Mais il est hors de question que ça se reproduise.

CHAPITRE 14

NIKOS

— L'ours ! m'écrié-je sans quitter des yeux la monstrueuse créature qui émerge des bois.

Ses yeux jaunes me trouvent et un grognement s'échappe de l'énorme poitrine du nouveau venu. Je recule devant l'animal qui semble déterminé à faire de moi sa proie.

— Merde ! Crius, Stone !

Je jette un œil par-dessus mon épaule, voyant que personne ne répond, mais aucun d'eux n'est dans les parages. Stone est de l'autre côté de la rivière en train de faire je ne sais quoi, pendant que Crius entre et sort des bois, esquivant et roulant comme un dingue. Il a fini par perdre la tête. Je savais que ça arriverait un jour, mais pourquoi est-ce qu'il a fallu que ce soit maintenant ?

Évidemment, personne ne vient quand j'ai besoin d'aide. C'est toute l'histoire de ma vie, non ?

Qu'ils aillent tous se faire voir. Je n'avais pas besoin d'eux quand ma famille m'a vendu et je n'ai absolument pas besoin d'eux maintenant non plus. À la place, je baisse les yeux vers l'ours en approche, dont la fourrure est aussi noire que des plumes de corbeau. Il n'y a rien de normal chez lui, entre ses yeux flamboyants et le brouillard sombre qu'il semble traîner derrière lui. Il s'enroule autour de ses jambes, comme si j'étais en plein milieu d'un horrible cauchemar.

La tête rejetée en arrière, il pousse un rugissement qui me transperce les oreilles. Merde, ça m'a l'air plutôt réel.

Je saisis les lames dans mes bottes, une dans chaque main et me prépare à dépecer cette ordure. Ce n'est pas ma première rencontre avec ces boules de poil géantes.

Je lève la tête et fixe la promesse de mort contenue sur la gueule de l'animal, j'attends qu'il fasse un mouvement pour plonger.

Les secondes passent.

Puis il s'élance soudain vers l'avant.

Le sol tremble, mon regard reste fixé sur la bête. Je déglutis difficilement, la gorge nouée.

Les paroles de mon frère me reviennent à cet instant. *Laisse l'ennemi penser qu'il a gagné jusqu'à la toute dernière seconde.* Et c'est là que tu frappes.

J'ai le cœur au bord des lèvres. L'adrénaline de la bataille martèle littéralement tout mon corps, en réponse à la faim dans les yeux de l'animal. Il veut mon sang et je vais l'éliminer.

La créature s'élance, la gueule béante sur des dents acérées comme des rasoirs, les griffes déployées dans ma direction.

Je me jette sur le côté et l'animal se rue sur moi, mais

l'élan le rend lent et maladroit. Je l'attaque directement sur le flanc et enfonce mon couteau vers le haut dans la peau plus tendre du bas-ventre. La lame s'enfonce dans la chair.

Un grognement assourdissant s'échappe de la gueule de l'animal qui se retourne, étendant une patte de la taille de ma tête. J'esquive et me précipite vers sa poitrine.

Fais attention à la gueule, il faut toujours l'avoir en vue, chante la voix de mon frère dans mes oreilles.

À la hâte, je plante la lame vers le haut quand la créature se penche, gueule béante.

Mon couteau transperce son menton et s'enfonce jusqu'à la garde. J'abandonne mon arme et cours hors de portée de ses coups avant de faire volte-face.

Le cœur battant à tout rompre, je m'attends à retrouver l'ours effondré à terre. À la place, son grognement retentit comme le tonnerre et la lame enfoncée dans son menton n'y change rien.

C'est quoi ce bordel ?

C'est là que je me rends compte que cette bête ne saigne pas. Pas la moindre goutte et je percute d'un coup que j'ai affaire à la magie, à une bête peut-être déjà morte.

Comment suis-je censé lutter contre ça ?

— Narah, hurlé-je, mais quand je me retourne, elle n'est nulle part. Merde !

Je sens la peur m'envahir une nouvelle fois quand je vois l'animal qui se prépare de nouveau à attaquer, sans montrer le moindre signe de faiblesse.

Je tourne la tête, balaie la zone du regard en quête

des autres. Ragnar est le plus proche de moi, il se faufile dans les bois ombragés, concentré sur quelque chose à l'intérieur de la forêt.

— Ragnar ! hurlé-je.

J'ai besoin de renfort. Les mots enflent dans ma gorge quand je me rends compte qu'il ne semble même pas entendre mon appel. Au lieu de cela, il fonce à travers bois, me laissant derrière lui.

La peur m'envahit et la colère me fait l'effet d'un coup de poing dans le ventre. Cet enfoiré m'a abandonné.

Je tourne la tête vers les deux autres.

— Crius, Stone, j'ai besoin de votre aide !

Rien. Pas la moindre foutue réponse, ni même un regard dans ma direction.

Une haine froide m'envahit et s'empare de mon cœur, me rappelant que je ne suis personne pour eux, rien qu'un étranger. Celui dont ils peuvent se servir comme proie.

Je jette un coup d'œil et vois Narah s'enfuir dans les bois à la poursuite de Ragnar et je serre les poings.

La douleur du rejet me transperce et c'est à ce moment que l'ours lance son attaque et se jette sur moi.

Je suis seul pour affronter la mort. Mon cœur se serre et j'ai un arrière-goût de fureur sur la langue.

Dans mon esprit, il n'y a que le vide et je m'y suis habitué. La conscience alimente la peur dans mes veines.

Tout comme ma famille m'a abandonnée, tout le monde le fera.

Alors j'accepte mon destin d'être seul.

Un rugissement jaillit du fond de mes tripes et je me jette dans la bataille, prêt à me battre jusqu'au bout.

Crius

Coup après coup, j'enfonce mes poings dans le flanc de la bête blanche, mes pieds remuant rapidement. J'esquive sa patte qui se dirige vers moi et saute hors de portée de ses mâchoires qui claquent.

Il arrive vers moi si vite, si brutalement que j'en ai une poussée d'adrénaline. Je suis dans mon élément, face à l'animal. Nous nous déplaçons tous les deux à la vitesse de l'éclair et à chaque occasion, je lui assène des coups de poing, mais ça ne le ralentit même pas.

Merde !

Je suis à bout de souffle, mais plutôt mourir que d'abandonner.

Le grand monstre se tourne rapidement et se jette sur moi ; il est si grand qu'il masque la lumière au-dessus de moi. Je ris et me précipite sur lui, esquivant ses griffes tout en saisissant la hache à ma ceinture que je lui enfonce dans les tripes. Il trébuche soudain en arrière, perdant l'équilibre sous le coup de mon attaque.

Je profite de ce moment pour brandir l'arme vers l'animal avec une énergie folle. Le tranchant de la hache lui entaille le flanc, sa fourrure tombe, mais où est le sang ?

Il n'y a pas une goutte sur sa fourrure d'un blanc immaculé.

Je m'accroche au manche de ma hache et continue de trancher, en hurlant :

— Crève, putain d'ours, crève !

Soudain, sa patte me frappe au flanc sans que je m'y attende et je suis projeté à travers la clairière. Je tombe et heurte brutalement le sol, les flancs atrocement douloureux. Je touche mes côtes et ramène ma main tachée de sang.

— Espèce d'ordure !

Je gémis en me relevant, submergée d'une douleur aiguë. Je siffle à travers mes dents serrées. Cette griffure va me faire très mal avant de guérir.

Pour la première fois depuis trop longtemps, le doute s'insinue dans ma tête et je me dis que c'est peut-être une bataille que je ne peux pas gagner, que le moment de ma mort est venu. Que j'ai trop encaissé.

Ma tête me lance à cause de la douleur atroce de mes blessures et mon cœur bat pour que je continue de me battre. Je ne suis pas venu ici pour mourir avant mon heure. Ce n'est pas mon destin… pas encore et pas ici.

L'ours devient flou sous mes yeux et je secoue la tête, laisse tomber ma hache. D'une seule pensée, je fais émerger mon loup telle une tempête, déchirant mon corps. Je hurle à cause de la douleur dans mes côtes et du sang que je perds.

Autour de moi, les autres s'agitent, se promènent comme si de rien n'était, mais je n'ai pas besoin d'eux. Ça n'a jamais été le cas au combat.

À quatre pattes, je m'élance et attaque l'ours, babines retroussées. Rien ne m'arrêtera.

J'ai la vitesse pour moi et je contourne la bête, avant

de lui sauter dessus par-derrière avant qu'elle ne pivote. Je lui mords la jambe, plongeant mes dents dans sa chair et le goût sur ma langue est celui de la terre.

Je déchiquette la chair et la fourrure, fou de rage. Quand je recule hors de sa portée, je recrache le morceau de l'ours, qui retombe en poussière avant même de toucher le sol, disparaissant de ma vue.

Je tressaille et relève la tête quand le monstre se précipite vers moi, une fureur d'enfer au fond des yeux. Le nez froncé, la chose pousse un grognement assourdissant.

La rage déferle sur moi et une pointe de peur jaillit dans ma poitrine, car peu importe ce que je ferai, je ne serai pas de taille à terrasser cet ours.

Stone

— *R*agnar ! hurlé-je.

Il n'est qu'à trois mètres de moi, me tournant le dos tandis qu'un ours énorme gratte le sol au loin, le regard rivé sur moi. C'est comme si Ragnar ne sentait pas la présence de l'animal, ou qu'il n'était même pas capable de le voir.

— Gère tes propres emmerdes, aboie-t-il soudain et quand il tourne les yeux vers moi, je vois une féroce lueur jaune au fond de son regard.

Je me raidis, décontenancé : il y a un problème avec ses yeux.

Pourtant, sa réponse me tue, elle me fait mal. Jamais il ne m'a parlé comme ça avant.

— C'est quoi ton problème ?

J'attrape les lames à ma ceinture. Autour de moi, un vent terrible agite les arbres, les branches se balancent et bruissent. Je ne vois aucune trace de Crius ni de Nikos et derrière moi, Narah a disparu. Elle était là tout à l'heure et c'est pour ça que j'ai choisi cette position, pour bloquer tout ce qui pourrait venir vers elle.

Un frisson me parcourt l'échine et les runes de mon torse s'illuminent en bleu à cause de la magie qui imprègne l'air. Les poils de ma nuque se hérissent et le feu dans les yeux de l'ours ressemble un peu trop à celui que j'ai vu dans le regard de Ragnar.

Je jette un coup d'œil par-dessus mon épaule une fois encore, cherchant Narah des yeux. La peur m'étreint quand je ne vois aucune trace d'elle.

Un grognement fracassant m'oblige à reporter mon attention sur l'ours, qui est à présent en train de charger dans ma direction. Ses pattes avant martèlent le sol, tandis que les arrières le propulsent de plus en plus près de moi.

— On a de la compagnie, crié-je à l'équipe. Que quelqu'un le cerne par le côté et je le prends de front.

Le grondement lourd du tonnerre fouette l'air et je scrute mon adversaire, ses déplacements tonitruants.

Je me tends quand je constate que personne ne me répond.

— C'est quoi ce bordel, les mecs ?

La rage me consume.

— Mais bordel !

Je balance mes couteaux, c'en est trop. Je suis furieux, ma mâchoire se contracte.

L'ours tempétueux est presque sur moi. Je tombe à genoux et plaque mes paumes ouvertes sur le sol. Une vague déferle sur ma poitrine et en quelques secondes, elle transperce mes runes tandis que l'énergie dévale mes bras et pénètre dans le sol.

J'invoque l'énergie élémentaire pour qu'elle m'aide à combattre le danger en approche.

Aussitôt, le monde se met à trembler sous moi et une immense fissure ouvre la terre en deux, juste sous les pattes de l'ours.

Il est si près de moi que je sens son souffle chaud, au moment où il chute dans la caverne sombre. Ses gémissements terrorisés résonnent alors qu'il griffe frénétiquement les parois, tentant désespérément d'y grimper.

Mon cœur bat à tout rompre, mon pouls accélère tant je suis en colère contre Ragnar, ce qui alimente mon énergie alors que je déverse de plus en plus de mon pouvoir sur le sol. Je suis épuisé par ces conneries de sorcellerie.

— Ce n'est pas passé loin.

Mon murmure s'envole dans la brise.

La terre tremble, les arbres tanguent, la nature semble prendre vie et la fissure dans la terre se referme brusquement avec un dernier bruit sourd. Tout arrive si vite que le monstre n'a aucune chance.

Et il disparaît.

Plus de cris ni de menaces.

Bon sang !

Je me relève, secoue les mains pour les débarrasser du pouvoir tandis que la flamme au creux de ma poitrine diminue : je suis fier de moi. Maintenant, où est ce maudit Ragnar ?

Autour de moi, pas âme qui vive. Je fais demi-tour et regarde à la forêt quand, soudain, un autre ours sort de l'ombre et se précipite sur moi plus vite que le précédent, la gueule béante, la salive au vent.

Je tressaille et suis ramené à la dure et froide réalité de la situation.

Quoi que je fasse, la magie de ce territoire ne me laissera pas gagner, n'est-ce pas ?

Alors je brûlerai toute cette foutue forêt pour mettre un terme à tout ça.

CHAPITRE 15

NARAH

Comme les six fois précédentes où j'ai tenté de le faire, j'étends mes mains vers l'extérieur, en direction de la clairière au milieu des bois où les Alphas combattent quatre ours. Une ambiance de guerre règne sur les bois, des grognements et le grondement terrifiant de pattes massives sur le sol. Les hommes sont balancés par terre comme des poupées, mais ils ne restent jamais au sol, pas même une fois. Je commence à me demander s'ils ne sont pas indestructibles.

De petites étincelles dorées de magie jaillissent du bout de mes doigts, s'aplatissant à chacune de mes tentatives. J'ai envie de crier. Évidemment, elle choisit ce moment pour ne pas fonctionner et un frisson me parcourt l'échine en constatant à quel point je suis désespérée.

— Merde !

Je secoue les bras, sentant l'énergie me picoter la chair et j'essaie encore.

Rien, putain.

— Mais allez !

Des monstres et des choses terrifiantes arpentent ces bois et je ne peux rien y faire.

Un sort est en train d'attaquer les hommes. Je n'ai pas d'autre manière de décrire ce qui se déroule sous mes yeux et pourquoi les ours ne faiblissent pas, pourquoi ils laissent une traînée de brume noire derrière eux.

J'humecte mes lèvres sèches, prise de panique. Je fais les cent pas en me rongeant la joue.

Ces ours ne sont pas de vrais animaux… Absolument pas. Ils sont issus de la magie, ce sont des illusions faites pour tuer.

— Stone ! crié-je pour la dixième fois, parce qu'il est le plus proche de moi.

Mais il ne répond pas et quand il se tourne dans ma direction, son regard semble me transpercer.

Je déglutis difficilement, ma respiration s'accélère. Je dois comprendre comment leur venir en aide avant qu'il ne soit trop tard.

Les cris et les grognements emplissent l'air de colère et d'un poison qui souille la nature.

Des illusions… Mon esprit passe la scène en revue, avec chaque homme qui combat son propre ours. Les combats se croisent. Un ours balance un coup de patte sur le flanc de Ragnar, l'envoyant valser au sol. Il s'écrase sur l'ours blanc que Crius combat comme s'il n'était pas vraiment là. Personne ne semble se voir.

C'est faux… Toute cette foutue situation, ce n'est rien d'autre que des miroirs et des écrans de fumée et pourtant les hommes saignent suite aux attaques. Ils sont assez grands et forts pour s'occuper d'eux-mêmes, mais je m'inquiète quand même, car ils n'affrontent pas un ennemi ordinaire.

Je perçois la peur sur leurs visages, comme s'ils savaient qu'ils ne peuvent pas gagner cette guerre, sans oser arrêter de se battre. C'est stupide, mais j'admire leur ténacité. C'est comme si rien ne les effrayait... Sauf que tout le monde a peur de quelque chose.

Le moyen le plus rapide de se faire battre, c'est de laisser la peur entrer dans ton âme, me disait Père. *C'est comme ça que beaucoup tombent sur le champ de bataille. Ils ont laissé la terreur les vaincre.*

Je me creuse la tête pour trouver le moyen de les aider, tandis qu'un petit voile de magie frôle mes doigts avant de disparaître.

Les règles, me disait Mère. *La magie existe grâce aux règles et tout arrive pour une bonne raison. Pour annuler une attaque, il faut une cause et un effet, un positif et un négatif.*

Un mouvement me fait tourner la tête vers Stone, qui fait trembler toute la forêt. Sa puissance me stupéfie : il fend le sol avec une telle facilité pour qu'elle engouffre les ours qui l'attaquent, encore et encore. Pourtant, je sais que pour une sorcière, ouvrir le sol de cette manière n'est que la partie émergée de ses capacités... C'est quelque chose que je dois encore apprendre. Tout cela m'intimide un peu.

Cependant, une urgence me consume complètement et je respire profondément. Il faut que je fasse quelque chose.

Mon regard glisse sur les ombres qui entourent la clairière au milieu des bois. Je les vois s'assombrir, comme si d'autres ours se manifestaient pour attaquer les Alphas et les tuer.

Je ne devrais pas m'en préoccuper, car si je voulais m'éloigner de ces Alphas, c'est mon moment, ma chance de m'échapper. Pourtant, je ne peux me résoudre à m'enfuir et mes pensées sont incontrôlables. J'ai du mal à trouver un sens à autre chose que ces émotions brutes qui me poussent à protéger ces hommes sauvages.

Je dois être en train de perdre la tête. Je le regretterai peut-être plus tard, mais je ne peux pas m'éloigner d'eux alors que je peux les aider.

Je me précipite vers Stone à grandes enjambées, ma peau vibrant de peur, mes yeux passant successivement sur chacun des quatre combats qui se déroulent en même temps. Ce sont des sorts qui affectent les hommes… Cependant ils n'ont aucun effet sur moi, ce qui n'a aucun sens.

De l'autre côté du champ, les yeux de Crius sont emplis de terreur, du sang coule sur son corps alors qu'il remet ses vêtements après sa transformation et mon cœur se serre. Les ours sont tous de tailles et de couleurs différentes, mais les volutes de brume noire qui rôdent autour d'eux sont identiques. Ce doit être la clé qui les relie et l'idée me dévore.

Le sol engloutit un autre ours quand je rejoins Stone. Sa puissance est impressionnante, mais ce sort ne faiblira pas jusqu'à ce que l'épuisement le rende négligent et qu'il commette une erreur qui mettra fin à sa vie.

— Stone, l'appelé-je et je pose la main sur son bras.

Il tressaille sous ma main, ses épaules et sa tête se cabrent comme s'il s'attendait à voir un autre ours.

Quand il pose les yeux sur moi, je vois la douceur dans son regard et il secoue la tête, comme pour me voir plus clairement.

— Narah, où étais-tu, putain ?

Il reporte son attention par-dessus son épaule, vers les bois environnants, puis me regarde de nouveau. Le prochain ours ne va pas tarder à apparaître, alors nous n'avons plus de temps.

J'ai bon espoir que ça fonctionne, que ça fera une différence.

— Je crois que je sais comment arrêter ça.

Il reporte son attention sur moi, me prend la main et la serre.

— Eh bien, vas-y.

Je sens une montée d'adrénaline, tous mes sens sont en alerte, si tendus qu'ils vont exploser.

— Tout ici n'est qu'une illusion. Elle peut te blesser et même te tuer, mais jamais tu ne détruiras ces ours. Ils ne sont rien d'autre que de l'énergie pure.

Il secoue la tête.

— C'est génial, putain. Alors, sers-toi de ta magie.

Je déglutis difficilement, je sens l'obligation de réussir.

— Il ne s'agit pas de moi, lui expliqué-je, en repensant à mes tentatives ratées. C'est à toi de contrer le sort. C'est une illusion, un mensonge, alors il n'y a que toi qui puisses l'arrêter. Il faut que tu dises la vérité sur ce que tu crains vraiment.

Tout le contraire de leur bravoure.

Il me fixe, décontenancé, puis balaie les environs du regard et il plisse le nez sous le coup de l'inquiétude.

— Ça n'a aucun sens.

— Bien sûr que si, insisté-je, les épaules tendues.

Subitement, un rugissement retentit derrière Stone et nous regardons tous les deux l'immense ours qui se précipite vers nous dans la clairière. Ma bouche s'assèche et mon espoir s'amenuise.

Stone se jette au sol, posant les mains à plat sur la terre. Aussitôt ma peau me pique quand une énergie bleue descend le long de ses bras pour pénétrer le sol.

— Combien de temps tu vas continuer à faire ça ? Jusqu'à ce que tu t'effondres d'épuisement et que l'ours te tue ? lui lancé-je, totalement frustrée.

— Je ne comprends pas ce que tu veux que je fasse, Narah, aboie-t-il sans jamais quitter l'ours des yeux.

L'animal qui nous fonce dessus fait trembler le sol sous mes pieds. Je ne peux m'empêcher de reculer à cette vue effrayante.

— Ce sort, c'est un spectre. Comment tu te bats contre un mensonge ? Tu avoues la vérité sur quelque chose que tu as caché. Sur ce qui t'effraie. La magie, c'est une question d'énergie positive et négative, d'équilibre des forces. Ce n'est pas si difficile à comprendre.

Je sens l'irritation dans mes mots, parce que je voudrais qu'il agisse.

Une explosion éclate et je sursaute. Je lève les yeux au moment où la terre engloutit l'animal qui nous chargeait. Je détourne la tête, je ne veux pas le voir souffrir, même s'il n'est pas réel. Ses gémissements sont déjà assez compliqués à supporter.

Stone se relève rapidement et m'adresse un regard étrange.

— Alors il suffit que je te dise la vérité ? Rien que ça ? À quel propos ?

Mon pouls s'accélère, car ce n'est qu'une théorie, mais je n'ai rien de mieux pour l'instant.

— Dis-moi quelque chose sur quoi tu t'es menti à toi-même, quelque chose dont tu as peur. Puis tu le dis à l'énergie qui t'enveloppe. Un secret que tu n'as jamais avoué à personne. Genre « j'ai envisagé quelques secondes de vous laisser mourir ici tous les quatre pour pouvoir m'échapper ».

J'ai les joues en feu à l'idée de lui dire en face, mais je n'ai pas de patience pour faire preuve de tact à cet instant.

Son visage se ferme, puis il hausse les épaules.

— Oui, j'aurais sûrement fait la même chose.

Je regarde Crius qui saigne abondamment du flanc et je ne cesse de penser aux paroles de Père qui disait que laisser la peur s'installer mène à l'échec. Peut-être que ma stratégie de leur faire admettre leur peur est mauvaise, mais alors qu'est-ce que ça pourrait être d'autre ? C'est forcément ça qui les retient, ce qui est en jeu ici.

— Chacun de vous mène sa propre guerre. Peut-être que les ours représentent chacune de vos peurs, alors il vous faut les confronter à la réalité de ce qui vous effraie.

Il a beau froncer les sourcils, il ferme les yeux un instant et répond :

— C'est ridicule, mais je vais jouer le jeu, accepte-t-il en grognant, puis parle d'une voix douce. Je dis à tout le monde que je vais bien, alors qu'en vérité je suis terrifié à l'idée de ne jamais être pris au sérieux et de rester une blague pour les Alphas.

Il s'interrompt et je reste suspendue à ses lèvres, mon cœur martelant ma poitrine à l'idée de l'entendre avouer une chose à laquelle je ne m'attendais pas. Puis il ouvre les yeux.

— Quelque chose comme ça ?

Sa voix s'assombrit et il grimace, comme s'il avait subitement envie de retirer ce qu'il vient de dire.

Je l'attrape par le bras, mais il s'éloigne de moi et mon ventre se noue à l'idée que j'aie pu le blesser.

— Stone, ce n'est pas…

Soudain, ses yeux s'écarquillent de surprise et ses jambes se dérobent en une fraction de seconde. Il s'effondre au sol. Les yeux fermés, il est à moitié couché sur le côté, un bras sur le ventre. Il s'est évanoui.

Le froid déferle sur ma poitrine et sous le coup de la panique, je tombe à genoux près de lui.

— Stone !

En hâte, je vérifie son pouls. Il est toujours en vie… mais son rythme cardiaque ralentit.

— Réveille-toi !

Je le secoue frénétiquement.

Il ne répond pas.

Qu'est-ce que j'ai fait ? Je sens mes veines se glacer et je le fixe, attendant qu'il se réveille, quelque chose.

Mais il n'y a rien.

Pas de réveil soudain ni de rire pour me dire qu'il plaisante.

Rien du tout.

— Merde. Merde. Merde, juré-je en le secouant par les épaules. Je t'en prie, réveille-toi.

Toujours aucune réponse et je m'assieds sur mes talons. Mes yeux me brûlent à cause de la peur que je ressens d'avoir empiré les choses. D'être la cause de sa mort.

Je relève la tête et ne vois aucun ours lui courir après. Comme il est inconscient, la créature n'a rien à attaquer. De leur côté, les trois autres Alphas ne relâchent pas leurs efforts, mais leurs mouvements sont plus lents, plus épuisés.

Un tremblement s'empare de mes mains et remonte le long de mes bras et un doux gémissement m'échappe.

Que dois-je faire ?

Je me passe la main dans les cheveux, encore et encore, me relève et baisse les yeux vers Stone. Je tremble et serre mes bras autour de moi, le souffle haché. J'ai la tête remplie d'images de la mort de Stone, de celle de tous les Alphas. Quand je regarderai mes mains, le bout de mes doigts ne sera plus noir, mais couvert de leur sang, car tout ceci sera ma faute.

Tout est ma faute.

J'ai mis mes sœurs en danger parce que je n'ai pas su contrôler ma magie.

Kaira est toujours là quelque part.

Les larmes me brûlent les yeux et j'ai envie de m'effondrer, de pleurer sur cette injustice, je voudrais être plus forte. J'ai envie de retourner dans cette chambre d'auberge où je vis depuis des semaines, sauf que je suis loin d'y être en sécurité, n'est-ce pas ? Ici, je suis en pleine nature, là où la mort attend dans l'ombre, où même les animaux n'osent pas s'aventurer.

Mais j'ai l'impression qu'une terrible tempête s'annonce… Et que je ne pourrais pas y échapper si je ne fais pas demi-tour maintenant.

Je garde le silence un long moment, me détestant d'avoir laissé tomber mes parents, de ne pas être ce qu'ils voulaient que je sois.

Les râles étouffés des hommes et des grognements me poussent à relever le regard. Ils mènent une bataille perdue d'avance.

— Reprends-toi, Narah. Réfléchis.

L'ours de Stone ne revient pas et pour l'instant il est toujours en vie. Tous les hommes sont sous le coup du même sort. Ça signifie donc une chose. Ils sont reliés par ce sort. Évidemment.

Je n'attends pas que cette idée s'installe, je file en direction de Crius, poursuivant cette seule possibilité que j'ai de les sauver.

L'étalage brut de sa virilité sauvage quand il bondit hors de portée de l'ours attire mon attention. Crius fait volte-face et se jette sur l'animal et j'en reste pratiquement pétrifiée de stupeur. Crius séduisant et puissant, surtout avec la vitesse et la précision de ses déplacements.

— Crius.

Je tends la main et touche son bras.

Il me regarde, les joues et le front striés de sang et je grimace.

— Dégage d'ici ! me lance-t-il d'un ton sec, avant de pivoter vers la créature qui le charge.

Il rejette si facilement le monstre à fourrure blanche que je ne peux détourner le regard.

Il heurte l'épaule de l'ours et à la vitesse de l'éclair, lui plante sa hache à l'arrière du crâne avant que la bête ne le projette. Il perd sa prise sur l'arme toujours enfoncée dans le cou de l'animal et il est projeté à travers la clairière avant de s'écraser contre un arbre.

Il gémit et heurte brutalement le sol.

Je cours jusqu'à lui, terrifiée à l'idée qu'il meure. L'ours ne semble pas me remarquer, mais il grogne furieusement en essayant d'atteindre la hache plantée dans son cou.

— Le sort est une illusion et tu peux l'arrêter en disant à voix haute la vérité sur ce qui te fait peur.

Il hausse un sourcil en me regardant.

— C'est un genre de piège pour apprendre à me connaître ? Tu n'as pas besoin de faire tant d'efforts, ma belle. Il suffit de demander et je suis à toi.

Il est possible que je vienne de me pâmer, mais ce n'est pas le moment de se montrer sentimental.

— Ferme-la et écoute-moi. Tu ne peux pas gagner cette bataille avec ta force. Il faut que tu contres le sort.

Il s'époussette alors que l'ours rugit, se dresse sur ses pattes arrière, frappant l'arme toujours logée dans sa chair.

— Tu vas te dépêcher, oui ? lui lancé-je, regardant le sang qui s'écoule de sa hanche et trempe son pantalon.

Je ne sais même pas comment il réussit à tenir encore debout après avoir perdu autant de sang. Il me domine une légère inclinaison due à une blessure à la jambe et les griffures profondes de son cou me font peur.

Il hausse les épaules, puis gémit en pinçant les lèvres. De toute évidence, il souffre.

— Tu veux savoir quelque chose, n'est-ce pas ? commence-t-il avec un ton sec. Savoir pourquoi je suis tellement foutu… Une fois j'ai passé un marché avec les Alphas de la meute voisine, qui m'avaient défié : j'ai accepté de tous les affronter tout seul. C'est dingue et je le savais, mais je n'ai pas pu reculer. Ragnar y a mis un terme avant que ça commence, sinon je ne serais pas là devant toi.

Il m'adresse un petit sourire, comme si ça lui faisait mal de l'avouer devant moi.

— Je ne te juge pas, lui dis-je pendant qu'il observe l'ours qui retombe à quatre pattes avant de s'élancer vers nous.

— J'ai une peur bleue d'échouer, de ne pas gagner une bataille, de faire tuer les autres. Tandis qu'étrangement, je n'ai pas peur de mourir.

Au moment où ce dernier mot passe la barrière de ses lèvres, ses yeux se révulsent et il tombe au sol, tandis qu'une ombre se dessine au-dessus de nous.

Mon pouls martèle mes oreilles et mon esprit ressasse ce qu'il vient de me révéler ;

Une brume sombre s'abat brusquement sur nous et je me baisse par instinct, les mains sur la tête. En disparaissant, l'ours obscurcit le monde pendant un instant, diffusant une impression sinistre dans une forêt déjà effrayante.

Crius gît à mes pieds, étalé sur le dos, les bras

étendus de chaque côté de lui, les jambes repliées… Et il a perdu connaissance, tout comme Stone. J'ai envie de croire que ce que je fais va fonctionner. Faites que ça marche.

Sauf qu'une partie de moi est toujours abasourdie par ce qu'il a dit au sujet de la mort… À mes yeux, le plus effrayant de tout, c'est la mort. Laisser mes sœurs derrière moi, c'est mon pire cauchemar et Crius de son côté il l'accepte ? Il est bien plus effrayé par l'idée de ne pas réussir.

Mais je chasse ces pensées : je dois aller voir les deux autres Alphas.

Sans perdre une seconde, je fais demi-tour et cours à toute vitesse, en hurlant avant de l'atteindre de l'autre côté de la clairière.

— Nikos !

Quand je pose la main sur son dos, il se retourne et fronce les sourcils, avant de reporter son attention sur l'ours. Quel est son problème ? Pourquoi souffle-t-il en permanence le chaud et le froid ?

— S'il te plaît, Nikos, dépêche-toi.

Je lui prends la main, l'implorant de s'ouvrir, lui expliquant ce qu'il doit faire. Il fronce les sourcils comme si je lui avais fait un affront en lui montrant que je tenais à lui. Il se retourne, arrache sa main à la mienne et charge l'ours.

Sa réponse me parvient avec le vent.

— J'ai menti à Ragnar en lui disant que je n'avais pas l'intention de quitter sa meute, avoue-t-il en esquivant la patte de l'ours et saute dans la bataille, plantant au passage ses lames dans le ventre de la bête. Au final, c'est plus facile si je m'en vais avant qu'on me jette dehors.

Ses paroles sont aussi violentes que les coups qu'il délivre à l'animal, mais au bout de quelques secondes, il s'effondre au sol pendant que l'ours se change en une brume flottante, qui s'évapore dans la brise.

Pourtant, je suis incapable de bouger ; je me noie plutôt dans le secret de Nikos, écoutant la défaite de celui qui accepte déjà de se faire mettre de côté. Bon sang, ces hommes sont coriaces comme des montagnes, mais à l'intérieur, ils sont tout aussi brisés et tordus que moi.

Même si j'ai envie de le secouer pour le réveiller et l'obliger à parler de toute cette merde, je m'écarte de lui et me dirige vers Ragnar dans son corps de loup blanc, en train de se battre contre un énorme ours brun. Je suis toujours étonné de voir à quel point il est massif… Il ne ressemble en rien aux Alphas que j'ai connus. Cependant, c'est lui le dernier à qui je dois venir en aide et je me précipite à ses côtés. Je ne suis pas sûre d'avoir envie d'entendre son secret, pour être honnête, parce que je souffre déjà des révélations des trois autres.

Je me rapproche de lui au moment où il s'élance pour attaquer. Une longue blessure sur son bras est visible et semble douloureuse. Son sang goutte derrière lui. Il boite, il se déplace lentement. Intérieurement, je souffre, j'ai du mal à les voir aussi amochés en même temps qu'ils s'acharnent à mener une bataille qu'ils ne gagneront pas.

— Ragnar, crié-je, doutant qu'il puisse m'entendre.

Alors je me précipite vers lui, tends le bras vers son dos.

Soudain, l'ours balance la tête et frappe Ragnar en plein visage. Il gémit de douleur et recule si vite que je n'ai pas le temps de m'écarter de son chemin.

La panique s'empare de moi tandis que je crie et il se retourne si vite que son énorme tête de loup me percute avec la force d'une montagne. Je me retrouve à terre, une terrible douleur aiguë serpentant entre mon nez et mes yeux. Des étoiles clignotent dans mon champ de vision et une obscurité grandissante s'approche de moi.

CHAPITRE 16

RAGNAR

Je suis momentanément aveuglé par la confusion alors que je percute Narah. Elle tombe au sol sous l'impact, ses yeux papillonnent avant de se fermer.

D'où est-elle venue ? Il y a un instant ma sœur, Hel, était près de moi et celui d'après, elle avait disparu. À présent, Narah surgit de nulle part.

Le rugissement assourdissant de l'ours est juste là et je suis terrorisé à l'idée que Narah soit à présent en danger de mort. Pourquoi n'a-t-elle pas simplement rayé ce foutu ours de la carte ?

Merde ! Je détourne le regard de son cops amolli, le cœur serré et me retourne au moment où l'ours se jette sur nous.

Le monde s'assombrit pendant quelques instants alors que la masse sombre semble prête à engloutir le monde. Je devrais être terrifié, mais je suis tellement enragé que Narah risque sa vie. Une nouvelle vague d'adrénaline me submerge, déferle dans mes veines.

Toujours dans mon corps de loup, je me jette sur la bête pour la détruire. J'en ai assez de ces conneries.

Nous nous heurtons et je ne vois plus que de la sauvagerie, une fourrure sombre et la colère qui me rend dingue. Plus rien ne compte, si ce n'est éliminer l'ennemi et protéger Narah. Mon loup prend les choses en main et il exige que nous la sauvions avant d'enfin la revendiquer. Il est furieux que je traîne les pieds, que je ne l'aie pas déjà soumise à l'accouplement, parce qu'il veut absolument que nous la gardions pour nous.

Je suis toujours confus à ce sujet… J'ai perdu une âme sœur et je me suis promis de ne plus jamais prendre de femmes en dehors des parties de jambes en l'air. Et Narah… Elle est ici pour notre mission. C'est pour ça que j'ai gardé mes distances.

Dans ma tête, mon loup éclate de rire, parce que personne n'est dupe.

Merde ! Ce n'est pas ce que je veux entendre.

Je continue de massacrer l'ours, encore et encore, plongeant les dents dans la fourrure et la chair douce, j'arrache des morceaux. Il n'y a pas de sang et ce n'est pas normal. Rien de tout ça n'est normal.

Une brûlure vive me remonte l'échine et je hurle de douleur sous la griffe de l'ours qui m'arrache la peau.

Je bondis hors de portée de son prochain coup, en esquive un autre et m'éloigne de lui. Ce n'est qu'à ce moment que je constate la portée de l'attaque que j'ai menée contre lui. Il porte des marques de morsures, il lui manque des morceaux de chair sur le torse et le ventre. Il titube, mais les étincelles noires qui crépitent autour de lui font cicatriser ses blessures.

Je déglutis, vacillant sur mes pieds. Comment pourrais-je battre l'imbattable ? Mais ça ne m'avance à rien de laisser mon esprit se faire envahir de ce genre de connerie.

— Je suis invincible, me rassuré-je.

Puis je me retourne et file à toute vitesse vers Narah, sachant qu'il nous faut nous enfuir. Je n'ai pas honte de fuir un combat si la vie d'une personne est en danger.

C'est notre seule chance de nous échapper.

Quand j'arrive près de Narah, mon loup se retire, mes membres s'étirent, mes os craquent. Une douleur brûlante s'empare de mon corps, mes blessures me font terriblement souffrir. Les griffures infligées par l'ours sur mon dos et ma poitrine s'enflamment, j'ai la tête qui tourne. Je grimace sous le coup de la douleur et remue la tête pour retrouver une vision claire.

— Je suis invincible.

Mon loup est mon armure, mais pour l'instant je dois porter Narah loin d'ici et je ravale la douleur atroce qui me submerge.

Je ne vois aucune trace de mes hommes quand je scrute la clairière et je suis bien trop épuisé et j'ai trop mal pour être furieux qu'ils aient disparu. Ils devaient avoir de bonnes raisons, car nous ne faisons qu'un et que jamais nous n'abandonnerions les autres. Une nouvelle inquiétude monte en moi, à l'idée qu'ils soient peut-être plus en danger que moi.

Je m'accroupis et prends Narah dans mes bras. À pas rapides, je l'emmène loin de là. Derrière moi, l'ours titube encore, mais je sais qu'il sera rapidement guéri et qu'il me poursuivra. Et je n'ai pas l'intention de l'attendre pour le laisser faire.

Narah se laisse retomber mollement contre ma poitrine, un énorme hématome rouge se formant sur son front, à l'endroit où nos têtes se sont percutées. Merde ! J'ai envie de la secouer pour s'être montrée assez stupide pour s'approcher de moi en pleine bataille. Mais peut-être avait-elle une solution magique ?

Je n'en sais rien, mais c'est moi qui la protège et c'est ainsi que ça doit être.

— Merde, Narah, grogné-je.

Mes pieds martèlent le sol et je ne cesse de regarder par-dessus mon épaule, cependant chaque fois que mes yeux se posent sur elle, mon loup grogne son envie de la revendiquer.

Sauf que je suis toujours en colère qu'elle se soit mise en danger et qu'elle n'écoute jamais la voix de la raison.

— La prochaine fois que je te dirai de rester en arrière, tu écoutes !

Elle ne répond pas. Certes, je ne m'y attendais pas, mais toute cette situation est tordue.

— Je ne sais pas comment tu as fait, mais je n'apprécie pas que tu te faufiles sous ma peau et que tu infiltres mes pensées. Ton parfum est en permanence dans mon nez, la douceur de ton corps est dans ma tête et plus le temps passe et plus je meurs d'envie de te prendre.

Dans mon dos, l'ours se dresse sur ses pattes arrière, totalement guéri et mon cœur manque de s'arrêter quand la créature me regarde fixement, avec la ferme intention de nous charger. Il me faut un endroit où cacher Narah, la mettre hors de danger.

— Tu veux savoir la vérité, lui dis-je et je m'élance, la serrant contre moi alors qu'elle rebondit dans mes bras. Je n'ai pas envie de t'apprécier ni de te prendre pour mienne. Je me suis promis de ne pas le faire. Pas avec ma vie merdique et compliquée. Mais tout en toi me pousse à douter de moi et quel que soit le sort que tu m'as jeté, il faut que ça cesse. Parce que maintenant, je vais te faire mienne et te garder jusqu'à la fin des temps. Et ça, ça me fait bien plus peur que ce monstre qui en a après mon sang.

Le sol tremble derrière moi et je fais face à l'animal qui charge.

Dans le même temps, mes genoux cèdent brusquement et une étrange sensation m'enveloppe. Je me sens épuisé, extrêmement faible et le monde autour de moi vacille.

C'est quoi ce bordel ?

Mes bras se relâchent et Narah glisse. Elle tombe au sol et tout ce qui m'entoure s'incline.

Je suis pris de terreur. Qu'est-ce qui m'arrive ? Rassemblant mes dernières forces, je lève la tête vers l'ours au moment où son corps commence à se dissoudre en une brume noire. La créature disparaît aussi vite que les ténèbres envahissent mon esprit et m'éloignent de ce monde.

Narah

Quelque chose de doux me caresse la joue et je mets quelques instants à revenir à la réalité, me rappeler du sort avec les ours et la situation dangereuse dans laquelle nous nous trouvons tous.

Cette pensée me fait ouvrir les yeux et Crius est là en me contemplant en souriant.

— Comment te sens-tu, ma belle ? demande-t-il en écartant des mèches de cheveux de mon front, ce qui me fait grimacer. Tu as un énorme bleu.

Il tend la main et me touche le front.

— Aïe.

Je le repousse et me redresse. Crius me prend immédiatement la main et je suis debout en un instant. Au début, la terre vacille autour de moi, puis je m'agrippe à son bras costaud, jusqu'à retrouver mon équilibre.

L'étreinte de Crius se resserre, il ne me laisse pas tomber. Je m'agrippe à son t-shirt.

L'endroit est très calme et je sens l'air frais contre mon visage, j'entends le bruit sourd de mon cœur dans mes oreilles. Nous ne sommes plus dans la clairière, mais de nouveau au bord de l'eau de la rivière. Un feu brûle à proximité, tandis qu'au loin, Ragnar, Nikos et Stone avancent vers nous en marchant le long du bord de l'eau.

— Tu as guéri, remarqué-je en observant le corps de Crius. Tu saignais énormément à cause de l'attaque de l'ours.

— Ma blessure s'est refermée, ça ne prendra pas bien longtemps pour qu'elle guérisse complètement. Ça fait quelques heures que tu es inconsciente maintenant.

— Ah oui ?

Les échos de ce que nous venons de vivre résonnent dans ma tête, pendant que les arbres se balancent dans la brise fraîche et que la rivière scintille sous la lumière du soleil. Je lève les yeux, car le soleil m'a manqué.

— Tu nous as sauvés, m'annonce Crius, repoussant des cheveux plaqués sur mon visage et à son contact, je fonds. Et c'était une manière très maline de le faire. Même si je dois t'avertir… Tout le monde n'est pas particulièrement ravi d'avoir dû partager ses secrets avec toi.

Je cille en le regardant, comme sa mâchoire ciselée et ses pommettes saillantes, ses yeux noisette brillants avec des taches vertes.

— J'essayais de vous sauver la vie.

Je repense à l'aveu de Crius, qui n'avait pas peur de mourir, mais qui s'inquiétait plus d'impressionner les autres.

— De mon point de vue, je t'ai raconté quelque chose d'intime et tu m'as aidé à m'en sortir. Tu n'étais pas obligée de le faire, mais j'apprécie, marmonne-t-il.

— Tu ne te soucies vraiment pas de mourir ?

Les mots sortent tous seuls, dans un murmure et je les regrette aussitôt.

Il me fixe durant un long moment, arborant une expression impassible.

— Il y a bien longtemps que j'aurais dû mourir pour les actes que j'ai commis, Narah et non, ce n'est pas le genre de secret que tu pourrais m'arracher.

Sa mâchoire se contracte et une flamme douloureuse passe dans son regard. Le malheur que j'y lis me fait mal au cœur ; à présent, je regrette d'avoir posé la question. Qu'est-ce qui a pu se passer pour qu'il souhaite mourir ?

Je lève la main pour la poser sur le côté de son visage, toujours incapable de réaliser que tout ceci est réel et que nous avons survécu au dernier sort. Il se laisse doucement aller à ma caresse et ferme les yeux un instant, comme si la réalité ne l'avait pas encore atteint. Il ne bouge pas et j'ai envie de me pencher pour goûter ses lèvres. J'observe la magnifique structure de son visage, sa gorge, son corps puissant et j'avance en guise de réponse. J'ai presque envie de lisser de ma main les plis tendus sur l'arête de son nez.

Il ouvre les yeux.

— Narah, pourquoi n'as-tu pas de blessures à cause de l'attaque d'ours ?

Il change habilement de sujet et je n'insiste pas non plus.

— Aucun ne s'en est pris à moi. Rien qu'à vous quatre.

Alors que les mots sortent de ma bouche, je ne peux m'empêcher de me demander si les sorcières ne jouent pas un jeu avec nous. Est-ce qu'elles voulaient voir comment je réagirais, comment je me servirais de mon pouvoir pour leur venir en aide ?

Mes doigts se resserrent sur la chemise de Crius. Mes pensées s'emballent et j'ai la terrible certitude que nous nous dirigeons vers un piège bien plus grand, auquel aucun d'entre nous ne pourra échapper.

Un tremblement remonte dans ma colonne et je lève les yeux pour croiser son regard.

— Il serait peut-être sage de faire demi-tour et d'oublier cette mission.

En réponse, il plisse les yeux, mais c'est la voix d'un autre qui nous distrait.

— Elle est réveillée, déclare Stone, empêchant Crius de répondre.

La voix de Stone est dure et quand je lui fais face, je vois des ombres sur son visage. Son secret, celui de n'être pris au sérieux par personne, me revient à l'esprit et je sais qu'il pense que je ne suis pas digne de connaître cette partie de lui. Pourtant il ne pourrait pas avoir plus tort.

Crius me libère de ses bras et je me tourne vers les trois autres qui s'approchent.

Nikos pose sur moi le même regard troublant que Stone, celui qui me rappelle son intention de quitter la meute de Ragnar, parce qu'il s'inquiète d'être expulsé comme il l'a été de sa propre famille. Il détourne les yeux et mon cœur se serre. Ce n'est pas ce que je veux… Qu'ils s'éloignent, qu'ils se dévalorisent.

Ces hommes pourraient me réduire en morceaux et pourtant ils se replient sur des secrets auxquels ils se raccrochent comme si leur vie en dépendait.

Seul Ragnar me fixe d'un regard dominateur… Bien sûr, il n'a aucune raison de me détester, mais le ferait-il s'il m'avait révélé son secret le mieux gardé ?

— Comment as-tu survécu ? lui demandé-je. Je n'ai pas eu le temps de te dire comment briser le sort.

Il hausse les épaules et penche la tête en arrière. Il pince les lèvres, mais sans jamais me quitter du regard.

— J'allais te poser la même question. J'ai couru avec toi dans mes bras pour échapper à l'ours et juste après je me suis évanoui et l'ours s'est dissous dans le néant.

Ses yeux bleu pâle me scrutent et ça me fait frissonner. Il n'est pas le genre d'homme à se montrer gentil s'il pense que je lui cache quelque chose.

— Je suis sûr que Narah t'a fait cracher ton plus sombre secret comme elle l'a fait avec nous, car c'est ça qui nous a fait perdre connaissance, souligne Nikos d'un ton amer.

Je me hérisse, c'est plus fort que moi.

— Ne rejette pas la faute sur moi. Je vous ai sauvé la vie. Je suis désolée que tu aies eu à partager quelque chose avec moi, mais je ne te juge pas pour ça et je n'en parlerai à personne, alors ravale ta haine.

J'ai envie de frapper Nikos au visage parce qu'il est là, sombre et redoutable, et que de toute évidence, il n'est pas prêt à me pardonner. Sauf que je n'ai rien fait de mal. Mes bras tremblent le long de mes flancs.

— Personne n'est contrarié parce que tu nous as sauvés, intervient Crius qui tente de jouer les pacificateurs. Il faut que tu comprennes que nos origines sont tordues et bien plus que brisées. Pourquoi crois-tu que nous nous entendions si bien tous les quatre ? Et ce que nous avons partagé avec toi, c'est un petit aperçu de nos faiblesses. Ce n'est pas une chose sur laquelle on a envie de se confier. C'est le genre de merde qui te rend doux et vulnérable. Alors, laisse-nous du temps et on va tous gérer ces conneries à notre manière.

Je sens se tendre les muscles de mes épaules.

— Très bien, je comprends, mais ne vous en prenez

pas à moi et ne me regardez pas comme si j'étais le diable en personne, alors que j'ai juste essayé d'aider tout le monde.

Debout devant eux, ma colère et ma frustration ne cessent d'enfler et mon esprit s'enflamme. J'ai envie de leur balancer des tas de mots injurieux. À cela s'ajoute cette nostalgie de ma louve pour Martell, qui persiste à penser que tout serait tellement plus simple si seulement j'avais contrôlé ma magie en sa présence. Sauf que je n'étais pas assez bien, sinon il ne m'aurait pas rejetée. Tout ce dont je me souviens, c'est de la haine et de la peur dans ses yeux quand il m'a regardée… Et à présent je vois passer une expression similaire sur les visages de ces Alphas.

Comme personne ne dit rien, alors j'enchaîne.

— Comme je l'ai dit à Crius, je propose de faire demi-tour et d'oublier cette mission. C'est une foutue perte de temps et je pense que nous nous dirigeons vers un piège plus grand encore.

Je n'attends pas leur réponse, parce que je tremble de colère. À la place, je fais demi-tour et m'éloigne d'eux… Je veux être partout sauf près d'eux. Comment osent-ils se montrer aussi ingrats ?

Je m'engouffre dans les bois, la respiration lourde, les yeux pleins de larmes ; je déteste qu'ils me fassent ressentir ce genre de choses. J'ai été bouleversée par ce qu'ils m'ont raconté, par la tristesse de leurs passés. J'aimerais pouvoir tout effacer pour eux, mais ils ne me laissent pas être là pour eux. Et ils ne sont pas les seuls à avoir eu une enfance terrible.

— Narah ! m'appelle Ragnar dans mon dos.

Cependant, je me précipite en avant, sans regarder en arrière. Je ne suis pas prête à gérer ça, ni à ce qu'il me voie pleurer à cause d'eux.

Ils ne le méritent pas.

CHAPITRE 17

NARAH

J'essuie mes yeux pleins de larmes, filant à toute vitesse à travers les arbres. Je hais la rapidité avec laquelle les Alphas semblent s'être retournés contre moi.

Ragnar est juste derrière moi, ses pieds martèlent le sol rapidement, me prévenant qu'il approche.

— Narah, crie-t-il, de la colère dans la voix.

— Laisse-moi tranquille, lui lancé-je par-dessus mon épaule.

Mais sa main se referme sur mon poignet et je n'ai pas le temps de voir clair que je me retourne et me heurte à son torse de pierre.

— Pourquoi tu cours ? Où comptes-tu aller ?

Je garde la tête baissée. Je déteste ces Alphas de toutes les fibres de mon être, pour m'avoir séduite et maintenant je tiens à eux. Ce n'est pas pour ça que je suis venue dans ces bois maudits.

— Parle-moi, insiste-t-il d'un ton ferme.

Ses yeux bleus flamboient quand je regarde et je

m'attendais à ce qu'ils soient froids et vides, mais ils sont pleins de chaleur. J'essaie de lui échapper, de mettre de la distance entre nous, mais il raffermit sa prise.

Je relève encore le menton, cille pour chasser mes larmes et lui parle directement.

— Est-ce que tu sais que j'ai envisagé de vous laisser avec les ours ? Et laisse-moi te dire que c'était une idée franchement tentante.

De sa main libre, il me touche l'épaule et je sens le désir s'étirer au creux de mon ventre. Je suis confuse quant à mes sentiments et ma louve qui ne cesse de croire que Martell viendra nous chercher, alors que les seuls que je désire, ce sont ces hommes. Alors ma réponse est de fuir tout le monde, jusqu'à ce que je trouve ce que j'ai envie de faire dans ce maudit monde.

— Pourquoi tu ne l'as pas fait ? demande-t-il, l'air de penser que la décision aurait été facile pour lui.

— Tu aurais fait quoi à ma place ? rétorqué-je.

— S'agissant de ma meute, je les aurais sauvés sans réfléchir. S'agissant d'ennemis, je n'aurais pas perdu une seconde et les aurais laissés mourir.

Il est possible que je sois restée bouche bée en l'entendant avouer de but en blanc qu'il pense que j'ai pris la mauvaise décision.

— Je suis désolée, mais si je comprends bien, tu m'aurais laissée mourir ?

Je tremble alors qu'il me toise, me scrutant avec son ego surdimensionné d'Alpha et pourtant, j'ai versé des larmes pour eux. L'enfoiré. Il m'a tellement énervée que je ne me souviens même pas pourquoi j'ai pleuré pour eux.

— Eh bien, il est clair que c'est là-dessus que nos points de vue divergent, lui asséné-je d'un ton sec, avant de tirer sur mon poignet pour le libérer ; ensuite, je m'éloigne à reculons. J'ai un cœur et je ne pourrais jamais laisser quelqu'un mourir… Pas même un ennemi, apparemment.

Il m'observe de derrière ses paupières mi-closes et ne fait pas un geste vers moi.

— Mais je comprends, reprends-je. Je suis faible d'avoir des sentiments, de tenir aux gens, mais au moins je ne me noie pas dans les ténèbres qui engloutissent tes hommes là-bas. Leurs secrets les rongeront jusqu'à ce qu'ils les détruisent.

Je me détourne de lui et m'éloigne à la hâte.

Seules les voix des autres près de la rivière, que l'on entend faiblement, remplissent le vide. J'ai le tournis avec tout ce que nous avons traversé et de toutes les confessions des Alphas. Ça ne devrait pas me tracasser. Ils ne sont pas mon problème et pourtant mon estomac se noue quand je pense à leurs souffrances.

Je fais volte-face et cours dans la direction opposée, car j'en ai assez. Je ne veux plus faire partie de cette mission. Pas après avoir été assez stupide pour laisser ces Alphas vikings s'infiltrer sous ma peau, pour les désirer. Quand est-ce que c'est arrivé, en fait ?

En un seul souffle, ma magie s'éveille, les bois se précisent sous mon regard et des fils d'énergie courent sur le bout de mes doigts noircis.

Il n'y a pas de sortilèges alentour et devant moi se

trouve une lumière brillante provenant de cet endroit où les bois s'éclaircissent. Je presse le pas et pénètre dans une prairie où l'herbe verte et les fleurs jaunes ondulent. Je pourrais presque me laisser aller à penser que cet endroit est magnifique, sauf qu'il empoisonne tout ce qui s'en approche. Je le vois maintenant.

Je continue à courir, l'herbe longue frôlant mes genoux.

Quand je me retourne, Ragnar surgit brusquement des bois, juste sur mes talons et mon cœur me monte à la gorge en voyant la férocité de son expression, la fureur dans ses yeux.

J'ai à peine le temps de réagir qu'il est sur moi, me dominant de sa haute taille. Ses mains puissantes m'attrapent par la taille et il me tire en arrière. Il me retourne vers lui et la colère me transperce.

Je plaque une main sur sa poitrine et parle d'une voix forte et tremblante.

— Non, tu n'as pas le droit de m'empêcher de partir.

Il me rapproche de lui malgré tout et avec une douleur dans les yeux, une peine lancinante qui s'échappe de sa gorge.

C'est l'odeur de brûlé qui me fait baisser les yeux vers l'endroit où ma main est posée sur sa poitrine. Ma main est toujours pleine de magie et le brûle à travers le tissu de sa chemise. Je marque sa chair de mon pouvoir.

La peur m'envahit et d'une simple pensée, je fais disparaître ma magie, mais avant même que je puisse retirer ma main, sa bouche est sur la mienne.

Elle est puissante et ses baisers me dominent, sa

langue plongeant dans ma bouche. Sa force me fait mal aux lèvres, cependant je ne me recule pas.

Je gémis de plaisir. Mon corps se fond contre lui et le monde entier se dissout autour de nous. Je n'ai pas vraiment envie de reconnaître l'influence que Ragnar a sur moi ni le fait que son côté Alpha m'étouffe de sa présence ou que j'en désire tellement plus.

Ma louve se dresse en moi, grogne pour qu'il recule, mais en retour, elle récolte un grondement guttural de la part du loup de Ragnar.

Mon corps en sait peut-être plus au sujet de ce que je désire que ma louve qui le menace. Je ne lâche pas Ragnar et à la place, je lui rends son baiser passionné. J'enroule mes mains autour de son cou et me hisse sur la pointe des pieds pour mieux l'atteindre. Comme s'il sentait mon impatience, il m'attrape par la taille et me soulève contre lui.

Instinctivement, j'enroule mes jambes autour de sa taille et le vide au creux de ma poitrine commence à se combler. Tout mon corps souffre de désir pour lui et je me force à dissimuler à quel point il m'affecte, en vain.

Il rompt notre baiser et nos respirations rauques s'entremêlent.

— Tu ne m'as pas laissé finir d'expliquer, dit-il. Tu n'es pas mon ennemie, Narah. Je te l'ai déjà dit, tu es sous ma protection, alors je me battrai jusqu'au bout pour te sauver.

— Tu n'es pas obligé de dire ça. Après cette mission, je ne serai plus dans ta vie, alors ne prétends pas que j'ai une quelconque importance.

Il soupire de frustration.

— Ouvre les yeux sur ce qui se passe entre toi et moi… entre nous tous.

Son regard balaie mon visage, en quête de ma réponse, de ma réaction.

Comment ose-t-il ramener ça à ce qu'ils m'ont tous fait ressentir, à ce désir que j'éprouve pour eux ? À cette idée, je m'accroche encore plus fort à lui, alors que je devrais le repousser. Mais en vérité, je ne sais pas si je peux… ou si je veux.

Mon regard se pose sur sa poitrine, où l'empreinte de ma main est maintenant une marque noire dans sa chair.

— Je t'ai fait du mal.

— Oui, ça pique, mais je survivrai.

Il me serre les fesses tout en plaquant son aine contre moi et son érection massive se loge parfaitement entre mes jambes. Un désir primitif me pousse à balancer mes hanches pour me frotter contre lui, un mouvement qui me semble naturel.

Mes joues rougissent d'avoir réagi si facilement et si ouvertement. Un gémissement m'échappe et il sourit, approuvant ma réaction. Je repense à Martell qui m'a reniée à cause de ma magie et qui m'a traitée d'abomination, quand Ragnar ne sourcille même pas quand je le brûle.

Sauf que je tombe très vite sous son charme alors que ma priorité devrait être de retrouver mes sœurs, pas de m'emparer d'un territoire avec des Alphas vikings. Et en réponse, ma louve se hérisse en moi, parce qu'elle désapprouve même la simple idée que j'envisage un autre Alpha alors que nous avons

Martell. Je serre les dents en constatant que quoi que je fasse, elle refuse de comprendre qu'il ne nous appartient pas.

— Peut-être qu'on ne devrait pas faire ça.

Je repousse sa poitrine, j'ai besoin de mettre de l'ordre dans mes idées, ne pas me laisser envahir par des émotions grisantes.

— Ma louve a déjà trouvé son compagnon et elle se languit de lui. Tu l'as entendue te grogner dessus tout à l'heure ?

Même dans ma tête, mon excuse me paraît bidon. J'ai peur de me laisser aller à ressentir des choses pour Ragnar.

Il hausse un sourcil.

— Où est ton compagnon aujourd'hui ?

— Avec un peu de chance, aussi loin de moi que possible.

— Alors quel est le problème ? Ce n'est pas ta louve que j'ai envie de sauter. Tu ressens forcément cette attirance entre nous, Narah.

Ma peau rougit à ses mots.

— Mais je sens aussi le rejet de ma louve.

Je le repousse au niveau des épaules et me remets debout. J'ai les poumons en feu à l'idée de me laisser si facilement guider par l'instinct.

Ragnar se lèche les lèvres.

— Il n'y a qu'un seul moyen de rééduquer ta louve et lui faire oublier ton âme sœur. On la réaligne.

Je plisse les yeux en guise de réponse.

— De quoi tu parles ?

— Nos loups sont des animaux primitifs qui n'aspirent qu'à une seule chose : s'accoupler avec leur compagnon.

Les bras de Ragnar se resserrent autour de moi, ses muscles se tendent et il tombe à genoux dans le champ alors que je suis toujours accrochée à lui.

Mon souffle reste coincé dans ma gorge quand il me fait descendre au sol sur le dos, où il me suit, me couvrant de son corps. Je garde mes jambes enroulées autour de lui en frémissant devant sa proposition.

L'herbe chatouille le côté de mon visage tandis que Ragnar m'embrasse sur la joue et trace un chemin de baisers vers mon cou. Je crie de plaisir, mon corps se cambre en réponse, collant mes seins contre lui sous le coup du désir croissant qui m'envahit.

— Alors, pour aider ta louve, me chuchote-t-il à l'oreille, je vais te marquer comme mienne.

Je me raidis sous son corps à ses mots et tremble ensuite d'entendre qu'il veut me prendre pour sienne.

— Attends ! Quoi ? N'essaie même pas ! Est-ce que c'est même envisageable ?

Mon estomac se révolte quand ma louve grogne en signe de protestation, sa colère se déversant dans mes veines, tandis que tout mon corps s'enflamme. Je suis entre deux extrêmes et j'ai l'impression de m'effondrer entre des besoins démesurés.

Il s'écarte pour m'observer avec un sourire diabolique.

— Qu'est-ce qui t'effraie, petit renard ? D'aimer ça, ou de devoir enfin admettre la vérité sur ce que tu désires de moi ?

— Je ne comprends pas. Tu veux faire de moi ta compagne ?

Mon esprit élabore tout un tas de scénarios où il me quittera, parce que si je n'étais pas assez bien pour Martell, comment pourrais-je l'être pour lui ? Et quoi, ensuite ? J'ai besoin qu'on me force à devenir un être avec un compagnon ?

— Vois ça comme une diversion pour empêcher ta louve de se languir de ton compagnon. À moins, bien sûr, que tu n'aies l'intention de retourner auprès de lui.

Sa main glisse sur mon épaule et descend le long de ma poitrine, pour se poser sur mon sein.

Un gémissement enfle dans ma gorge et je suis à l'affût de la moindre sensation, de chaque mouvement de son corps contre le mien. Il incline ses hanches pour s'adapter parfaitement à mes jambes et presse son érection rigide entre mes cuisses. La chaleur de son corps sur le mien me rappelle que je suis petite comparée à lui, que je sais exactement ce que je fais et pourtant je rougis encore.

Retrouvant ma voix, je demande :

— Que signifie vraiment le fait de me marquer comme tienne, alors ?

— Ça fera croire à ta louve que je suis ton âme sœur, mais il n'y aura pas de désir douloureux, pas de souffrance pour ton âme sœur. C'est rare d'en trouver une seconde. C'est un cadeau que je te fais, Narah. Tu as fui ton compagnon et maintenant je vais te permettre de l'oublier.

— Je n'ai pas fui, admets-je, sans savoir pourquoi je le lui dis, mais les mots franchissent quand même mes lèvres. Ce salaud m'a rejeté puis il a essayé de me tuer en me jetant d'une falaise.

J'ai le souffle coupé en prononçant ces paroles à voix haute, car ils réveillent la douleur d'avoir été rejetée comme une moins que rien. Ce souvenir est terriblement douloureux.

Mais Ragnar ne réagit pas.

Je détourne la tête de lui, des larmes brûlantes dans les yeux et soudain une gêne cuisante m'enveloppe, comme elle a dû le faire pour les hommes qui ont révélé leurs secrets. Je ne veux pas voir de pitié dans ses yeux, ou pire encore, qu'il me considère comme tellement indigne que même mon compagnon ne veut pas de moi. Cependant, je n'ai nulle part où aller parce qu'il me maintient sous lui.

Il s'abaisse plus près et sa bouche réclame la mienne une fois de plus. Ce n'est pas un baiser avide, cette fois, il m'embrasse doucement sur les lèvres, m'attirant vers lui comme du miel. Une larme s'échappe du coin de mon œil à cause des émotions qui bouillonnent en moi. Sa respiration s'intensifie et ses doigts glissent sur ma mâchoire et s'y attardent alors qu'il rompt notre baiser.

— Je te promets, petit renard, que je vais détruire cette espèce de salopard pour t'avoir fait du mal. Je lui ferai endurer les pires souffrances.

Je vois à l'intensité de son regard qu'il est sincère et qu'il pense chaque foutu mot. Au lieu de faire en sorte que je me sente humiliée d'avoir avoué mon secret, il me promet de me venger et il me défend.

Il passe un doigt sous un œil, récupérant ma larme perdue. En dépit de son énorme carrure et son attitude dominatrice, c'est un homme dont les valeurs sont profondément imprégnées de loyauté envers ses proches.

Je ne devrais pas être excitée par sa promesse, mais elle allume une flamme au creux de moi. Son désir se mêle au mien et des sentiments que je ne devrais pas éprouver se cachent sous la surface. Je n'ai pas envie de penser à ce qui se passera quand nos chemins se sépareront, ni au fait que je pourrais me languir de quelqu'un d'autre comme le faisait ma louve.

Quand il m'embrasse en me promettant ce qu'il va m'offrir, ce que Martell n'a jamais pu faire, je ressens comme une lueur d'espoir pour chasser l'inquiétude.

Mon cœur s'emballe devant la facilité avec laquelle je commence à tomber amoureuse de Ragnar.

Chaque centimètre de mon corps semble s'éveiller et cherche à attirer son attention.

Il me lèche longuement le cou et sa main tire sur mon t-shirt d'un geste rude et rapide. Il descend le long de mon corps, tire sur le tissu de mon soutien-gorge et sourit devant mes seins exposés.

Je tremble, à moitié tentée de me couvrir, mais voir un Alpha aussi puissant me scruter comme s'il était prêt à détruire le monde si quelqu'un se mettait entre nous, a quelque chose d'incroyablement gratifiant.

— Tu veux connaître mon secret, murmure-t-il, avant de passer la bouche dans la vallée entre mes seins.

Je ne parviens qu'à ronronner quand sa langue se met à taquiner mes seins et qu'il remonte jusqu'à mes tétons.

— Mon âme sœur m'a rejeté aussi.

Il pose aussitôt la bouche sur mon téton qu'il se met à sucer, pendant que sa main glisse sur mon ventre et ouvre les boutons de mon pantalon.

Le voir agiter sa langue m'envoie une vague de puissante excitation. Un simple contact attise le feu du désir qui se déchaîne au fond de mon être et je crois que je ne pourrais pas m'arrêter même si j'en avais envie.

Pourtant, ses mots tourbillonnent dans mon esprit tandis que ses doigts entourent mon autre téton et ma louve se dresse, me rappelant que je fais une énorme erreur.

— Attends… c'est vrai ?

Son âme sœur l'a rejeté aussi ? Qu'a-t-il pu se passer entre eux ? Et à présent, quand je regarde dans ses yeux, je vois bien plus qu'un puissant Alpha. Il porte les cicatrices de son passé comme un bouclier. Je me demande combien de temps il me faudra pour être comme lui.

Il gémit un oui, puis tire doucement sur mon téton. Je hurle de plaisir, oubliant aussitôt ce à quoi je pensais. Avant même que je parvienne à appréhender la suite des événements, il soulève mes jambes et fait reposer mes chevilles contre ses épaules.

— Je veux te voir tout entière, si tu dois être à moi.

Il sourit et ma respiration est bien trop haletante pour que je donne un sens à ses paroles. Il avait dit que c'était un faux accouplement, non ? Pour perturber ma louve.

Il replie les doigts sous la ceinture de mon pantalon et de ma culotte, puis les tire sur mes hanches et les fait glisser le long de mes jambes et par-dessus mes bottes.

Je halète, car nous allons si vite et je me noie tellement en sa présence que mon esprit n'arrive pas à suivre.

Je ne vois pas où il jette mes vêtements, parce qu'il est à nouveau allongé sur moi et la chaleur de sa poitrine me submerge, son souffle brûlant me réchauffe. Il prend ma bouche dans la sienne et je m'agrippe à ses solides épaules, mes doigts s'enfonçant dans ses muscles. Je lève la tête pour l'embrasser à mon tour, c'est ce dont j'ai besoin, plus que de l'air que je respire.

— Tu es sûr que ça va marcher ? lui murmuré-je contre la commissure de ses lèvres. Il faut que ça marche.

— Comment crois-tu que j'ai géré la perte de mon âme sœur ? répond-il en s'écartant pour me dévisager.

Mon corps rougit, c'est la meilleure manière de décrire cette envie que j'ai de me couvrir, me rhabiller, terrifiée à l'idée qu'il déteste ce qu'il voie.

Il laisse une ligne de baisers sur mon ventre et sa tendresse chasse toutes mes autres pensées. Ses larges épaules écartent mes jambes à mesure qu'il dérive vers le bas. Puis il relève la tête, arborant le plus séduisant des sourires. Je suis excitée et la chair de poule recouvre toute ma peau. Comment suis-je censée lui dire non… ? Mais la pensée qui domine dans mon esprit est surtout : pourquoi quitter un homme comme Ragnar ? S'il était à moi, je détruirais le monde pour m'accrocher à lui, pour qu'il me regarde comme si rien d'autre ne comptait que moi.

C'est ce que je m'attendais à ressentir et à vivre avec Martell. Je grimace intérieurement tandis que mes pensées font gémir ma louve au creux de ma poitrine.

Et je me maudis d'avoir même pensé à ce salaud en ce moment parfait.

Ragnar s'abaisse et à présent, son visage est entre mes jambes, ses mains puissantes sur l'intérieur de mes cuisses pour m'écarter davantage. Doucement, il souffle sur cette zone exposée et c'est plus fort que moi. Je glisse rapidement ma main vers le bas pour me couvrir, les joues en feu.

— Comment veux-tu que je t'aide comme ça? me demande-t-il d'un ton sarcastique, haussant un sourcil.

Jamais je n'aurais imaginé voir un homme entre mes jambes et encore moins un qui ressemble à un dieu tellement beau que je pourrais m'évanouir. Je me laisse aller trop facilement avec Ragnar.

Puis il se penche et sa longue langue passe sur mes doigts, me chatouille et retire ma main. En une fraction de seconde, sa bouche est sur mon sexe.

Je crie, mon dos se cambre sous son assaut avide. Je ne sais pas à quoi m'attendre, mais ça… Oh, bon sang, c'est incroyable! Mon expérience avec les hommes est totalement inexistante sur le plan sexuel. J'ai entendu des femmes parler de leurs aventures, j'ai vu des hommes me fixer, se toucher, mais rien de tout cela n'est comparable à la réalité.

Avoir un Alpha puissant à genoux entre mes jambes est extrêmement rassurant et son visage se rapproche de l'endroit où j'ai le plus besoin de lui.

— Putain, tu es magnifique, murmure-t-il, puis il passe sa langue en longues caresses sur les terminaisons nerveuses qui prennent vie.

Je frissonne à chaque contact, mon corps est en feu

et j'ai besoin qu'il éteigne ces flammes. Mon bassin se soulève pour répondre à chaque coup de langue attentif, tandis qu'il glisse un doigt en moi, m'allumant comme il l'avait fait au feu de camp.

J'ai du mal à croire que je suis en pleine nature, en train de me faire dévorer par Ragnar. Qu'est-ce qui empêcherait les autres hommes de venir nous retrouver ? Et les sorcières ? Mais cette inquiétude s'évanouit aussi vite qu'elle arrive, me laissant totalement à la merci de l'Alpha.

Sa langue s'agite plus vite et nous commençons à prendre un rythme. Un gémissement m'échappe, mon corps entier se tortille. Je ne m'attendais pas à ce que Ragnar me satisfasse avec sa bouche et je ne prévoyais pas que mon corps se mette en transe en réponse.

Plus il me dévore, plus il enfonce son doigt, plus mon excitation s'intensifie.

— Je t'en prie, va plus vite.

Je gémis et il s'écarte ; ça lui vaut un puissant grognement de protestation.

— Tu as dit quelque chose, petit renard ?

Il lèche ses lèvres luisantes, puis enfonce deux doigts en moi.

Mes yeux s'écarquillent et je réponds en écartant encore plus les jambes, frissonnant d'excitation.

— Bonne fille. J'ai besoin que tu sois prête pour moi, dit-il.

Je me pose des questions sur la taille de son membre, pour justifier une telle déclaration, mais quand il pose de nouveau la bouche sur moi, j'oublie toute logique. Je m'effondre sur le dos dans le champ herbeux, sur un petit nuage. Cette fois, il alterne entre des coups de langue et des succions de mes lèvres sensibles, m'envoyant des décharges de plaisir dans tout le corps.

Les sons humides que produisent ses doigts sont déplacés et terriblement sexy. Alors je ne suis pas surprise quand des vagues d'extase me submergent aussi vite et je crie.

Je resserre les genoux autour de sa tête et empoigne l'herbe, mais il ne me relâche pas : il se contente de ressortir ses doigts pour enfoncer sa langue à la place, sans jamais me libérer du précipice.

Les orteils recroquevillés, je ferme les yeux et flotte sur mon orgasme. Je voudrais que jamais ce moment ne s'achève. Je serais heureuse de vivre ici le restant de ma vie.

Ragnar finit par relâcher sa prise et se relève, tandis que je serre les cuisses l'une contre l'autre, gémissant sous les derniers élans de plaisir qui me déchirent.

Je m'écroule sur le dos, épuisée, la respiration hachée. Je regarde Ragnar, qui a réussi à se déshabiller pendant que je ne regardais pas. Et là, je ne peux pas m'empêcher de fixer son érection, constatant à quel point il est incroyablement bien loti et je déglutis.

— Ne t'inquiète pas, petit renard, ça va rentrer, me rassure-t-il tout en palpant son sexe à plusieurs reprises, sifflant d'impatience.

C'est à ce moment-là que je le vois tout entier, avec ses muscles durs et effilés, la force qu'il dégage. Je me relève pour me mettre à genoux devant lui, puis je lève la tête.

Son regard se fait sauvage et je me penche pour

empoigner sa massive érection, dure comme du fer, douce comme de la soie. Devant moi, il y a un homme fait de muscles et son lourd membre repose dans ma main. Pourtant, c'est l'empreinte noire de ma main sur sa poitrine qui attire mon attention, sa peau calcinée et rougissante sur les bords. C'est moi qui lui ai fait ça et la culpabilité me serre la poitrine, parce que je ne peux pas le réparer.

Il grogne quand je le caresse doucement d'avant en arrière. Son extrémité brille et je me penche en avant, la bouche entrouverte, pour qu'il sache que je n'ai pas l'intention de lui faire du mal.

— Non, dit-il, avant de s'écarter de moi, échappant à ma main. Même si j'ai rêvé d'avoir ces douces lèvres couleur cerise autour de ma queue, aujourd'hui je vais te sauter. Je te donnerai ce que tu as désiré, ce qui m'a rendu fou de désir. Allonge-toi pour moi, petit renard et écarte ces superbes jambes. Montre-moi à quel point tu es mouillée pour moi.

Sa voix est profonde et pleine de lubricité, ses yeux sont voilés d'une brume sexuelle.

Je suis ses instructions sans sourciller, même si le fait de me coucher sur l'herbe aplatie et qu'il s'abaisse au-dessus de moi me rend fébrile. C'est une chose qu'il me donne du plaisir avec ses doigts, mais l'accueillir en moi, savoir que je vais coucher avec un Alpha qui est tout sauf normal me fait légèrement peur.

J'ai du mal à respirer quand il se colle contre moi, m'enfermant entre ses bras, son érection nichée contre la longueur de ma moiteur. Je sursaute tant il est grand et chaud et je ne suis plus tellement sûre de ce que je fais. Il sait que c'est ma première fois et un petit gémissement s'échappe de mes lèvres, suivi du grognement de ma louve, un son profond et guttural qui vient du fond de ma poitrine. Elle se débat en moi pour trouver une échappatoire, pour s'enfuir, pour m'arrêter.

Mais Ragnar a raison de rompre le lien avec Martell, même si cela signifie perturber ma louve. Je déteste l'idée qu'une partie de moi se languisse d'un monstre qui a essayé de me tuer. C'est vraiment mal, alors en dépit de ma peur, il faut que je le fasse.

— N'aie pas peur, me rassure-t-il et il couvre mon visage de baisers si doux que je me laisse aller contre lui, j'ai envie d'être dans ses bras.

L'étrange pouvoir d'attraction qu'il exerce sur moi est inattendu, tout comme ses caresses, qui m'apaisent.

J'essaie de ne pas penser à ce qui va arriver et de me concentrer sur les attentions qu'il me prodigue. Sa main glisse entre nous et il s'ajuste, faisant courir le bout de son membre le long de mon intimité moite.

Mes muscles se tendent, cependant plus il me titille, plus j'ai envie de ce qu'il a à m'offrir. Il y a quelque chose de si délicieusement dangereux en lui que mon cœur s'emballe quand il enfonce son extrémité en moi.

Au début, je pousse un cri, comme si je m'attendais à ce que ça fasse mal, mais au contraire.

— Respire profondément, m'explique-t-il et je vois remuer les tendons de sa gorge à mesure qu'il parle.

J'ai envie de me pencher et lécher son cou, de lui donner autant de plaisir qu'il m'en a offert.

Pour être tout à fait honnête, je suis attirée par

Ragnar depuis notre première rencontre et quand je suis nerveuse, je parle.

— Tu veux savoir quelque chose ? demandé-je.

— Bien sûr.

Il s'enfonce en moi, étirant mon intimité, tout doucement.

Je m'accroche à ses bras solides, me préparant à ce qu'il est sur le point de faire et je grimace sous le coup de la légère douleur.

— J'ai aussi fantasmé, j'ai rêvé que tu me prenais.

Les mots sortent tous seuls.

Il éclate d'un rire gentil, pas moqueur.

— Je sais.

— Non, tu ne sais pas.

Il s'enfonce plus loin en moi, me faisant gémir plus fort. Mes pensées se concentrent sur sa manière de m'étirer à un point d'excitation incroyable, sur la manière dont la douleur se mêle au désir, sauf que je ne crois pas qu'il pourra s'enfoncer jusqu'à la garde en moi. Je ne suis pas faite pour quelqu'un d'aussi grand que lui. Et la peur m'étreint la poitrine.

— Ça ne va pas rentrer.

Il se penche et m'embrasse, me suce la langue, réveillant le feu en moi.

— Le plaisir sera plus intense avec une touche de douleur, murmure-t-il, puis il s'enfonce plus profondément en moi. Comme c'est ta première fois, je vais y aller doucement.

Je lève les yeux et tout mon corps est secoué par l'étrange manière dont mes muscles se relâchent autour de lui, mes parois intimes l'étreignant, s'habituant à lui.

— Je pensais ce que j'ai dit plus tôt, dit-il. À partir d'aujourd'hui, tu seras à moi.

— Tu veux parler de ma louve…

Je crie quand il se retire et replonge en moi avec avidité et tout mon corps frémit.

Je vois l'excitation dans ses yeux et sa bouche réclame de nouveau la mienne, étouffe mes cris, écrase mes lèvres, tout en douceur.

Je déglutis face à la passion ardente qui enfle en moi et Ragnar recommence ses va-et-vient en moi, de plus en plus vite ; la friction entre nous est électrisante. J'ai envie de plus.

— Tu vas bien ? demande-t-il, mais je suis incapable de répondre.

Je frémis d'un désir qui m'engloutit, c'est comme s'il me déchirait pour mieux me rassembler ensuite. J'ai l'impression d'exploser en mille morceaux sous ses efforts pour me faire échapper à la réalité.

Je hoche la tête et me mets à bouger à son rythme tandis qu'il plonge en moi jusqu'à la garde et je soulève le bassin pour répondre à chacun de ses coups de reins. Il émet un profond grognement et c'est un son à la fois terriblement sexy et exigeant.

— Putain, Narah, grogne-t-il avec satisfaction, faisant entrer et sortir son sexe de moi, me caressant, me remplissant, basculant son bassin de sorte d'atteindre plus profondément cet endroit en moi qu'il n'a pas encore trouvé.

Des frissons me parcourent, déclenchant un orgasme soudain et inattendu. Mon ventre se contracte et je grogne en me cambrant contre lui.

Ragnar rugit aussi soudainement, complètement enfoui en moi; il s'immobilise et siffle. Mes parois internes se resserrent autour de son érection tandis que ma louve se réveille, s'avance, grogne et somme Ragnar de se retirer. Mais je suis bien trop occupée à gémir, comme si cette explosion entre nous était magique.

Il fait glisser sa bouche jusqu'à ma nuque, mordillant la chair tendre entre mon cou et mon épaule. Ses dents aiguisées déchirent ma peau et il mord ma chair.

— Aïe! gémis-je tandis que mon sexe convulse sous le coup de l'orgasme.

Ragnar aspire mon sang, enfouissant ses dents sur ma peau, tout en continuant à se déverser en moi comme si c'était une réserve inépuisable. Et c'est alors que je le sens épaissir en moi, grandir.

Ma louve gémit et se débat, luttant contre la morsure, contre Ragnar. Et je ne sais pas sur quoi me concentrer, car il y a tant de choses qui se passent en même temps.

Un plaisir incroyable.

Une douleur aiguë, lancinante.

Et ma louve qui essaie de se frayer un chemin hors de moi.

Je suis prise de panique parce qu'en plus du reste, Ragnar est en train de nouer en moi. Je suis au courant, j'ai entendu parler de la façon dont l'extrémité d'un Alpha gonfle et comment mon intimité se resserre autour de lui, le gardant coincé dans mon corps, incapable de sortir jusqu'à ce que nous nous apaisions. Mais le vivre me flanque une trouille terrible. C'est une sensation étrange que d'avoir quelque chose qui grandit en moi.

Je me plaque contre lui alors que la douleur au cou me pique. C'est trop… Tout est trop.

— Ragnar, je ne vais pas y arriver. Laisse-moi partir, je t'en prie.

Il s'éloigne de mon cou, léchant ses lèvres ensanglantées.

— Respire profondément, petit renard. Tout ira bien.

Il gémit et je sens qu'il m'inonde encore.

— Comment va ta louve maintenant ?

Il me faut un moment pour comprendre sa demande et ignorer la peur qui me déchire les entrailles. Je creuse au plus profond de moi pour la trouver et elle est là, à gémir pour obtenir la connexion de Ragnar. Je pense aussitôt à Martell, pour voir sa réaction, mais il n'y en a pas.

Je le regarde en clignant des yeux.

— Je pense que ça a marché.

— Bien sûr que oui.

Il sourit et pose une main dans mon dos, se servant de l'autre pour nous soulever du sol. Il est à genoux et je suis à califourchon sur lui, son énorme verge toujours enfoncée en moi.

Je sens mon pouls palpiter entre mes cuisses de l'avoir enfoncé dans mon être.

— Je tiendrai toujours mes promesses, dit-il en embrassant mon menton. Je ne te ferai pas de mal et ta louve s'adoucira dans son désir de trouver ton âme sœur. Pour l'instant, nous sommes liés ensemble, mais putain Narah, tu es si serrée, je pourrais jouir de nouveau.

Je me lèche les lèvres, j'ai du mal à respirer et mon corps me picote quand il glisse ses doigts le long de ma colonne. Sa main s'enroule autour de ma taille et remonte jusqu'à mon sein qu'il prend dans sa large paume.

— Combien de temps dure l'accouplement ? murmuré-je.

Je n'ai pas réalisé jusqu'à présent que le fait de remuer déclenche des désirs insoupçonnés au fond de moi. Je me concentre sur le feu qui nous lie et au grondement sourd dans sa poitrine.

— Tu es tellement réceptive à mon toucher, remarque-t-il en respirant fort avant de répondre à ma question. Tout dépend du nombre de fois où je te ferai jouir pendant que je suis en toi.

Ma bouche s'assèche.

— Je vais avoir un orgasme rien qu'avec ça ? Et vu où nous en sommes, je devrais jouir encore zéro fois, à peu près, non ?

Il sourit et je secoue la tête, parce que nous sommes dehors, vulnérables, et pourtant ça ne semble pas inquiéter Ragnar.

— Repose-toi contre moi, petit renard. Laisse ton corps se détendre, ça aidera.

Je m'exécute et j'enroule mes bras autour de lui, puis je blottis mon visage contre la courbe de son cou. Sa peau est douce contre mes lèvres et son odeur est alléchante, musquée et sexy, comme si elle m'appartenait. Je n'ai pas honte de ce que nous avons fait. Je me suis sentie adorée et vénérée. Ragnar est un amant hypnotique, mais je crains que le fait de me donner à lui ne lui montre que j'ai un faible pour lui. Chacune de ses caresses éveille toutes mes terminaisons nerveuses.

Il est magnifique et je ne peux pas nier qu'il m'attire. Mais il ne peut pas être mon compagnon. Pas alors que j'essaie déjà d'échapper à l'un d'eux.

Sa main caresse doucement mon dos, apaisant la tension.

— Tu as été parfaite aujourd'hui.

Il embrasse tendrement mon épaule.

Nous nous étreignons pendant un long moment jusqu'à ce qu'il soit suffisamment retombé pour glisser de moi. Puis, tous les deux épuisés, il me soulève et me porte jusqu'à l'endroit où les autres hommes ont installé le campement. Ils sont en train de pêcher près de la rivière et alors que je ferme les yeux, Ragnar m'allonge près du feu et tire une couverture sur moi.

Il écarte quelques mèches de mon front et je suis sur le point de sombrer quand les derniers mots que j'entends sont :

— On pourrait te garder, après tout.

NARAH

Toute la nuit j'ai ruminé les paroles de Ragnar et la plus grande partie de la matinée aussi, après le sexe fantastique d'hier.

On pourrait te garder, après tout.

Cela ne faisait pas partie de notre arrangement, alors j'ai à peine dormi tant je suis confuse, en colère. Et fatiguée d'avoir lutté contre mes propres émotions, celles qui m'attiraient vers lui... alors que lui ronflait comme un ours. Et pendant tout ce temps, mes tripes se débattaient entre la haine parce qu'il pensait pouvoir faire un tel choix et le désir indomptable qui m'envahit chaque fois que je me rappelle le moment passé ensemble.

Ses lèvres.

Ses caresses.

Son sexe en moi.

Merde !

J'aurais dû savoir que c'était une mauvaise idée, mais

le fait est que je ne suis pas certaine que je changerais quoi que ce soit si j'en avais l'occasion.

C'est pour ça que je suis furieuse… Plutôt contre moi, parce que sa présence m'attire. La seule autre personne à m'avoir fait éprouver une telle chose, c'est Martell. Alors quoiqu'il se passe entre Ragnar et moi, ça me fait mal au crâne. Sans parler du fait que je me sentais si calme contre lui après notre relation sexuelle que je me suis endormie dans ses bras.

Bien sûr que c'était une mauvaise idée de coucher avec lui et bien sûr que j'en avais conscience, mais j'ai succombé à la faiblesse. Et pour ma défense, il est presque impossible d'ignorer un Alpha comme Ragnar. Que ce soit son corps irrésistible, son odeur, sa manière de me toucher, ou simplement le fait qu'il est si tentant que je n'ai pas le choix.

Mais personne n'est dupe. Je me suis engagée dans cette relation avec lui en toute connaissance de cause, en sachant pertinemment ce qui m'attendait et je me déteste d'en avoir savouré chaque instant. Je l'ai fait pour éradiquer un monstre de ma vie, cependant est-ce que j'ai empiré les choses ?

Ma louve semble enfin apaisée quant à son addiction pour Martell, c'est déjà ça, non ?

Je passe la sangle de mon sac sur mon épaule et une douleur aiguë parcourt mon bras. Je grimace et la déplace sur la trace de morsure que m'a laissée Ragnar. Le fait est que la blessure est guérie, mais qu'il reste une marque sombre là où il a planté ses dents.

Ma main effleure l'endroit sous ma chemise, encore sensible sous mes doigts.

C'était le seul moyen d'apprivoiser ma louve, en lui imposant la domination d'un autre. Sauf que maintenant, j'ai peur d'avoir détourné ma louve du droit chemin. Et toute cette frustration et cette inquiétude font que je suis au bord des larmes. J'ai fui ma meute pour nous sauver mes sœurs et moi et voilà qu'à présent c'est moi le problème, car je ne peux m'empêcher d'être attirée par ces Alphas qui semblent penser que je leur appartiens.

Je jette un coup d'œil à Ragnar qui se promène dans les bois à quelques mètres sur ma droite, les épaules en arrière et quand son regard croise le mien, le clin d'œil qu'il m'adresse me fait totalement fondre.

— Tu vas bien ? demande-t-il.

Je hoche la tête et lui offre un doux sourire. Ma louve se réveille aussitôt de le voir attentif, gémit pour que je m'approche de lui, que je me reconnecte, que je revendique ce qui nous appartient. Ragnar m'a expliqué que la marque la distrairait de Martell et que je ne ressentirais plus l'attrait qu'elle avait pour lui.

Mais alors pourquoi est-ce que la douleur que je ressens au fond de ma poitrine s'intensifie pour lui ? Pourquoi désiré-je de plus en plus qu'il m'arrache mes vêtements et qu'il me saute ? Ces émotions me submergent et me rappellent beaucoup ce que j'ai éprouvé pour Martell.

Je ne regrette pas d'avoir perdu ma virginité avec Ragnar, car je préférais que ce soit lui plutôt qu'un autre Alpha qui m'aurait fait du mal… Parce que sous son aspect dominateur, il y a de la douceur dans l'âme de Ragnar. C'est une chose qu'il cache au reste du monde.

Comme moi, il a été rejeté par son âme sœur et c'est peut-être ce qui m'attire chez lui. Parce que nous partageons la même souffrance et la même honte. Même si j'aimerais lui poser des questions sur ce qui lui est arrivé, j'ai déjà poussé ma chance avec les autres, alors je me dis qu'il partage ce qu'il voudra quand il en aura envie.

Je baisse la tête, parce que j'ai remarqué qu'inconsciemment je me suis déplacée pour marcher plus près de Ragnar et je m'écarte de nouveau de quelques pas.

Crius marche de l'autre côté et il se met à siffler, pendant que derrière nous Stone et Nikos n'ont pas décroché un mot. En fait, ils m'évitent depuis ce matin. Je ne saurais dire s'ils sont toujours fâchés après moi au sujet de la révélation de leur secret, ou s'ils nous ont vu Ragnar et moi dans la clairière.

Je m'en fiche. Je ne devrais pas m'en soucier.

Je prends une profonde inspiration et repousse mes émotions contradictoires. Comme le fait que la présence de Ragnar m'excite presque instantanément, que j'ai envie d'étrangler Stone et Nikos pour qu'ils cessent de me haïr, que j'aimerais en savoir plus sur les raisons pour lesquelles Crius pense qu'il mériterait d'être mort à l'heure actuelle.

Tout ce qui les concerne est mystérieux. Et jamais je n'aurais dû découvrir certaines choses sur eux, parce qu'à présent je me sens en partie investie. Bon d'accord, plus qu'investie.

Merde. *Vide ta foutue tête, Narah et concentre-toi uniquement sur la mission. Pas Ragnar et son énorme sexe ni aucun des Alphas vikings.*

La mission.

Mes sœurs.

La liberté.

J'expire bruyamment et me redresse et je me répète ces mots en boucle dans ma tête.

La lumière du soleil brille sur mon crâne et mes épaules et les bois paraissent différents dans cette section de la forêt. Les arbres sont plus grands, débordent d'énormes feuilles et de fruits rouges et l'air est plus frais et plus vif. Nous cheminons dans les bois, mes mains emplies de magie, cependant il n'y a rien d'autre ici que de la beauté dans cette partie de la forêt.

— Est-ce que vous avez aussi l'impression d'avoir laissé derrière nous les Bois empoisonnés ? leur demandé-je, en observant le paysage pittoresque qui nous entoure.

Devant nous, je repère un petit cerf qui traverse notre chemin en bondissant.

— À l'évidence, nous sommes dans un endroit totalement différent, approuve Crius.

— Tu sens quelque chose, Narah ? s'enquiert Ragnar.

Je secoue la tête et trébuche sur une branche quand mon regard s'attarde un peu trop sur ses cheveux noirs qui flottent sur son visage, sur sa beauté.

Il m'attrape par le bras et m'empêche de tomber et de devenir la risée de tous.

— Attention, petit renard.

Mon pouls s'emballe et sous sa main, ma louve rugit de désir. J'en ai le souffle coupé et je m'écarte rapidement.

— Tu devrais peut-être marcher plus près de moi, suggère-t-il.

Tout en soutenant le regard de Ragnar, je lutte pour éclaircir mon cerveau embrumé. Ma louve est là, sous la surface de ma poitrine, à renifler son odeur de terre musquée, avide de son attention.

Il scrute mon corps intensément et je sens une palpitation entre mes cuisses. La chair de poule m'envahit. Je le désire encore plus qu'avant et il me renvoie un regard aussi affamé.

En réponse, des étincelles de plaisir m'envahissent et une partie de moi se demande si je ne pourrais pas l'emmener à l'écart et m'occuper de lui une fois encore. Cependant cette pensée me terrifie aussi. À présent, je suis convaincue que ce qu'il m'a fait n'était pas un simple lien basique pour perturber ma louve. Bon sang, il m'a perturbée aussi.

Mais je n'ai pas envie de gérer cette complication maintenant. On termine cette mission et on s'inquiète du reste plus tard.

— Qu'est-ce qui se passe ? demande Crius et quand je lève les yeux, mes joues rougissent et je suis certaine qu'il a senti ma réaction envers Ragnar.

Sauf que quand je me tourne vers lui, ce n'est pas moi qu'il observe. Son attention est dirigée sur un point devant nous et je tourne les yeux dans cette direction à mon tour.

Au milieu des arbres, on aperçoit au loin deux torches enflammées. Elles encadrent une porte ombragée et des deux côtés s'étend une haute clôture faite de branches tordues et entremêlées comme des serpents. Il n'y a pas de barrière pour entrer, ni personne en vue.

Je m'arrête en même temps que les hommes et le silence s'installe entre nous. Si c'est ici que vivent les sorcières, ce n'est pas ce à quoi je m'attendais. Même si, à vrai dire, je n'avais pas vraiment d'idées préconçues, sauf peut-être que j'aurais pensé ce lieu plus imposant. Plus grand. Plus puissant.

— Alors c'est ici qu'elles vivent ? s'enquiert Stone.

— Je ne sais pas, dis-je et je capte l'odeur de bois brûlé d'un feu tout proche.

— C'est probablement un labyrinthe, murmure Nikos.

— Alors est-ce qu'on le contourne, ou on entre ? interroge à son tour Crius et ils tournent tous les yeux vers Ragnar.

Il passe sa grande paume dans ses cheveux, les lèvres pincées et il m'observe.

— Qu'est-ce que tu suggères ?

J'en ai le souffle coupé.

— Je vais d'abord aller jeter un œil, lui dis-je. Ce sera plus sûr cette fois, vu comment le dernier sort a tourné.

— Hors de question, grogne Stone en retour et je ne saurais dire si c'est par manque de confiance, ou parce qu'il s'inquiète que je sois blessée.

— Il vaut mieux ne pas y aller seule, confirme Ragnar et je n'ai pas envie de me battre pour ça.

S'ils insistent, très bien.

Je pose mon sac à terre, ravie de soulager la pression

sur la morsure et c'est à ce moment que Nikos passe devant nous. Il avance à toute vitesse et n'a pas l'intention de ralentir.

Mon pouls martèle mes oreilles.

— Nikos, ce n'est pas une bonne idée. La plupart du temps, je ne comprends pas cet âne têtu, l'interpellé-je.

— Je m'en occupe, grogne-t-il et son arrogance m'exaspère.

Je me précipite pour le rattraper. Quand nous sommes à bonne distance du reste du groupe, je lui jette un regard noir.

— Qu'est-ce qui ne va pas chez toi ? Et si tu déclenches un sort ? Tu es toujours en colère pour l'histoire de l'ours ? Je n'avais pas envie d'entendre ton stupide secret, d'accord, alors remets-toi. La prochaine fois, je ferai en sorte de te laisser mourir.

Je fonce vers l'entrée encadrée de torches ; je suis vraiment épuisée de devoir gérer tant d'émotions. Je n'ai pas envie d'être dans cet état quand je vais potentiellement entrer en contact avec les sorcières. Si nous nous laissons distraire, nous allons tous nous faire tuer, mais ces Alphas me rendent dingue.

Nikos est à côté de moi en quelques secondes, son ombre sur moi. Il enroule les doigts autour de mon bras et m'oblige à m'arrêter.

— Tu te plantes si tu penses que ça a un rapport avec le dernier sort.

Je fronce les sourcils et un étrange silence s'installe entre nous tandis que mon esprit s'apaise, essayant de comprendre ce qu'il me dit. Je ne vois qu'une seule raison pour laquelle il pourrait être en colère contre moi.

— Je ne sais pas quoi dire. Ragnar m'a aidée avec le problème de ma louve.

Sa mâchoire se contracte.

— Je ne parle pas de vous deux qui vous envoyez en l'air, parce que, ce que tu ne sais pas, c'est que nous partageons tout dans cette meute. Donc ce qui appartient à Ragnar nous appartient à tous, ce qui signifie que chacun d'entre nous va vouloir y goûter. Mais ce n'est pas ça qui me met en colère.

Je cille, abasourdie parce qu'il vient de me révéler et j'ai envie de hurler aussi, parce que jamais je n'ai donné mon accord pour ça.

— Tu te trompes, parce que ce qui s'est passé entre Ragnar et moi, c'était l'histoire d'une fois pour m'aider à contrôler ma louve.

Il éclate d'un rire amer.

— Dis-moi, Narah, comment ta louve réagit-elle près de Ragnar ce matin ? Il t'a marquée, n'est-ce pas ? Tu sais que ça te lie à un Alpha, que vous soyez des âmes sœurs ou non ? Tant que tu porteras cette marque, tu le désireras.

Je secoue la tête, totalement paniquée. Après Martell, je ne suis pas prête à me faire de faux espoirs et les voir détruits une fois encore. Je tourne les yeux vers Ragnar qui nous regarde attentivement, comme les deux autres Alphas.

— Tu auras le choix de nous laisser aussi te marquer, comme tu l'as fait avec lui.

Les poils de ma nuque se hérissent. Tout cela va trop vite. Je ne suis pas venue sur cette mission pour trouver quatre partenaires qui me feront languir ; ma priorité, c'est de rejoindre mes sœurs.

— S'il te plaît, tais-toi maintenant.

Les bois tourbillonnent autour de moi, à mesure que ma colère enfle. Quel enfoiré ! Ce n'est pas ce que je voulais, sauf qu'il a dit que je ne me languirais plus… Ou bien voulait-il dire que je ne me languirais plus de Martell, mais que je commencerais à baver sur lui ? Je ne sais pas. Soudain, j'ai la nausée. Il faut que je clarifie ça avec Ragnar, il faut que j'entende la vérité de sa bouche. Je suis déjà mal à l'aise qu'il ne m'ait pas tout dit.

Quand je regarde Nikos, il ne sourit pas, il ne semble pas heureux d'être celui qui m'annonce que mon monde va s'ouvrir en deux et m'engloutir.

Je n'ai confiance en aucun de ces Alphas. Plus j'apprends à les connaître, plus je remets tout en question. Ce que Crius a dit plus tôt me paraît de plus en plus effrayant. Ces quatre Alphas sont brisés et si je les laisse faire, ils m'entraîneront avec eux dans les fosses de l'enfer.

Il fronce les sourcils et mes pensées s'embrouillent. Pour retrouver mes sœurs, il faut que je traque les sorcières et me tirer d'ici et loin de ces hommes. La distance est forcément la solution.

La marque de morsure sur mon épaule me fait souffrir, me rappelant ma situation difficile.

— Alors, dis-moi, continué-je, qu'est-ce qui t'a mis en colère ? Qu'est-ce que j'ai bien pu faire pour que tu me détestes ?

— Tu crois que je te déteste ? demande-t-il et je suis prise au dépourvu par son ton doux.

Et je me souviens de notre baiser lors de notre première nuit dans les Bois empoisonnés, la façon dont il m'a envoûtée, captivée dans tous les sens du terme.

— Tu as tort, Narah. C'est parce que je n'étais pas censé m'inquiéter pour toi, ni me soucier de si tu mourrais. Mais maintenant, je remets en question mes propres décisions pour m'assurer de rester à tes côtés. À quel point c'est tordu ? ajoute-t-il.

Il a les épaules tendues, mais ne détourne pas le regard.

La chaleur s'infiltre dans ma poitrine et se propage vers l'extérieur. Il a envie d'être avec moi au point de ne pas quitter la meute de Ragnar ? Nous nous opposons depuis le début et bien entendu, je suis tombée sous le charme de son apparence et de sa domination. Et le fait qu'il soit un paria comme moi me pousse à l'apprécier plus que je ne le devrais. Cependant, je ne m'attendais pas à une telle révélation.

J'inspire de l'air frais et secoue la tête : il est forcément perturbé.

— Non, ne dis pas des choses comme ça, parce que c'est faux. Une fois que tout sera terminé, je vous quitte tous. C'était le marché. Rien de plus.

Les paroles de Ragnar me reviennent à l'esprit. *On pourrait te garder, après tout.*

— C'est ça qui me met en colère. Je ne veux de personne, mais tu as débarqué dans nos vies.

Je reste sans voix, sans savoir quoi lui répondre. Ces bois sont peut-être encore en train de nous jouer des tours. On se raccroche à nos proches pour éviter de reconnaître que cet endroit nous file une trouille d'enfer.

Je n'arrive plus à respirer pendant que je réfléchis à tout ça. Mais c'est trop et c'est au-dessus de mes forces.

— Il faut que j'y aille, murmuré-je.

Sans attendre de réponse, je me précipite vers l'entrée ouverte ; j'ai besoin d'air, d'être seule pour pouvoir réfléchir.

Je n'arrive pas à décider quoi faire. J'ignore ce que je désire. C'est pour mes sœurs que je fais ça, alors pourquoi désiré-je ces hommes ? Pourquoi une part de moi ne déteste-t-elle pas Ragnar de m'avoir revendiquée, alors que l'autre est totalement terrifiée à l'idée qu'il me rejette une fois lassé de moi ?

C'est comme une piqûre en pleine poitrine, une résignation douloureuse, parce que je me suis mise dans ce pétrin en passant un marché avec Ragnar pour retrouver mes sœurs.

Nikos se poste à côté de moi sans un mot et nous nous dirigeons tous les deux en territoire inconnu, le cœur lourd.

— Oublie ce que j'ai dit, murmure-t-il.

— Tu crois vraiment que c'est si facile ? J'aimerais pouvoir oublier toute cette fichue mission.

Il fronce les sourcils en me regardant, puis reporte son attention sur l'entrée ouverte devant nous. Le mur immense qui s'étire de chaque côté et disparaît dans les bois paraît sinistre au milieu des arbres. La porte est faite d'un bois tordu et noueux et le haut est hérissé de morceaux de bois pointus qui tendent vers le ciel. Entrer là-dedans me donne la chair de poule, mais nous sommes là pour ça.

Le feuillage craque derrière nous et je me tourne pour découvrir Stone.

— Je me suis dit que vous auriez besoin d'une paire de bras supplémentaires, mais je vous ai laissé du temps pour régler vos querelles d'amoureux.

Il regarde d'abord Nikos, puis moi. Ses paroles sont pleines d'humour et je ne saurais dire s'il se moque de nous ou s'il est jaloux. C'est à ce moment que je repère la lueur bleue de ses runes sous sa chemise blanche et en dépit de son impolitesse, je suis heureuse de l'avoir lui aussi à mes côtés.

— D'accord, entrons, proposé-je.

Nous franchissons le seuil et je suis parcouru d'un frisson. Des fils dorés de magie dansent frénétiquement sur mes doigts et son picotement aigu remonte sur mes bras.

— Laissez-moi entrer en premier.

Une fois passée la porte, je me retrouve face à un autre mur fait de branches entremêlées, si haut qu'il est impossible de le franchir aisément. De chaque côté de moi, un étroit chemin serpente entre les deux parois. Chacune s'étend sur six mètres environ, avant de faire bifurquer et de disparaître.

Quand je jette un regard aux hommes qui m'ont suivie, Stone fait un signe de la main pour que Nikos et moi partions sur la droite pendant qu'il tente la gauche.

Nous avançons rapidement jusqu'au croisement.

Je m'arrête net et mon cœur martèle ma cage thoracique alors que nous contemplons une énorme ouverture qui donne sur un immense terrain ouvert. Il y a des dizaines de petites huttes en bois, de grands arbres où des maisons sont construites sur les branches les plus solides et des gens qui se promènent. Il y a des hommes et des femmes, mais aussi des enfants. Des familles vivent dans la sécurité de ces murs et je suis soudain prise de panique à l'idée des intentions de Ragnar en venant ici.

La magie me saisit le dos et je respire beaucoup trop vite. Je sens comme une force invisible dans ma poitrine qui me tire vers l'avant, pour entrer sur le terrain et les rejoindre, mais je plante mes talons dans le sol, terrifiée à l'idée de bouger.

— Putain oui, on les a trouvées, chuchote Nikos à côté de moi. Il faut que j'aille chercher les autres.

— Non, attends ! le stoppé-je, mais il est déjà en train de sprinter vers là d'où on vient et il n'y a aucun signe de Stone.

Le froid m'envahit et me glace les os.

Quelque chose ne va pas. Pourquoi l'entrée du clan des sorcières ne serait-elle pas mieux gardée ? C'est trop facile… C'est un piège. C'est obligé.

Je me retourne vers le petit village, mais je me retrouve face à quelqu'un qui n'était pas là il y a quelques secondes.

Une jeune femme avec deux lignes noires dessinées sur ses joues et deux autres sur le front et des cheveux roux bouclés flamboyants qui lui arrivent aux épaules.

Elle m'adresse un sombre sourire et je me perds dans ses yeux totalement blancs.

Je recule en trébuchant pour échapper à son bras tendu.

Elle s'approche et ses paroles m'envahissent.

— Tu as finalement réussi.

RAGNAR

Je ne cesse de penser à Narah. Elle envahit la moindre parcelle de mon corps et je suis complètement obsédé. Je sens encore son corps doux sous moi, j'entends encore ses bruits très sexy qu'elle a émis et j'ai encore son goût sur ma langue. Elle est délicieuse et je me suis douté dès le début que si je m'autorisais à aller trop loin avec elle, il n'y aurait pas de retour en arrière possible.

Je le savais, mais je n'ai pas pu résister. Et quand j'ai vu le désir dans son regard, j'ai succombé elle. Elle m'a offert le cadeau d'être son premier et pour ça, je lui appartiendrai toujours. À présent, il me faut juste l'en convaincre.

La limite entre ma mission et Narah s'estompe chaque jour qui passe, ce qui déclenche une alarme dans ma tête : je suis en train de perdre le contrôle.

C'était sincère de ma part de l'aider avec son problème d'âme sœur, mais l'autre raison, c'était d'éliminer cette ordure de ses pensées. La perspective de le voir consumer ses pensées et retenir l'attention de sa louve me déchire. Ça me rend fou et si nous n'étions pas au milieu de ces bois maudits, je serais déjà sur le pas de sa porte en train de lui arracher la tête de ses foutues épaules.

Quand elle m'a révélé qu'il avait tenté de la tuer, j'ai eu l'impression qu'on m'enfonçait une lame en plein cœur et elle y est restée depuis. Elle remue quand ma douleur et ma colère augmentent. Sans vraiment y penser, mon désir pour elle me tient par les burnes. Quand je suis avec elle, je me languis de la posséder au point de la sentir se désagréger à mon contact.

Pour elle, je commencerais une guerre, je vendrais mon âme, je perdrais le contrôle. Elle me consume jusqu'à la folie et j'en veux tellement plus, putain. Mon sang déferle dans mon corps, avec une montée d'adrénaline implacable.

Je suis en train de devenir fou et je ne pense qu'à une chose : prier pour que nous soyons arrivés au pays des sorcières et que la mission commence. Prendre possession du Secteur Sauvage puis garder Narah à nos côtés. Elle me fait penser à moi, à cette partie de mon cœur qui se bat sauvagement pour gagner et j'adore sa ténacité, sa passion ardente.

Mon sexe tressaute pour elle. Après que je l'aie marquée, quelque chose a changé entre nous. Je nous ai liés d'une manière inattendue et j'ai envie de plus. Bon sang, j'ai besoin de plus.

— Tu vas bien ? me demande Crius, en jetant un coup d'œil dans ma direction. Tu marmonnes.

Ma colère bouillonne en surface, cependant ma

réponse se perd quand j'entends un sifflement strident venant de l'autre côté du bois.

Je me crispe et lève la tête vers l'entrée principale.

Nikos et Stone nous font signe. Mon pouls s'accélère et je suis prêt à me battre, prêt à cesser de me noyer dans toutes ces maudites émotions.

— On y est, roucoule Crius, qui sautille presque sur place.

Sa mâchoire se contracte et une énergie bouillante émane de lui.

— Calme-toi, lui ordonné-je en posant la main sur son épaule. Garde un peu d'énergie pour quand le moment sera venu. En attendant, ne perds pas la tête.

Il acquiesce et quand il croise mon regard, ses yeux sont brillants d'adrénaline, de son impatience d'être béni par les dieux. Ma prise se resserre. Il est à mes côtés depuis si longtemps que je n'ai pas le moindre doute : je lui fais confiance. Et avec les sorcières, il est notre atout secret si les choses tournent mal. Même si je prie pour qu'on n'en arrive pas là, parce que je ne suis pas prêt à perdre mon ami le plus proche.

Cette simple idée me fait serrer les poings. Il faut que cela se déroule selon mes plans.

Nous traversons les bois silencieux à grandes enjambées et l'odeur du feu flotte dans l'air. Je scrute l'entrée, où se tiennent les deux autres.

— Où est Narah ? demandé-je, parce que je ne la vois nulle part.

Ils jettent tous deux un coup d'œil derrière eux et au-delà de l'entrée, puis me regardent de nouveau.

— Elle est juste à l'intérieur. Mais Ragnar, on a

touché le jackpot. Les sorcières sont ici, elles sont très nombreuses. Bon sang, on est arrivés là où personne n'a jamais mis les pieds.

Les runes sur la poitrine de Stone brûlent d'un bleu vif.

Je me racle la gorge, le pouls en ébullition de hâte d'en finir et pourtant je ne pense qu'à garder Narah en sécurité.

— Bon, donc on connaît le plan. On garde aussi Narah près de nous. Vous êtes prêts à faire un pacte avec le diable ?

— Bon sang, oui ! grogne Nikos.

Stone hoche la tête, alors que Crius prend des respirations rapides et superficielles, le regard assombri.

— Allons-y.

Je franchis l'entrée, regarde à droite et à gauche.

Aucun signe de Narah et mes veines se glacent.

— Elle était juste là.

Nikos pointe vers ma droite et je m'engouffre dans un passage flanqué de hautes parois faites de branches étroitement entrelacées. Cependant, mes pensées s'assombrissent quand je passe le virage et émerge devant une clairière. Il y a des arbres et des huttes au loin. Mon regard tombe sur une sorcière aux cheveux roux flamboyant qui traîne Narah par le bras en direction du village.

Un grognement possessif monte dans ma gorge. Il faudra me passer sur le corps pour qu'ils m'enlèvent Narah.

Je jette un regard à mes hommes derrière moi,

désigne notre direction et après quelques secondes, nous chargeons à toute allure.

Narah

— Reste à terre !

La sorcière me pousse au sol avec une force incroyable, je sais bien que ce n'est pas que de la force brute… Elle se sert de son pouvoir. Ma peau ondule, les poils de ma nuque se hérissent et la magie s'empare de mes doigts. Même la terre tremble sous ma main, toute la zone est un phare d'enchantement puissant.

Je crispe ma mâchoire malgré la panique qui me gagne en constatant avec quelle facilité nous sommes tombés dans un piège. Je savais pourtant qu'il ne fallait pas que je me laisse aveugler par quatre magnifiques Alphas.

Je tourne la tête, m'attendant à ce que la sorcière rousse m'attaque, mais au lieu de ça, elle observe quatre grandes silhouettes qui se précipitent vers nous depuis l'entrée.

Mes tripes se contractent à l'approche de la force.

Mes Vikings !

Je suis totalement dévastée de songer que ça va mal se terminer pour eux, parce qu'il est impossible qu'ils battent les sorcières. Je ressens une puissance phénoménale… Comment pourraient-ils se défendre contre une assemblée aussi forte ? Au début, je me fichais de ce qui leur arrivait, mais maintenant… merde.

Maintenant, l'idée qu'ils puissent ne pas s'en sortir me tue à petit feu.

Pourtant, ils sont rapides comme l'éclair quand ils traversent la clairière.

Ragnar mène la charge et mon cœur martèle ma cage thoracique. Il y a quelque chose de féroce, d'animal dans sa manière de se mouvoir. Plus près du sol, on dirait un prédateur, qui calcule chacun de ses pas rapides. Les trois autres, tout aussi dangereux que lui, s'élancent sur les côtés, prêts à abattre quiconque se mettrait en travers de leur chemin. Ils n'ont plus rien de commun avec ce que j'ai vu avant, l'air bourdonne sous le coup de leur propre puissance.

Le regard acéré de Ragnar reste braqué sur l'ennemie, la sorcière qui se tient devant eux sans crainte. Il n'y a aucun endroit où se cacher quand on est sur une terre si vaste et exposée, quand l'assemblée peut sentir le moindre intrus. Je le vois maintenant. Avec les paroles qu'elle m'a dites tout à l'heure, je suis à présent plus convaincue que jamais que si nous sommes arrivés sains et saufs jusqu'à leur maison, c'est qu'elles l'ont permis.

Je me redresse au moment où la sorcière lève un bras en direction des hommes en approche, murmurant des paroles incompréhensibles.

— Arrêtez, ne leur faites pas de mal ! crié-je.

Soudain, des ondulations se forment autour des mains de la sorcière.

Je suis terrorisée à l'idée qu'elle les blesse et je me tourne dans sa direction. Sans réfléchir, je charge la femme, tandis que mes mains crépitent d'énergie. Du plus profond de mon être, j'en appelle à mon pouvoir. Une magie sombre, menaçante et violente se déchaîne dans mes entrailles, cherchant à se libérer entièrement. Et cela inclut ma louve, qui grogne pour qu'on la laisse sortir. Ma peau me démange à cause de ce rapport de force qu'elle m'impose, avec cette envie désespérée d'émerger.

Je me heurte au dos de la sorcière, frappant de mes mains les côtés de sa tête, relâchant toute ma puissance. Le feu jaillit du bout de mes doigts et se déverse sur la femme.

Elle hurle, lutte contre moi, plaquant ses mains sur les miennes. Je gémis alors que la magie jaillit de mon corps et je ne fais rien pour l'arrêter. La colère me pousse à poursuivre.

Quelque chose de tranchant me frappe en plein milieu du dos de manière si inattendue que je rugis de douleur et trébuche en arrière et mes jambes se dérobent sous moi. La sorcière aux cheveux roux est à terre, hurlant de douleur en se cramponnant la tête. Je crie de mon côté à cause de la souffrance qui zigzague dans mon dos.

Des ombres me surplombent. Je lève la tête et découvre trois femmes qui m'entourent, toutes maquillées de peintures similaires, la puissance et la fureur dans les yeux. Elles se déplacent rapidement, sans dire un mot, tandis que je tends les mains vers elles pour les repousser avec mon pouvoir. D'autres arrivent et je balance mes bras sur les côtés, mon pouvoir brûlant tout ce que je touche. Elles crient et s'en vont, mais seulement pour être remplacées par deux autres sorcières.

— Laissez-moi partir, crié-je en me débattant et les repoussant pour me libérer.

Je donne des coups de pied et projette des rayons de magie dorée contre elles lorsque quelque chose de glacé en l'acier se referme brusquement autour de mon cou par-derrière. Je m'agrippe frénétiquement à la chaîne métallique et je tire sur le collier.

— Enlevez-moi ça, retirez ça ! hurlé-je, le corps frémissant de rage.

Tout le monde s'écarte de moi et c'est à ce moment que je remarque que la magie sur mes mains s'est atténuée. J'ai peur qu'ils aient bloqué mon pouvoir et d'être devenue inutile alors qu'ils nous dominent.

Je fais volte-face, terrifiée. Il faut que je m'enfuie. Mais c'est à ce moment que je vois les quatre Alphas suspendus dans les airs par une force invisible. Une autre sorcière les a pris dans ses filets. Ils se cramponnent à leurs gorges et leurs visages blêmissent.

Les larmes ruissellent sur mes jours et je me précipite vers Ragnar, essayant d'attraper ses jambes. Ce contact m'envoie une décharge qui me projette sur le côté. J'atterris sur les fesses, mais me relève aussitôt, submergée d'une colère implacable.

— Relâchez-les, crié-je au groupe de sorcières, un rassemblement d'hommes et de femmes qui semblent tous s'amuser.

Leurs visages à eux aussi sont marqués de peinture noire et c'est le seul élément qui les relie, car ils sont habillés normalement. Ils ne portent pas de robes noires comme je l'aurais imaginé. Pourtant, il est étrange qu'aucun d'entre eux n'ait de doigts noircis comme moi. Pas un seul.

Personne ne me répond ni ne montre la moindre émotion pour la détresse des hommes.

L'air vibre de leur puissance.

— Je vous en prie, ne leur faites pas de mal, les supplié-je.

Je déteste devoir ramper devant les sorcières et pourtant ma louve grogne au creux de ma poitrine, révélant ma véritable nature. Ces sorcières font partie de ce que je suis, mais je ne leur ressemble pas, n'est-ce pas ? Je suis une métisse, pourtant ils m'observent avec un mélange d'étonnement et d'amusement, plutôt que d'être dédaigneux.

— Les intrus n'ont pas leur place sur notre terre sacrée, surtout les bêtes.

Une femme s'avance, elle doit avoir presque trente ans. Elle dégage une autorité qui fait se courber les autres en sa présente. Elle est plus grande que moi, ses cheveux noirs comme la nuit retombent en cascade sur ses épaules. Elle porte une robe simple de la couleur des violettes et qui épouse toutes ses courbes. Au milieu de son front se trouve une marque noire, en forme de croissant de lune. Maman m'a dit un jour que les assemblées étaient régies par une Grande Sorcière et je suppose que c'est elle qui s'approche de moi.

— Mais pour toi, Narah, je vais honorer ta seule requête.

Elle prononce mon nom avec facilité, comme si elle l'avait déjà fait à de nombreuses reprises. Mais comment me connaît-elle ?

— Je suis en partie loup, comme eux, alors cela fait de moi une bête aussi, rétorqué-je.

— Oui, c'est exact, mais je pourrai m'en occuper quand tu auras le pouvoir que nous voulons.

Elle se tourne vers la sorcière qui a capturé les hommes et lui pose une main sur l'épaule.

— C'est bien assez.

Les Alphas tombent brusquement des airs.

Ils grognent furieusement en chutant sur les fesses, mais ils ne restent pas longtemps à terre et se relèvent en quelques secondes. Je me précipite à leurs côtés, croisant le regard de Ragnar. L'impatience que je lis dans son regard m'inquiète.

Je tire sur le collier métallique autour de mon cou, mais la sorcière en chef répond avant même que j'aie le temps de poser la question.

— Arrête de perdre ton temps, Narah.

— Comment savez-vous qui je suis ? lui demandé-je alors qu'un grognement gronde au fond de ma gorge.

Mais c'est la voix de Ragnar qui résonne quand il s'avance près de moi, me dominant de sa présence.

— Je fais appel au Pacte de Lupus, l'ancienne règle de magie entre loups et sorcières qui doit être respectée une fois invoquée.

Ses mots me déroutent au début, parce que je ne sais pas de quoi il parle. Jamais je n'ai entendu quiconque évoquer un Pacte de Lupus.

La sorcière incline la tête sur le côté, étudiant Ragnar de la tête aux pieds.

— Tu as un nom, mon garçon ? demande-t-elle et je ne peux m'empêcher de m'interroger sur son véritable âge, étant donné la manière dont elle s'adresse à Ragnar, comme si elle l'était bien plus âgée que lui.

— Ragnar, déclare-t-il d'un ton direct, sans la même agressivité qu'avant.

Je suis impressionnée de voir sa manière de se contrôler et remarque qu'il ne donne aucun détail sur le nom de sa meute ni sur ses parents. Pour une sorcière, la connaissance est un pouvoir.

— Je vois que tu es bien versé dans les anciennes méthodes et que tu as amené avec toi deux hommes portant la flamme de la magie. Je suis impressionnée.

Deux ? Je fronce les sourcils et jette un coup d'œil à Stone derrière moi, dont les runes brillent en bleu à travers le tissu de sa chemise. Mais qui est l'autre ? Crius, Nikos ?

Crius ne cesse de faire les cent pas en tournant en rond juste derrière Ragnar, agité et nerveux, comme si son loup pouvait faire irruption à n'importe quel moment. Qu'est-ce qui ne va pas chez lui ?

— Alors tu sais que quiconque ne prend pas part au Pacte de Lupus une fois annoncé sera Maudit, constate Ragnar.

Elle hoche la tête.

— Effectivement. Tu peux m'appeler Lyra. Maintenant que tu as mon attention, mon garçon, exprime-toi, car la raison de ma présence ici ne te concerne pas. Il n'y a que la fille qui m'intéresse et ma patience a des limites.

À ses mots, Ragnar passe son bras autour de ma taille et me ramène à ses côtés, incitant ma louve à ruer pour se libérer. Mon cœur palpite au contact de Ragnar et à sa possessivité.

— Pour que les choses soient claires, elle est l'un des miens, déclare-t-il, avant de relever le menton et de bomber le torse. De plus, ma meute et moi avons revendiqué le Secteur Sauvage, qui inclut cette forêt. Et dans le cadre de notre loi, nous laisserons votre assemblée tranquille. Aucune sorcière ne sera blessée sous mon règne. Avons-nous un accord ?

Le silence imprègne l'air. Mon souffle s'accélère et ma louve est là, se jetant contre moi pour s'échapper ; mais pour l'instant, j'ai plus besoin de ma magie que d'elle. La panique envahit ma cage thoracique. Je ne savais pas que le plan de Ragnar consistait à se rendre ici et à revendiquer la terre, de forcer la main des sorcières. J'aurais aimé le savoir avant pour essayer de le dissuader, cependant je doute qu'il m'aurait écoutée. Certes, tout paraît plus simple à la suite d'erreurs.

— Ragnar, tu as fait irruption sans prévenir dans ma maison, tu te rends bien compte que cela met fin à la trêve, déclare Lyra, qui commence à sourire.

C'est une belle femme, mais on perçoit la noirceur derrière ses yeux d'un vert profond.

Elle redresse les épaules et lève une main enveloppée d'un orbe de lumière sombre. Avec elle, une étincelle de magie dans l'air se frotte contre mes bras et ma peau me démange sous la chaîne autour de mon cou.

— Pour te montrer que je n'ai aucune mauvaise intention à ton égard, commence-t-elle en faisant un pas en avant, toi et tes loups pouvez repartir indemnes. Ce qui ne veut pas dire que si nos chemins se croisent à nouveau, vous serez épargnés par ma colère. Si vous tentez autre chose, je vous écorcherai vifs l'un après l'autre dans la seconde, menace-t-elle d'une voix rauque et puissante. Narah reste avec nous.

Ragnar éclate d'un rire moqueur.

— Tu me prends pour un idiot. Je ne suis pas ici pour négocier, sorcière. Je t'annonce de quelle manière sera désormais gouverné le Secteur Sauvage. Je t'offre de vous libérer de la haine et de la persécution des loups au-delà de cette forêt. Vous n'aurez plus besoin de vous terrer ici comme des souris. En échange de quoi vous resterez à l'écart de mon chemin. De plus, comme je l'ai dit, Narah m'appartient et elle restera à mes côtés, grogne-t-il, resserrant le bras autour de moi.

— Que me voulez-vous ? demandé-je à Lyra, curieuse et désireuse de comprendre ce qu'ils voient en moi.

La femme reporte son attention sur moi, comme tous ceux qui observent en silence. C'est perturbant d'avoir autant de regards qui me scrutent, mais je déglutis avec difficulté et relève la tête.

— Tu resteras avec nous comme ta sœur Kaira l'a fait.

Mes entrailles se figent. Je ne m'attendais pas à une telle surprise.

— Attendez ! M... ma sœur ? bégayé-je avant de trébucher en avant, mais Ragnar me retient par la taille, m'obligeant à rester près de lui. Elle est ici, en vie ?

Je savais que le cadavre que Ragnar avait trouvé n'était pas Kaira.

— Si c'est le cas, intervient Ragnar, me serrant plus

fort encore, comme s'il était prêt à se battre à mort plutôt que me lâcher, faites venir Kaira.

C'est à cet instant que je tombe follement amoureuse de Ragnar, parce qu'il est le plus logique de nous.

Stone et Nikos s'avancent de chaque côté de nous maintenant, créant un mur, nous contre eux et je fais partie de ce groupe, pour une fois je ne suis pas seule.

Pourtant, mon souffle s'étrangle dans ma gorge et toutes ces émotions que je retenais se déversent et je pleure… des larmes de joie à l'idée qu'elle soit vivante. Certes, je n'ai cessé de me le répéter, mais j'ai toujours eu un doute.

— Où est-elle ? haleté-je, scrutant la foule, m'attendant à moitié à la voir se précipiter vers moi, crier mon nom, la voir pleurer.

Mes bras tremblent le long de mes flancs. C'est peut-être pour cela qu'ils nous ont permis d'arriver jusqu'ici. À cause de ma sœur.

— Tu dois faire un choix, déclare Lyra. Ta sœur ou les loups.

— Où est Kaira ? exigé-je, scrutant la foule du regard.

Cependant, c'est Crius qui bouge derrière nous qui me distrait, son allure devient de plus en plus intense et ça commence à me taper sur les nerfs.

— Laisse-moi-le faire, grogne-t-il à l'oreille de Ragnar. Ils mentent, tous autant qu'ils sont. Il est temps.

Ses yeux sont complètement dilatés, son corps est agité et il a du mal à respirer.

— Tu vas bien ? lui chuchoté-je par-dessus mon épaule.

Il acquiesce et reporte rapidement son attention sur les sorcières, sa lèvre supérieure se retroussant en un grognement silencieux. Je tends la main vers son bras pour tenter de le calmer quand une étincelle d'électricité jaillit de sa peau. Je hoquette et retire ma main.

Et d'un coup, je réalise. C'est lui le second. Crius aussi porte la magie. Comment ai-je pu ne pas m'en apercevoir ? Pourquoi m'ont-ils caché autant de secrets ?

Ragnar secoue la tête.

— Ne bouge pas, Crius.

Qu'est-ce que Crius a l'intention de faire ?

Lyra se redresse, plisse les yeux et nous jette un regard sombre. Elle lève une main enveloppée d'une fumée noire similaire à celle des ours qui ont attaqué les hommes. Elle n'est pas idiote, elle sent forcément que quelque chose ne va pas chez Crius.

Un frisson m'envahit à l'idée que je sais si peu de choses sur eux, qu'ils me tiennent à l'écart. Quoi que Crius ait prévu, ça déchaînera la colère des sorcières sur nous tous et je serai incapable de les protéger.

Mais il ne cesse de faire les cent pas, en se grattant frénétiquement.

— Ragnar, chuchoté-je rapidement. C'est quoi le problème avec Crius ?

— Quelle est ta décision, Narah ? m'interroge Lyra, ramenant mon attention sur elle. Choisis-tu ta sœur, ou les loups ?

Je déglutis et scrute les profondeurs de ses yeux et je pourrais jurer y avoir vu brûler des flammes.

— J'ai demandé à voir Kaira d'abord.

— Et je ne te poserai pas deux fois la question. Tu dois prendre une décision, ou ça se termine maintenant.

La fumée noire autour de sa main se consume en longues flammes et ses yeux semblent sourire, comme si elle prenait du plaisir à tout ça. Elle ne montre aucun signe d'impatience, elle se délecte simplement de nous faire frémir.

Je me dis qu'elle tente un coup de bluff, sauf que je tremble et que je ne suis pas prête à prendre un tel risque, au cas où j'aurais tort.

Elle lance son ordre sur un ton définitif et je capte le message sous son ton diabolique : choisir les sorcières implique que jamais je ne reverrai les loups. Lyra a l'intention de les tuer, c'est évident. Je m'étouffe et ça me rappelle que Jae est toujours cachée on ne sait où. Et il est hors de question que je laisse Jae à la merci des loups, perdue dehors dans le monde.

Mes joues me démangent à cause de mes larmes qui ne cessent de couler. Comment pourrais-je choisir entre mes sœurs ? Je pince les lèvres, sachant que, quelle que soit ma décision, elle me détruira.

J'ai l'impression que ma gorge se referme et quand je regarde les quatre hommes, la rage de les sauver m'étreint.

— Je ne prends aucun plaisir à tout cela, déclare Lyra sur un ton joyeux.

— Nous ne partirons pas avant que vous nous rendiez Kaira. Crois-moi, Lyra, tu n'as pas envie de me chercher sur ce point, lui promet Ragnar, la voix profonde et puissante.

Soudain la foule s'écarte pour laisser passer une

silhouette et elle émerge devant nous. Elle est vêtue d'une robe bleu foncé qui lui tombe jusqu'aux chevilles, cintrée à sa taille minuscule et quand je regarde son adorable visage, ses taches de rousseur et ses courts cheveux bruns ramenés derrière ses oreilles, un cri m'échappe.

— Kaira ! murmuré-je, le cœur battant à tout rompre, si fort qu'il me pèse.

Je lutte contre la prise de Ragnar, mais il refuse de me lâcher.

Je reporte mon attention sur lui.

— Laisse-moi partir.

Ma voix est teintée de rage.

Il secoue la tête, le front plissé par une colère sauvage.

— Quelque chose ne va pas.

— De quoi tu parles ?

Ce n'est que quand je jette un œil à ma sœur que je la vois rejoindre Lyra. Elle ne court pas vers moi, comme je l'avais imaginé et je commence à comprendre.

Mon cœur se serre et je me mets à paniquer quand les pièces commencent à s'emboîter. Elle a toujours été porteuse de magie, comme moi. Alors a-t-elle trouvé du réconfort auprès des sorcières, après avoir échappé aux Loups de la Tempête ? Cependant, ça n'explique en rien son comportement actuel.

Je t'aime, Narah, voilà les dernières paroles qu'elle m'a adressées avant de s'enfuir dans la forêt. Or, la fille confiante qui se tient devant moi et qui porte des lignes noires de magie sur le visage n'a rien de commun avec ma sœur. Cette fille craignait les Alphas, elle passait tant de nuits à pleurer pour nos parents quand elle pensait que personne ne le remarquait. Elle m'avait même demandé une fois s'il y avait un moyen de brûler la magie hors de ses veines pour pouvoir être normale.

— Kaira, l'appelé-je, me débattant contre Ragnar tandis que la chaîne autour de mon cou me mord les chairs.

Pourtant je la vois se pencher vers Lyra et murmurer, baissant les yeux sur moi. Un gémissement résonne dans ma poitrine, car ma louve ressent la distance de ma sœur. J'ai tant de questions qui me taraudent pendant que j'observe le moindre de ses mouvements et je remarque qu'elle se soucie plus d'impressionner Lyra que de revenir vers moi.

Je crains qu'ils ne lui aient fait un lavage de cerveau et qu'elle soit partie bien trop loin, au point que je la perde. Quand elle se tourne à nouveau et s'approche de moi, elle arbore un étrange sourire, qui me terrifie.

— Tu m'as manqué, me lance-t-elle, mais ça n'a pas l'air sincère.

Son rejet me fait un effet plus terrible qu'une gifle brutale en plein visage : c'est un atroce rappel que ce monde nous brisera tous.

Je frissonne en la voyant s'approcher de moi en souriant. Au fond de moi, je me brise en mille morceaux. Je n'ai plus que mes sœurs en ce monde et je ne peux pas perdre Kaira. Mes genoux flanchent à cette idée et je me sens engourdie. Mon cerveau lance des instructions, pourtant je suis incapable de bouger. Je ne cesse de penser à cette distance qu'elle met entre nous. J'observe chacun de ses mouvements, essayant de trouver un sens à ses moindres gestes. Des bribes de souvenirs de mon enfance me reviennent en mémoire : elle et moi en train de chasser nos repas dans les bois, nos larmes après la perte de nos parents quand nous pensions que Jae ne nous voyait pas... Kaira qui me coiffait avant que je n'assiste aux réunions de la meute et même à ma nuit d'accouplement avec Martell.

Cependant, aujourd'hui, sa voix doucereuse me rend malade.

J'entends Crius marmonner des choses à Ragnar, mais je suis bien trop distraite pour les écouter.

— Attention, murmure Stone à ma droite, tandis que Nikos fait un pas en avant, s'attendant au pire.

Je cherche sur le visage de ma sœur quelque chose de familier, un signe de celle qu'elle était.

— Kaira, que t'est-il arrivé ? murmuré-je, la voix brisée.

— Arrête de perdre du temps, ma sœur, insiste-t-elle en s'arrêtant à quelques mètres devant moi.

De si près, elle me paraît plus âgée, comme si elle avait énormément grandi en un temps très court.

— Il faut que tu amènes Jae ici aussi. C'est plus sûr que dehors. J'ai convaincu Lyra d'épargner tes loups... pour le moment. Et elle a une autre offre à vous faire, reprend-elle.

— Pourquoi tu te comportes comme ça ? l'interrogé-je et mes genoux flanchent sous le chagrin qui me broie.

— Écoute bien, Narah.

Et c'est à ce moment que je perçois un léger tremblement dans sa voix, qui trahit le fait qu'il se passe quelque chose de bien plus complexe ici et qu'on l'oblige peut-être à suivre les instructions de Lyra. Derrière elle, la Grande Sorcière patiente comme un lion affamé, prête à bondir.

— Il y a peut-être un moyen de te faire comprendre pourquoi ta place est ici et pas avec les loups. Pourquoi tu as choisi le mauvais côté, ma sœur et si tu n'ouvres pas les yeux dès maintenant, tu perdras beaucoup.

Ses paroles résonnent à mes oreilles… Elles me semblent tellement familières, comme si je les avais déjà entendues.

Je serre les poings, la présence de Ragnar à mes côtés me rappelant que je ne suis pas seule dans cette situation… Mais est-ce qu'il se soucie vraiment de Kaira ou cherche-t-il seulement à obtenir l'approbation des sorcières pour diriger le secteur ?

Je frémis et c'est alors que les paroles de Kaira ressurgissent de la vision que j'ai eue, celle où elle avait des peintures sur le visage et me disait ces mots exacts.

Tu as choisi le mauvais côté, ma sœur.

Je secoue la tête, le corps transi de froid, mon cœur battant à mes oreilles. J'ai la même sensation dévastatrice que dans cette vision où Kaira n'était pas elle-même, qu'elle avait ses propres desseins et où elle sacrifiait Jae en me distrayant.

Je recule, le cauchemar qui se joue dans mon esprit me submerge d'une noirceur qui fait tanguer mon monde. Il y a quelque chose de brisé dans cette image et le malaise me saisit les entrailles.

— Qu'est-ce que tu proposes ? demande Ragnar, mais je tire fort sur sa main.

— Nous devons partir. Maintenant.

Les mots m'échappent tandis que je suis parcouru par un frisson : soudain, je ne fais plus confiance à Kaira. Ce n'est pas ma sœur, ça ne peut pas être elle. Si ma vision est un indice sur ce qui va se passer, alors je ne peux pas faire confiance à Kaira.

— Notre mère est toujours en vie, Narah, annonce Kaira avec un sourire.

À ses mots, je m'arrête brusquement. Si je pensais que retrouver Kaira vivante m'avait ébranlé, sa nouvelle révélation me frappe en plein ventre. Je n'arrive pas à respirer.

— Qu'est-ce que tu viens de dire ?

— Notre mère est la raison pour laquelle nous avons perdu Père, mais aussi celle de ton rejet de la meute des Loups de la Tempête. Elle est aussi responsable du fait que tu seras toujours pourchassée pour ce que tu es. C'est à cause d'elle que les membres de cette assemblée se cachent dans les bois. Elle nous a laissées, toi, moi et Jae, à la merci des loups, sachant que nous finirions par mourir à cause de ces sauvages et c'est ce qu'elle espérait. Alors que crois-tu qu'elle nous fera quand elle découvrira que nous nous sommes libérées de la meute ?

J'ai la tête qui tourne et ma vision s'obscurcit par endroit. J'ai une terrible nausée. C'est trop.

Les larmes me montent aux yeux parce qu'elle suggère que notre mère souhaitait notre mort, qu'elle a simulé son décès pour entraîner la mort de notre père. Ragnar me soutient. Je me serais effondrée s'il n'était pas là.

— Narah, écoute-moi, continue Kaira. Toi et Jae êtes

en danger là dehors. Ramène-la ici avec toi. Et quoi que tu fasses, ne laisse jamais Mère te trouver.

LA LOUVE BRISÉE

Les secondes chances, ça existe ?

Notre mission est simple : retrouver ma mère et trouver le moyen de sauver ma sœur des griffes des sorcières. Cela ne devrait pas poser de problème, mais dans le monde où nous vivons, rien ne se déroule jamais comme prévu, surtout quand on voyage avec quatre Alphas Vikings sexy prêts à déclencher une guerre pour s'approprier le Secteur Sauvage… ainsi que moi !

Plus je passe de temps avec eux, plus je sens que mon esprit, mon corps et mon âme enclins à se plier à leur volonté et leurs désirs. Cela complique les choses, surtout quand mon passé me revient en pleine face.

Et pour couronner le tout, quelqu'un a maudit ces Alphas dangereusement méchants dont je suis devenue proche pour qu'ils restent à mes côtés, que cela leur plaise ou non. J'ai d'autant plus de mal à leur faire confiance…

Parce que parfois, la trahison de vos proches peut vous

détruire.

À PROPOS DE MILA YOUNG

Auteur à succès, Mila Young aborde tout avec le zèle et la bravoure des héros de contes de fées, dont les aventures ont enchanté son enfance. Elle élimine les monstres, réels et imaginaires, comme s'il n'y avait pas de lendemain. Le jour, elle joue du clavier en tant que génie du marketing. La nuit, elle combat avec sa puissante épée-stylo, réinventant des contes de fées, où les héros sexys vivent des histoires fantastiques. Durant son temps libre, elle aime imaginer qu'elle est une valeureuse guerrière, câliner ses chats, et dévorer tous les romans fantastiques qui lui passent sous la main.

Envie de lire d'autres romans de Mila Young ? Inscrivez-vous ici dès aujourd'hui. www.subscribepage.com/milayoung

Rejoignez le **groupe des Lecteurs Fantastiques** de Mila pour des contenus exclusifs, les dernières infos, et des avantages.
www.facebook.com/groups/milayoungwickedreaders

Pour plus d'informations...
www.milayoungbooks.com
mila@milayoungbooks.com